VERLAG ANTJE
KUNSTMANN

FABIO BACÀ

NOVA

Roman

Aus dem Italienischen von
Christine Ammann

Verlag Antje Kunstmann

Für Daniele Rossi
und Provino Vagnoni

PROLOG

DENK MAL AN KABOBO. Erinnerst du dich? Mailand, vor drei oder vier Jahren? Genau. Der Wahnsinnige mit der Spitzhacke. Der Ghanaer, der drei Leute ermordet hat, die ihm in Niguarda zufällig über den Weg liefen. Ja. Genau der, ein Flüchtling mit Stimmen im Kopf, der anderen den Kopf eingeschlagen hat. Die Strafe fiel relativ gering aus, weil der psychiatrische Gutachter sehr umstrittene mildernde Umstände vorgebracht hat. Aber viel wichtiger ist meiner Meinung nach, was ein paar Stunden vorher passiert ist. Weißt du es noch? Wahrscheinlich nicht. Das haben fast alle vergessen. Kein Wunder, es war auch nur ein zweitrangiges Detail, doch sozusagen emblematisch für die Ungeheuerlichkeit des Ganzen, ein Einunddreißigjähriger klaut auf einer unbewachten Baustelle eine Spitzhacke, um damit die tödlichen Stimmen in seinem Kopf zum Schweigen zu bringen. Ein paar Stunden vorher, um drei Uhr früh, hat Kabobo nämlich schon drei andere angegriffen, mit bloßen Händen: Nahe Piazza Belloveso ist ihm eine junge Frau im letzten Moment entkommen, weil sie um die Ecke wohnte und blitzschnell die Haustür aufschließen konnte, aber nur eine halbe Stunde später hatte ein anderer weniger Glück und hat eine Faust ins Gesicht bekommen. Das Seltsame ist, bei keiner Polizeiwache ging eine Anzeige ein. Ist das nicht komisch? Zwei friedliche Bürger entrinnen nur knapp den potenziell tödlichen Wahnvorstellungen eines offenbar Geistesgestörten und nehmen sich nicht die halbe Minute Zeit für einen Anruf bei der Polizei. Zwischen fünf und sechs besorgt sich Kabobo dann eine Eisenstange und verletzt zwei Passanten schwer. Ein dritter, der gerade mit dem Hund Gassi geht, verfolgt ihn, gibt aber nach ein paar Metern auf. Und weißt du was? Wieder kommt keiner auf die Idee, die Polizei zu verständigen. Einer von denen, die die Stange abgekriegt haben, lässt sogar seinen Arm in der Notaufnahme versorgen, aber gibt nur vage Erklärungen ab. Warum die Ärzte es nicht, wie von Gesetz und Gelöbnis vorgeschrieben, melden, keine Ahnung. Kabobo hat jedenfalls mittlerweile das Werkzeug gefunden, das die Grausamkeit seiner Taten exponentiell steigert. Den Wirbel, den die Presse nach der Tat veranstaltet hat, kannst du dir kaum vorstellen. Fünf Angegriffene, null Anzeigen. Fünf Menschen wurden fast erwürgt oder totgeschlagen, aber kein einziger Anruf bei Carabinieri oder Polizei. Soziologen, Psychoanalytiker, Philosophen und berufsmäßige Hetzer geben mal wieder die üblichen Erklärungen ab: allgemeiner Egoismus, emotionaler Autismus, Werteverfall, Mangel an Gemeinsinn, Empathie, Solidarität. Alles sehr vernünftig, aber ich meine, da ist noch was anderes. Etwas, das weniger mit elementarer Logik oder erodiertem Mitgefühl zu tun hat. Ich glaube, die meisten von uns sind einfach nicht auf ein traumatisches Erlebnis wie einen brutalen Angriff vorbereitet. Angesichts der Gesellschaft, in der wir heute leben, geht vermutlich jeder davon aus, dass er theoretisch Opfer einer Gewalttat werden könnte, aber glaub mir, zwischen dieser Erkenntnis und der emotionalen Verstoffwechslung dieser unangenehmen Tatsache klafft ein Abgrund. Ich wette, keiner von denen, die Kabobos Wut entkommen sind, hatte so viel Erfahrung mit Aggressivität, dass er sie erkennen und auf einer tieferen rationalen Ebene damit umgehen konnte. Nein, ich sage damit nicht, dass der Durchschnittsbürger für die seelischen Folgen einer versuchten Spitzhackenattacke unempfänglich geworden ist. Dann wäre das Problem ja Gleichgültigkeit. Nein. Ich will etwas ganz anderes sagen, nämlich, dass Gewalt uns fast allen gefühlsmäßig fremd geworden ist. Der Normalbürger ist nicht immun gegen den psychischen Niederschlag eines Angriffs geworden, aber er kann keinen produktiven Zusammenhang mehr zwischen der rationalen Konfrontation und ihren emotionalen Folgen herstellen. Das entscheidende Wort hier ist »produktiv«. Wir haben den Kontakt zu etwas Wesentlichem in unserem Innern verloren. Überleg doch mal. Wie kann es sein, dass sich eine junge Frau vor ihrer eigenen Haustür mit knapper Not vor einem Wahnsinnigen in Sicherheit bringen kann, aber nicht auf die Idee kommt, das nächste Opfer könnte jemand aus der Nachbarschaft sein, den sie womöglich kennt? Wieso ist es ihr zu mühsam, die 112 zu wählen, wo sie ihr Viertel doch mit dem Gefühl der Erleichterung vor einer tödlichen Gefahr bewahren könnte? Vielleicht wohnen dort ihre Eltern, enge Bekannte oder ihr Freund. Wieso kommt ihr nicht in den Sinn, dass sie beim Öffnen der Fenster am nächsten Morgen vielleicht auf den Bürgersteig blickt und mit weit aufgerissenen Augen einen Haufen Sägespäne entdeckt, durchtränkt vom Blut und der Hirnflüssigkeit eines unschuldigen Opfers?

Wenn das wirklich passieren würde, was glaubst du, wie sie reagieren würde?

Und du?

Das frage ich dich, Doktor.

Aber wie würdest du reagieren?

TEIL EINS

1

WORAN DENKT EIN MANN ALS ERSTES, wenn er morgens aufwacht? Was wird ihm von Realität und Unbewusstem einvernehmlich zugetragen? Wem oder was gelten seine ersten, wirren Gedanken, während er die Deutungshoheit langsam zurückerlangt? Welche Bilder, Geräusche und geflüsterten Worte schwirren ihm durch den Kopf?

Vermutlich denkt er über sich nach oder die Frau, die neben ihm schläft.

Vielleicht denkt er an seine Kinder oder seine Eltern, seine Geliebte, an das Frühstück, einen Freund, der Probleme hat, die Steuererklärung, das Essen mit Freunden am nächsten Samstag, Rückenschmerzen, Politik, berufliche Probleme, das Leasingfahrzeug, das ihm sein Händler neulich angeboten hat, an Gott, die Tore vom Vorabend, sein Haus auf dem Land, frühere Ambitionen, verloren im Nirgendwo, an die Waden einer Kollegin, einen Film von Christopher Nolan, an die Mahnung zum Beischlaf, Nachhall der Morgenerektion mit ihrer flüchtigen Lüsternheit.

Anders Davide.
Davide denkt an den Tod.

Um kurz nach sechs. Dann schlägt er die Augen auf, erlangt das Minimum an geistiger Klarheit, das er braucht, um sich der Aussicht auf das ewige Nichts zu stellen, und starrt an die Decke.

Nein, er ist nicht verrückt.

Auch nicht schwer krank.

Nicht einmal depressiv.

Klar, er hat ein paar Probleme mit seinem direkten Vorgesetzten, Doktor Martinelli, dem toskanischen Fürsten der Medizin; der virtuose Neurochirurg hat ihn seit einiger Zeit offenbar im Visier.

Und ja, es gibt etliche Schwierigkeiten mit seinem Nachbarn Massimo Lenci. Nachdem dessen Nachtclub ein gutes Jahr lang den Frieden im ruhigen Wohnviertel am südlichen Stadtrand von Lucca gestört hat, konnte erst eine rettende behördliche Abmahnung die Ruhe wiederherstellen.

Nichts, womit man nicht leben könnte, klar. Nichts, womit man sich notwendigerweise in die Schar der ewig Betrübten, Thanatophilen oder Selbstmordkandidaten einreihte.

Aber Davide denkt trotzdem an den Tod.

Das ist für ihn gewissermaßen ein Ritual, ein Allheilmittel gegen die schwierigen Zeiten, denen er sich seit über fünfzehn Jahren regelmäßig gegenübersieht. Er schlägt die Augen auf, starrt an die Holzdecke und denkt an die Implikationen des Lebensendes.

Nicht unbedingt seines eigenen. Oft denkt er an den Tod nicht einmal als das Ende aller irdischen Erfahrungen. Er liegt im Bett, neben seiner Frau, schlägt die Augen auf, wird sich seiner bewusst, lauscht auf die von der Sonne erwärmten, knackenden Holzbalken, auf den leicht röchelnden Atem von der anderen Bettseite und führt sich vor Augen, dass bei allen Organismen, ob lebende, soziale, maschinelle oder virtuelle, die Tätigkeit von Grund- und Nebenfunktionen irgendwann eingestellt wird.

Angefangen hat es kurz nach Tommasos Geburt. In den folgenden Jahren kam Davide dann zu dem Schluss, dass seine Gedanken an den Tod das logische Gegengewicht zu dem eklatanten Lebensüberschuss waren, der dem ruhigen Alltag eines jungen berufstätigen Paars durch die Pflege eines kleinen, quengeligen

Wesens mit unvorstellbaren Bedürfnissen aufgedrängt wird. Ein Hund, zwei Katzen und ein Kind: Es gab genügend Gründe, warum er nach dem Aufwachen als Erstes an die beruhigende Aussicht auf ewige Ruhe dachte.

Der Hund war übrigens ein Jack Russel namens Fred Feuerstein, die beiden getigerten Kater, aus demselben Wurf, hießen Epaminondas und Cochise. Sie waren misstrauisch und kaum geneigt, Freds enthusiastische Hyperkinese zu teilen, sie beäugten ihn meist von einem erhobenen Wohnzimmerplatz aus, schlichen nur manchmal in Küche oder Flur um ihn herum und rangen ihm die kleinen, demütigenden Tribute ab, die der angeborene Sadismus ihrer Art erfordert.

Doch während sich die Tiere als Allheilmittel gegen ein Zuviel an häuslicher Ruhe erwiesen, das sich ein- und aus- oder abschalten ließ – wenn Scharmützel, Jaulen, Miauen und Sofajagden überhandnahmen, konnte man sie in den Garten verbannen –, war ein Neugeborenes allgegenwärtig. Im Haus verbreitete sich eine Art Heilserwartung: Mit Spannung wurden Aufwachen, Stimmung, Hunger, Verdauung, Quantität und Qualität des Stuhlgangs, Zeichen der Zufriedenheit oder Unzufriedenheit des Säuglings erwartet. Davide, in sein Arbeitszimmer im Obergeschoss verbannt, versuchte, sein Spezialisierungssemester am Londoner Guy's Hospital zu rekapitulieren. Er war rechtzeitig zurückgekehrt, um der Geburt beizuwohnen, argwöhnte aber, aufgrund der langen Reihe schlafloser Nächte, die den Vaterfreuden beigesellt waren, nicht im Geringsten von den Londoner Erfahrungen profitieren zu können.

Nachts kam er kaum zum Schlafen. Tagsüber sank sein Kopf auf die Bücher, er döste auf den Armstühlen der Fakultät ein oder lief, im Strudel einer ewigen Abgestumpftheit, über die Korridore. Nach dem Sommer würde er in die neurochirurgische Abteilung der Klinik Campo di Marte eintreten, aber damals bezweifelte er, ob er die ersten zehn Wochen der Vaterschaft überleben würde.

Tatsächlich hatte er nur nach dem Aufwachen ein paar wirklich ruhige Minuten, und die nutzte er, um über die ungeahnten Vorteile der Sterblichkeit nachzudenken. Über die Auslöschung mit ihren schmeichelnden Verlockungen, dem barmherzigen Ende aller Mühsal. Über die zauberhafte Schwere der Wendung »ewiger Schlaf« (vor allem das Wunderbare des Substantivs), die Verherrlichung von Flucht, Verzicht, Abschied. Obwohl nicht gläubig, ertappte er sich manchmal sogar dabei, sich den heiteren Aufstieg *post mortem* in den Strom der Seelen auszumalen, die wohl zu Recht etwas verblüfft über die Weltläufe wachten.

Die wenigen Minuten dieser Morgengedanken empfand er als dermaßen erleichternd, dass er an dem Ritual auch noch festhielt, als wieder annehmbare Lebensumstände eingekehrt waren. Ihm fiel auf, dass er das Kind eigentlich gar nicht so sehr verabscheute, durch das er immerhin die tröstende Dimension des Leben/ Tod-Dualismus entdeckt hatte.

Und nachdem er sich seinem eigenen Ende gewidmet hatte, wanderten seine Gedanken zu dem seiner nächsten Angehörigen, einschließlich Knaben. Dann zu dem entfernter Verwandter. Von Freunden. Den Haustieren. Seinen Kollegen. Von seinen Patienten im Krankenhaus und Unbekannten, denen er zufällig begegnete. Schließlich wandte er sich den Filmstars und Celebrities aus Sport und Musik zu.

Aber es ging nicht besonders grausam zu: Normalerweise malte er sich einen heiteren, ruhigen Abgang im tröstenden Kreis der Liebsten aus.

Anschließend beschäftigte er sich mit dem Ende der politischen Institutionen (dem zermürbenden Zerfall des Imperium Romanum, der schroffen Ablation aus der Geschichte von Romanows oder Bourbonen), dem Ende von Autos, Moden, sprachlichen Klischees.

Er verfolgte keine bestimmte Strategie oder ein Projekt. Wenn er aufwachte, dachte er über das nach, was ihm gerade in den Sinn kam. Nach einer Weile war er sogar davon überzeugt, einen wohlwollenden apotropäischen Einfluss auf das Leben des jeweils Sterbenden zu nehmen.

Nachdem das Spiel gut sechs Monate angehalten hatte, wurden seine morgendlichen Gedanken von Drängenderem in Beschlag genommen. Doch wenn er in den folgenden Jahren erneut in einen der unvermeidlichen Lebensstürme geriet, tröstete er sich jedes Mal mit der seltsamen Gewohnheit, nach dem Aufwachen ein paar Minuten dazuliegen, an die Decke zu starren und über die ewige Ruhe nachzudenken.

Das Ende aller Probleme.

Barbara schlief auf der Seite, mit dem Rücken zu ihm. Wie meist hatte sich ihr linkes Bein über seines geschoben und verankerte sein Fußgelenk in der Matratze, als könne er sonst davonschweben.

Epaminondas döste auf der Kommode. Alle Haustiere hatten, quasi als endgültiger Beweis der magischen Kraft seiner Gedanken, bravourös das sechzehnte Lebensalter erreicht.

An diesem Morgen sollte Davide ein Gliom aus dem Hirn eines Mädchens entfernen, pflichtgemäß widmete er einige Minuten dem Tod der Schwann-Zellen.

Da weckte etwas seine Aufmerksamkeit. Ein großer, plumper, schwarz glänzender Käfer krabbelte hinter dem Schrank hervor. Er starrte ihn an, eigentlich kaum überrascht. Die Balkontür ging auf den Garten, ein unerschöpfliches Einfallstor für alles Mögliche.

Epaminondas, von Gehör, Geruchssinn, Katzeninstinkt gewarnt, hatte die Augen bereits geöffnet.

Der Kater hob das Köpfchen und nahm den Eindringling, der mit rührender Entschlossenheit über das Parkett krabbelte, ins Visier. Der Mann wartete auf einen unvorhergesehenen Nachtrag zu seinen Gedankengängen: nach dem würdigen Ende einer Zelle nun der gewaltsame Tod eines großen Insekts.

Doch Epaminondas beschloss, weiterzuschlafen. In zehn Minuten würde sein Herrchen aufstehen und seinen Napf befüllen. Warum sollte er sich da noch um etwas bemühen, das augenscheinlich weniger appetitlich aussah?

Epaminondas war mindestens zehn Jahre lang der wildeste, verwegenste Kater im Viertel gewesen, mit goldgelben Augen, furchterregendem Gang, beeindruckenden Reflexen. Er erklomm Vorhänge, baumelte an Lampenschirmen, sonnte sich in prekärem Gleichgewicht auf schmalen Erkerfenstern, erkundete das Revier mit kühnen Dachsprüngen, zettelte aus eitlen Gründen sexueller Überlegenheit historische Raufereien mit Nachbarskatern an, die Widersacher waren sämtlich kastriert. Im Sommer rundete er seine Ernährung mit entomologischen Ergänzungsmitteln aller Art ab, Grillen, Bienen, Schmetterlingen, Fliegen, Käfern, Zikaden. Ein Serienkiller, ein vierbeiniger Völkermörder, eine demografische Kontrollinstanz des faunischen Ökosystems im halben Viertel.

Und jetzt? Jetzt verbrachte er seinen letzten Lebensabschnitt im Zeichen eines unglaublich faulen, entspannten Laissez-vivre. Er hatte einen Zustand kluger Besonnenheit erreicht, in dem er keine Lebenskraft mehr vergeudete und die Dimensionen umsichtiger Weisheit vermaß.

Der Glückliche, dachte Davide.

Später kam auch Barbara in die Küche, barfuß.

»War ich nicht mit dem Kaffee dran?«, fragte sie.

»Ich bin schon eine Weile auf.«

Barbara überprüfte irgendetwas an der Decke, kratzte sich an der Brust, setzte sich schließlich auf einen Hocker an der Kücheninsel. Es folgte das übliche Spiel mit Fußgelenk und Ferse, um Epaminondas, der sich an ihren Waden reiben wollte, auf Abstand zu halten.

»Ist Tommaso schon wach?«, fragte sie.

»Ich denke. Ich höre ihn schon eine Weile rumoren.«

»Ehe ich es vergesse, Schatz. Gestern ist ein Brief vom Anwalt gekommen.«

»Von welchem Anwalt?«

»Dreimal darfst du raten.«

Davide stellte die Espressokanne auf den Induktionsherd.

Barbara strich mit beiden Händen an ihren Kopfseiten entlang, fasste die Haare zu einem Pferdeschwanz zusammen und zog ein rotes Gummiband, das unversehens zwischen ihren Fingern auftauchte, darüber. Fred Feuerstein, der auf dem Küchenteppich kauerte, beobachtete sie aufmerksam. Nicht selten richtete sich sein Frauchen die Haare, wenn anderes als das übliche Futter oder Streicheln anstanden. Baden, Besuch beim Tierarzt oder so.

»Was machst du für ein Gesicht?«, fragte Barbara. »Er hat gesagt, wir würden von seinem Anwalt hören, und er hat Wort gehalten. Wenigstens das könnten wir anerkennen, wenn es schon sonst nicht viel Anerkennenswertes gibt.«

»Und was meint dieser Anwalt?«

»Nichts, was uns Sorgen machen müsste. Eigentlich verlangt er nur von unserem Anwalt, nichts mehr von seinem Mandanten zu verlangen.«

Davide ging zum Kühlschrank, öffnete ihn, studierte den Inhalt und griff schließlich nach einer Packung Hafermilch und einem Marmeladenglas. Er stellte die Marmelade auf die Kücheninsel, goss Milch in eine Keramikschale und rückte diese, nachdem er daran gerochen hatte, neben die Marmelade. Dann drehte er sich um, öffnete die linke Küchenschranktür und nahm eine Schachtel Zwieback heraus.

»Ich hab Paolo schon alles geschickt«, sagte Barbara.

»Gut.«

Da kam Tommaso die Treppe herunter, lautlos gefolgt von Cochise. Unermüdlich und diskret wie der Bursche eines südamerikanischen Generals ließ ihn der Kater nicht einen Moment aus den Augen.

»Hallo«, sagte Tommaso.

»Hallo, mein Schatz«, antwortete Barbara.

»Ich hab dir schon Hafermilch eingegossen«, sagte Davide.

Tommaso öffnete das oberste Fach seines Rucksacks, kramte nach seinem Handy, wischte über das Display und begutachtete die Folgen seines Daddelns, mit dem üblichen Repertoire mikromimetischer Unzufriedenheit, das er seit einiger Zeit zeigte. Schließlich ging er zur Kücheninsel, setzte sich, legte das Handy neben die Schale und langte mit den Fingern in die offene Zwiebackschachtel.

»Wäschst du dir nicht die Hände?«, fragte Barbara.

»Habe ich oben gerade gemacht«, antwortete Tommaso, streckte den Arm aus, griff nach dem Marmeladenglas, überprüfte das Etikett, stellte das Glas zurück.

»Was machst du heute?«, fragte Davide.

»Ich fahr zu Marco«, antwortete er und tauchte einen Zwieback in die Milch. »Mit dem Bus«, präzisierte er, um einem vermuteten väterlichen Verlangen nach Klärung zuvorzukommen.

»Und mit wem?«, fragte Barbara.

»Maureo. Anna. Claudo. Vielleicht Penna. Francesca. Giorgio. Vielleicht kommt auch Lenny.«

Barbara schaute ihren Mann an. Lenny?, fragte sie tonlos. Davide zuckte mit den Schultern, als habe er es längst aufgegeben, den befremdlichen Namen in Tommasos Freundeskreis näher nachzugehen.

»Ich kann dich mitnehmen«, sagte er. »Die Villa der Callipos ist nicht weit von der Klinik.

»Wenn du willst.«

»Ich trink den Kaffee aus, zieh mich an, dann können wir los.«

»Ich hab's nicht eilig.«

»Ich schon.«

Cochise, auf den Hinterbeinen sitzend, wartete demütig und mit einem Anflug von Schmollen zu seinen Füßen. Sein Charakter und der Epaminondas' verhielten sich geradezu spiegelverkehrt, kaum zu glauben, dass sie aus einem Wurf waren. Auf einmal machte er einen Satz, landete mit einem dumpfen Ton auf den Schenkeln seines Herrchens und richtete sich auf dessen Jeans ein.

Die Espressokanne zischte.

»Was machst du heute Mittag?«, fragte Davide Barbara.

»Ich weiß nicht. Wieso?«

»Ich würde gern das kleine Restaurant in der Viale Puccini ausprobieren, von dem alle so begeistert erzählen. Kommst du hin? Wir werden schon was für dich finden.«

»Ja, warum nicht?«

Dann wandte er sich an Tommaso.

»Kommst du auch, mein Schatz?«

»Ich weiß nicht«, sagte er. »Um wie viel Uhr denn?«

»Das hängt von deiner Mutter ab. Für mich würde ein Uhr passen.«

»Ich muss heute Nachmittag zu meinen Eltern«, sagte Barbara. »Halb vier habe ich meiner Mutter gesagt. Aber das reicht ja für ein Hochzeitsmahl.«

»Ja, wieso nicht ein Hochzeitsmahl?«

Eine halbe Stunde später stiegen Davide und Tommaso in den BMW. Das elektrische Einfahrtstor glitt mit einem Surren auf, das nicht ganz so lieblich klang wie sonst. Davide schaute an der Hausfassade hoch. Bis zum Jahresende würden dort wohl einige

Instandsetzungsarbeiten nötig sein, hatte Barbara prophezeit, aber das Quietschen des Tors kündete wohl eher von umfassenderen kostspieligeren, konservativen Eingriffen. Soweit er wusste, war das zweistöckige Haus das erste in ganz Lucca, das nur aus Holz gebaut war. Als Barbara ihre Schwangerschaft bemerkt hatte, hatte sie ihren Ehemann kaum eine Woche später schon von einem alternativen Bauunternehmen zum nächsten geschleppt. Dort hatten sie Kataloge gewälzt, die luxuriöse, ökologisch-nachhaltige Fertighäuser zeigten, mit jedem Komfort, aber ohne das lästige Schuldgefühl, seinen exzentrischen Launen auf Kosten des Planeten nachzugeben. Gebieterisch prankte auf den Hochglanzbroschüren das Akronym NZEB: *Nearly Zero Emission Building*. Barbara, gesprächig und voller Zuversicht, prägte sich jedes Detail ein. Davide stand blinzelnd, mit verschränkten Armen, dabei, als Mann der Wissenschaft misstraute er der radikalen Abkehr von tief verwurzelten Konzepten. Die Vorstellung, wie Überlebende einer Naturkatastrophe in einem Holzhaus zu leben, entsetzte ihn.

Nach der Heirat hatten sie das obere Stockwerk im düsteren Haus seiner Eltern, auf den Hügeln nordöstlich der Stadt, bezogen. Dann hatten sie Tommaso gezeugt, und Barbara verlangte ebenso energisch wie sanft, sich aus der Obhut der Schwiegereltern zu befreien und eine winzige Innenstadtwohnung zu mieten. Nicht nur das düstere Haus störte sie. Denn schon länger wurde die familiäre Harmonie durch eine ideologische Auseinandersetzung zwischen Davide und seinem Vater erschüttert, der ebenfalls Neurochirurg war. Als ödipaler Vorwand diente der epochale Streit zwischen den Anhängern der Lokalisations- und Plastizitätstheorie.

Barbara hatte sich damals gerade erst der Logopädie zugewandt, bei der es höchstens am Rande um das tiefere Verständnis zerebraler Vorgänge ging. Um den Aussprachefehler eines Kindes zu korrigieren, brauchte man keine einheitliche neurologische Theorie. Allerdings hatte sie Sacks gelesen, auch ein wenig Kandel, und wollte gern herausfinden, wie unüberwindbar die theoretische Kluft zwischen Ehemann und Schwiegervater tatsächlich war.

Als Davide eines Abends zerstreut vorm Fernseher saß, rückte sie näher und bat ihn, ihr das Problem zu erklären.

»Tja, am Anfang glaubte die Neurologie, dass alle Hirnfunktionen von vornherein und unabänderlich in einem festgelegten Bereich des Gehirns angesiedelt sind.« Er reckte sich. »Aber dann entdeckte man, dass bei Bedarf alle Aufgaben auch von Nachbarbereichen übernommen werden. Das Gehirn ist also plastisch, veränderbar, anpassungsfähig. Doch wenn mein Vater das hört, reagiert er leider bis heute nur mit Achselzucken.«

»Und darum musst du auf ihn sauer sein?«

»Er ist ja auf mich sauer.«

Bald darauf hatten sie den zweiten Stock eines dreistöckigen Gebäudes in der Via Sant'Andrea gemietet. Über ihnen wohnte eine Familie mit vier Kindern, unter ihnen ein wunderbares älteres Paar. Beide Parteien bemühten sich redlich, bestimmte Tageszeitenmit Lärm zu füllen, wobei diese so streng voneinander getrennt waren, als habe man sie ihnen bei einem speziell anberaumten Mietertreffen zugewiesen. Vormittags waren die trostlosesten staatlichen Fernsehprogramme an der Reihe, von den zwei Leutchen inbrünstig kommentiert. Nachmittags drang dann Kindergeschrei nach unten, vom Familienhund mit begeistertem Herumtollen quittiert. Entgegen der offenbar geltenden Regelung kläffte und jaulte der große, honigfarbene, dumme, hyperaktive Cockerspaniel zu jeder Tageszeit.

Davide und Barbara hielten bis zum zweiten Herbst durch. Im Sommer hatte Barbara von ihren Großeltern ein kleines Grundstück in der Via Tofanelli, südlich der Stadtmauer, geerbt. Nach mehrfacher Inaugenscheinnahme hatte sie Davide vorgeschlagen, dort ein Holzhaus zu errichten.

Ein Holzhaus? Ja, er habe richtig verstanden, jedoch mit innovativen technischen Lösungen und lächerlichem energetischen Fußabdruck.

Es gab bereits einen Entwurf von einem befreundeten Architekten, Partner in einer undurchsichtigen, utopistischen Bio-Architektengruppe: zwei Stockwerke, ein mit Glyzinien begrünter Vorbau, eine Dachterrasse mit Whirlpool für vier Personen. Und die Nachbarn? Die würde man mit Weiden und Olivenbäumen im Garten, mit schwarzen Steinen und Klee auf Abstand halten, das Wort »Nachbar« sei seiner Bedeutung quasi entkleidet.

Schluss mit Cockerspanieln, unruhigen Kindern und Quizsendungen.

Schließlich hatte Davide Ja gesagt, wenn auch schweren Herzens. Wozu war er denn Arzt geworden, mit hunderttausend im Jahr, wenn er wie die Polynesier im Pfahlbau wohnte?

Tommaso zog ein Skript aus dem Rucksack, der zwischen seinen Beinen klemmte.

»Was ist das?«, fragte Davide.

»Ein Merkblatt«, antwortete er. »Für die Arbeit, die wir Samstag abgegeben haben.«

»Ich dachte, es wären Ferien.«

»Erst ab übermorgen.«

»Also rechtzeitig für das große Ereignis. Bist du aufgeregt?«

»Hm. Sollte ich?«

Sie standen an einer Ampel, Davide beobachtete, wie sein Sohn sorgfältig etwas Beigefarbenes vom Sitz kratzte, unter seinem Oberschenkel. Ein schüchterner Junge, ein Ass in der Schule, mit dem Steckenpferd Astronomie. Gerade fand er aus einer schwierigen Zeit heraus, nach einer vernachlässigbaren Phase jugendlicher Pseudorebellion, die vermutlich nicht die letzte sein würde, eine dieser zahllosen leichten Ordalien, durch die die Entwicklung westlicher Jugendlicher strukturiert wurde.

»In deinem Alter«, sagte er, »hätte ich nachts kein Auge zugetan. Stell dir vor, Aerosmith.«

»Danke, ich schlaf auch so schon schlecht genug.«

»Im *Rolling Stone* stehen sie auf Platz neunundfünfzig der hundert größten Musiker aller Zeiten.«

»Platz neunundfünfzig?«

»Okay. Aber Steven Tyler wurde zur größten Popikone aller Zeiten gewählt. Aller Zeiten. Mit Elvis. Freddie Mercury. Bono. John Lennon.

»Wer ist Elvis?«

Davide blickte ihn leicht verwirrt an. Tommaso befand sich offenbar in einer Phase, in der man sich gegen die wachsenden Forderungen, die die Erwachsenenwelt, kaum hat sie die Kindheit für beendet erklärt, begierig an einen herantrug, nur durch deutliches Desinteresse gegenüber zweitrangigen Fragen wehren konnte. Davide hatte das nicht gekannt. Er hatte in seiner gesamten Jugend alle Anregungen dankbar aufgenommen. Bis heute erinnerte er sich daran, wie bestürzt er am Studienbeginn gewesen war, als der Professor für Embryologie eine jener unüberprüfbaren Aussagen formulierte, die bei den Erstsemestern unvermeidlich eine Woche lang verwunderten Widerwillen auslösten: Die Welt, die wir wahrnehmen, sei eine Illusion, sagte er, Blumen, Bäume, Himmel, Wolken, Meere, Häuser, Autos, Bücher, Tiere, das Gesicht der Eltern oder der Freundin seien gar nicht real oder zumindest nicht so, wie wir sie wahrnehmen. Die Welt sei eine stumme aschfarbene Architektur aus farb-, geruch-, geschmack- und temperaturlosen Molekülen, die jedes Gehirn durch elektrische Potenziale zu einer eigenen Wahrnehmung zusammensetze, die mit den fahlen konkreten Fakten wenig gemein habe.

Der BMW war eine kurze Auffahrt hinaufgekrochen. Inmitten einer langen Backsteinmauer tauchte ein kleines Tor auf.

»Wir sehen uns im Restaurant«, sagte Davide, als Tommaso die Autotür öffnete. »Viale Puccini, 1524.«

»1524, ist das der Name?«

»Nein, die Hausnummer.«

»Und der Name?«

»Weiß ich nicht mehr.«

Tommaso schwang den Rucksack über die linke Schulter. Davide schaute ihm nach, als er auf das Törchen zuging, leicht gebeugt, wie von den kürzlichen körperlichen Veränderungen noch ein wenig betäubt. Wegen eines winzigen hormonellen Ungleichgewichts hatte sich seine sexuelle Reife um ein Jahr verzögert, peinliches Bärtchen, Gelenkschmerzen, Stimmbruch, Hodenschmerzen, diverse akute Androgenausschüttungen. Als fürchte er weitere unangenehme Überraschungen, unterhielt Tommaso seitdem eine extrem vorsichtige, distanzierte Beziehung zu sich selbst.

Fünf Minuten später parkte Davide auf dem reservierten Klinikparkplatz.

Martinellis Wagen stand nicht da.

Umso besser, sagte er sich, stellte den Motor ab und blickte zum Klinikgebäude.

Die Drehtür oberhalb der Freitreppe kreiste träge um sich selbst. Seitdem er am Campo di Marte arbeitete, hatte er noch nicht ein Mal gesehen, dass ihre schlaffen Umdrehungen eine Pause eingelegt hätten.

Er griff nach seiner Tasche und stieg aus.

Je nach seelischer Verfasstheit, dachte er, hallen in den geheimen Winkeln unseres Geistes die beliebigsten Symbolismen wie dumpfe Glockenschläge wider.

2

ALS ER SICH IM UMKLEIDERAUM der Abteilung gerade das T-Shirt über den Kopf zog, klingelte sein Handy. Beim hektischen Versuch, sich zu befreien, landete er mit einem Arm im Kopfausschnitt, schaffte es aber schließlich, mit der freien Hand die Tasche zu erreichen, ganz unten im Spind. Er schaute nicht mal, wer dran war.

»Hallo?«, sagte er.

»Hallo Davide, ich bin's, Paolo. Stör ich?«

»Nein, nein. Ich hätte dich ohnehin vor dem Mittagessen angerufen.«

»Du atmest schwer? Angenehm beschäftigt?«

»Ach was. Ich versuch nur, das Oberteil auszuziehen. Das wird langsam kompliziert. Ich hab wohl wirklich ein paar Kilo zugelegt.«

»Wo bist du?«

»In der Klinik. Gerade angekommen.«

»Deine Frau hat das Schreiben abfotografiert und mir geschickt.«

»Und? Was hältst du davon?«

»Nicht viel. Blendfeuer von einem kleinen Anwalt, der wenig in der Hand hat.«

»Bist du sicher?«

»Er blufft: ein Schreiben, höchstens zwei. Die Asse haben wir auf der Hand.«

»Das heißt?«

»Nichts. Wir setzen uns ans Ufer und warten ab, bis dein Nachbar vorbeitreibt, am besten mit dem Gesicht nach unten. In ein paar Wochen kannst du die Autopsie vornehmen.«

»Ich hab noch nie eine Autopsie vorgenommen.«

»Weil du ein Snob bist. Wie hieß noch mal der Arzt, der im 19. Jahrhundert bei einer Amputation Patient, Assistent und einen Zuschauer umgebracht hat?«

»Mmh ... Robert Liston?«

»Er galt, wie ich gelesen habe, als der weltweit beste Chirurg. Und? Wann können wir das von dir sagen?«

»Könnte schwierig werden. Patient und Zuschauer, geschenkt, doch bei dem chronischen Personalmangel dürfte ich nicht mal die ungeschickteste Pflegekraft umbringen.«

Er beendete das Telefonat, schob das Handy zurück in die Tasche, wand sich aus dem T-Shirt und kleidete sich rasch fertig um. Als er auf den Flur trat, bemerkte er, dass der linke Kittelsaum ein wenig abstand. In der Eile hatte er den Kittel falsch geknöpft. Der Aufzug öffnete sich mit einem hydraulischen Zischen und spuckte zwei junge Krankenschwestern aus. Davide verlangsamte seine Schritte und grüßte, die Hände wie ein Kommunionkind beim Empfang der Hostie zwischen Schenkeln und Schambein; die beiden grüßten beinah unhörbar zurück, perfekt passend zur klösterlichen Atmosphäre der Abteilung. Er öffnete die Tür zum Arztzimmer, ging zum Schreibtisch, nahm das Diensthandy aus der Ladestation und ließ es in die Kitteltasche gleiten.

Als er sich bückte, um am Computer den Startknopf zu drücken, klopfte es.

»Guten Morgen, Chef.« Ein junger Arzt trat ein und blieb direkt hinter der Türschwelle stehen.

Davide richtete sich auf.

»Hallo Lucio«, antwortete er. »Wie geht's?«

»Prächtig. Und dir?«

»Ich bin spät dran und hab einen schwierigen Vormittag vor mir.«

»Dein Kittel ist falsch geknöpft.«

»Ich hab's gemerkt.«

»Du weißt ja, die ersten Symptome für kognitiven Abbau sind Fehler bei der Durchführung einfacher automatisierter Abläufe.«

»Sehr witzig.«

Er knöpfte den Kittel rasch auf und dann umgekehrt wieder zu. Schließlich zog er ein Taschentuch aus der Packung, die auf dem Schreibtisch lag, nahm die Brille ab und wischte sie, unter mehrmaligem Anhauchen, sauber.

»Wer hat heute die Visite gemacht?«, fragte er.

»Pieri.«

»Irgendwelche Neuigkeiten?«

»Bei dem Jungen auf 64 haben wir ein EEG gemacht. Wie erwartet, epileptogener Herd im Frontalbereich.«

»Und die Gehirnentzündung von 67?«

»Sieht gut aus. Siebenunddreißig acht heute Morgen.«

»Und sonst? Ein Schaudern an der Wirbelsäule verrät mir, dass es Neues gibt.«

»Es wurde ein junges Mädchen mit Verdacht auf TIA eingeliefert. Sie ist gerade in der Radiologie. Woher wusstest du das?«

»Übersinnliche Kräfte.«

»Das hab ich befürchtet.«

»Nach zehn Jahren hier drinnen ist das normal. De Angelis arbeitet seit '92 hier und hat sogar telekinetische Fähigkeiten. Er kann Besteck allein durch die Kraft der Gedanken gerade biegen. Allerdings nicht verbiegen. An Uri Geller kommt er also nicht ganz heran.«

»Aber Geller hat gemogelt.«

»De Angelis nicht. Es gibt fünf mehr oder weniger nüchterne

Zeugen, die alle gesehen haben, wie er Silvester eine Inox-Schöpfkelle gerade bog. Aber jetzt bring mir bitte den Wagen mit den Krankenakten und sag mir Bescheid, wenn sie das Mädchen raufbringen.«

»Okay.«

»Und Martinelli? Sein Raumschiff steht nicht auf dem Parkplatz.«

»Keine Ahnung, ob er heute kommt.«

»Okay, bis später dann.«

Der Computer war noch nicht hochgefahren. Er bückte sich noch einmal und betätigte die On-Taste.

Nichts.

Er zog das Handy aus der Tasche und betrachtete es, nichts Gutes ahnend.

Aus.

Einige Sekunden lang drückte er auf dem Display herum, auf den Seitentasten, nichts. Funktionierte es etwa nicht mehr? Es war ziemlich neu, kein billiges Gerät, ausschließlich durch den Vizeprimar der Abteilung zu nutzen, also ihn.

Er beugte sich über den Schreibtisch und begutachtete die Steckdosenleiste, in der die Netzkabel von Computer und Ladegerät steckten. Der Stecker mit den bikuspiden Polen lag am Boden, wie das fossile Köpfchen eines winzigen Drachen.

Fast musste er lächeln.

»Das wird bestimmt ein super Tag«, murmelte er.

3

Barbara griff nach dem Bademantel, der über dem Handtuchwärmer hing, und stieg aus der Dusche. Fred Feuerstein, der unter dem Waschbecken saß, blickte sie unverwandt an. Während Cochise ausschließlich Tommaso zu seinem Objekt spiritueller Fürsorge erwählt hatte, begleitete und tröstete Fred jeden. Als junger Hund hatte er so hektisch mit den Beinen gerudert, dass er auf dem Parkett ausrutschte. Es sah aus wie bei seinen namensgebenden Zeichentrick-Vorfahren, die ihre Autos per Beinarbeit vorwärtsbewegten. Erst mit den Jahren eignete er sich die vorsichtige Gangart einer Minderheitenspezies an, die den wechselhaften Launen psychotischer Mitbewohner ausgesetzt war.

Barbara stellte sich vor den Spiegel und schlug den Bademantel zurück. Seit einigen Tagen juckte die kleine Narbe am Bauch. Ein Kaiserschnitt, hatte sie vor Jahren gelesen, könne aufgrund des schlechten Gewissens, seinem Kind die immunologischen Vorteile der natürlichen Geburt vorenthalten zu haben, zu psychosomatischen Konflikten führen. Der Gynäkologe hatte bei ihr eine Placenta praevia diagnostiziert, eine klassische Geburt, so der eindringliche Rat, käme überhaupt nicht infrage. Manchmal malte sie sich daher aus, wie sie den Kleinen an diesem schicksalhaften Tag in die Arme nahm, anlegte, ihm, während der Schnitt unter dem Bauchnabel genäht wurde, sinnlose Worte zuflüsterte, schließlich die Arme ausstreckte und das faltige Gesichtchen, um es mit rettenden Bakterien zu überschwemmen, über Muschi und

Damm rieb. Einmal hatte sie sich, im Bett, mit Davide darüber unterhalten, einige Monate nach Tommasos Geburt.

»Warum hast du mir das nicht gesagt?«, griff sie ihn an. »Ich hatte ja keine Ahnung.«

»Ich dachte, der Gynäkologe würde dir das erklären.«

»Wo er eine natürliche Geburt ausgeschlossen hat?«

»Schatz, mach dir keine Sorgen. Tommaso entwickelt auch so genug Antikörper.«

Sie presste den Finger auf die Lippen.

»Glaubst du, ein wenig Reiben nach der Geburt hätte dieselbe Wirkung gehabt?«

»Reiben?«

»An meiner Muschi.«

»Wie meinst du das?«

»Wie ich das meine? Was wäre passiert, wenn ich Tommaso genommen und zwischen meine Beine gehalten hätte?«

Davide kratzte sich an der Stirn.

»Tja, seine Lymphozyten hätten zweifellos davon profitiert«, antwortete er. »Aber du hast nicht an die Zeugen gedacht.«

»Zeugen?«

»Ärzte, Krankenschwestern. Stell dir mal die Schlagzeile im *Tirreno* am nächsten Morgen vor: ›Inzest und Blasphemie in privater Geburtsklinik‹.«

»Ach komm.«

»Natürlich. ›Studentin vollführt obszönes Ritual mit neugeborenem Sohn‹.

»Meinst du?«

Zwei Wochen später war Barbara mit zwei Kätzchen nach Hause gekommen. »Antikörper für den Kleinen«, hatte sie Ehemann und Hund erklärt.

Sie betrachtete ihre Schamhaare. Zeit für einen radikalen Schnitt? In nicht einmal einem Monat wurde sie vierzig, und sie hatte sich noch nie komplett rasiert. Davide würde das gefallen, aber er würde ihr seine üblichen deontologischen Zweifel entgegenhalten: Er würde angesichts der Schutzfunktion der Schamhaare niemals zulassen, dass seine Frau ihrer Intimgesundheit wegen seiner – höchst banalen – erotischen Fantasien schadete.

Vierzig, dachte Barbara. In weniger als einem Monat.

Gerade wollte sie sich tristen Gedanken hingeben, da bemerkte sie einen vagen Schatten im Spiegel.

War jemand im Garten?

Sie drehte sich abrupt um. Den Bademantel mit einer Hand zuhaltend, trat sie zum Fenster.

Ihr Blick schweifte prüfend über die linke Gartenseite.

Nichts.

Über die rechte.

Neben der Hecke stand jemand, mit dem Rücken zu ihr. Es sah aus, als suche er etwas.

Wie war er hereingekommen?

Barbara zog den Gürtel fest zu, verließ das Badezimmer, durchquerte das Wohnzimmer, öffnete die Tür und stand auf der Veranda. Auf dem schmiedeeisernen Tisch lag der alte Prince-Tennisschläger. Sie griff danach, ging ein paar Schritte, lehnte sich gegen die Hausecke und reckte Kopf und Oberkörper vor.

Zwischen den Glanzmispeln und dem blauen Mini Countryman stand noch immer jemand, mit dem Rücken zu ihr.

Ein Jugendlicher, der Kleidung nach zu urteilen. Kappe verkehrt herum auf dem Kopf, violettes Muscleshirt, knielange Hose, Sneakers. Über die Hecke gebeugt, zerteilte er das Blattwerk.

Barbara machte noch ein paar Schritte, zeigte sich.

»Hallo«, sagte sie. »Kann ich dir helfen?«

Der Junge richtete sich wie vom Blitz getroffen auf und drehte sich leicht verlegen, mit halb offenem Mund, um. Er war groß und kräftig, aber jünger, als er von hinten gewirkt hatte.

»Hast du etwas verloren?«, fragte Barbara.

Er schluckte ein paar Mal, hob eine Hand und richtete die Kappe. Zu beiden Seiten des Schirms quollen blonde Haarbüschel hervor. FREMANTLE FOOTBALL CLUB stand auf dem Shirt.

Barbara nahm den Tennisschläger über die Schulter.

»Also?«

Der Junge zeigte mit dem Daumen auf die Glanzmispeln.

»Mein Bumerang«, sagte er. »Der ist da reingefallen.«

Barbara blickte auf das rötliche Gewirr aus Zweigen und Blättern und fragte sich erneut, wie der Junge hereingekommen war. War er über das Tor geklettert? Hatte er dem Heckenschlund ein paar Hautzentimeter geopfert? Kam man so einfach in ihren Garten? Vielleicht sollten sie die Taxonomie der Tiere im Hause Ricci um einen kampflustigen, revierbewussten Hund erweitern.

»Soll ich dir suchen helfen?«, fragte sie.

Der Junge nickte.

Barbara trat näher, der Tennisschläger baumelte in ihrer Rechten. Ihr Haus lag in dem ruhigen Viertel einer verschlafenen Provinzstadt, aber man konnte nie wissen. Sie beugte sich über die Hecke und durchsuchte sie mit gebührendem Sicherheitsabstand.

»Wo ist er denn hingefallen?«, fragte sie, während sie weiter zwischen den Glanzmispeln stöberte, den Jungen wiederholt misstrauisch beäugend. Winzige Pickel blühten auf Stirn und Wangen. Insgesamt wirkte er harmlos, der Tennisschläger war als Abschreckungswaffe wohl unverhältnismäßig. Darum spreizte sie nun, um seinen einschüchternden Zweck zumindest ein wenig zu kaschieren, die Zweige damit auseinander. Doch dann fiel ihr ein, dass der Junge sie gesehen haben musste, als sie nackt vorm Spiegel stand.

»Ich bin Tommasos Mutter«, sagte sie, ohne bestimmte Absicht. Oder vielmehr, um auf meldebehördlicher Kluft und Mutterschaft die Pfeiler ihrer sexuellen Nichtverfügbarkeit zu errichten. Doch eine Sekunde später erinnerte sie sich, dass das M in dem bekannten Akronym MILF ausgerechnet für *Mother* stand, und verabschiedete sich leicht wehmütig von diesem Bollwerk.

Außerdem war klar, dass eigentlich gar nichts in der Hecke war.

Wie lange würde der Junge noch brauchen, um eine würdige Rückzugsstrategie vorzubringen, fragte sie sich und griff den Tennisschläger ein wenig fester. Doch ganz gleich, wie unglaubwürdig oder demonstrativ ungehörig seine Entschuldigung ausfallen würde, im Grunde wusste sie eine fantasievolle Ausrede wie einen Bumerang durchaus zu schätzen.

»Tommaso?«, fragte der Junge.

»Ja, das ist mein Sohn. Kennst du ihn?«

»Nein. Ich kenne hier keinen. Ich bin erst seit einer Woche hier.«

»Ach ja, wo kommst du denn her?«

»Aus Australien.«

»Echt? Und wo wohnst du jetzt?«

Der Junge hob den Kopf, zog den Arm aus der Hecke und zeigte auf ein niedriges Haus auf der anderen Straßenseite.

»Dort«, sagte er. »Im ersten Stock. Darunter ist der Club von meinem Vater, das *Labyrinth.*«

Barbara beugte sich tiefer über die Hecke und schloss die Augen.

Scheiße, dachte sie, während sie so tat, als würde sie nach dem Fantasie-Bumerang suchen.

Der Lenci-Sohn. Ausgerechnet. Sein Vater hatte sie in den letzten zwölf Monaten vier Tage die Woche um den nächtlichen Schlaf gebracht und versuchte jetzt, sie mit anwaltlichen Drohbriefen einzuschüchtern.

»Und wie heißt du?«, murmelte sie.

»Giovanni.«

Am liebsten hätte sie bis tief in die Nacht in dieser Position verharrt, aber sie atmete tief durch, öffnete die Augen und wollte sich schon aufrichten, als sie den Bumerang sah.

Er war viel kleiner als gedacht, und mit seiner Farbe zwischen den Glanzmispelblättern und -zweigen perfekt getarnt. Sie griff danach, zog ihn heraus und reichte ihn dem Jungen.

»Hier ist er«, sagte sie.

»Oh«, antwortete er, mit einem Anflug von Lächeln.

»Ich hab ja davon keine Ahnung«, sagte Barbara. »Aber ich hatte ihn mir viel größer vorgestellt.«

»Es gibt verschiedene Bumerangs«, sagte Giovanni und hielt ihn an den beiden Enden, damit sie ihn besser sehen konnte. »Das hier ist ein Original, von einem Noongar bemalt. Das sind Aborigines, die in der Wüste leben, östlich von Perth.«

»Und wie bist du da drangekommen?«

»Ich hab da die letzten vier Jahre gelebt.«

»In der Wüste?«

»Nein, nein. In Perth.«

»Ach ja, natürlich, wie dumm.«

»Vielen Dank für Ihre Hilfe.«

»Keine Ursache.«

Dann stand sie, den Tennisschläger in der Rechten baumelnd, reglos da und schaute zu, wie der ein wenig unbeholfene Junge ohne viel Aufhebens über die Hecke kletterte und dorthin zurückkehrte, wo er hergekommen war.

Sie dachte an die Noongar. Vielleicht war das die einzig mögliche Antwort auf die Probleme der städtischen Zivilisation: ein Nomadenleben in der Wüste Südwestaustraliens.

4

WAR DAS DAS RESTAURANT? Tommaso rieb sich verwundert den Nacken.

MERCATINO DI PESCE las er auf dem Schild und konnte sich nicht vorstellen, dass seine Mutter als fundamentalistische Veganerin in ein Restaurant mit Fisch im Namen gehen würde. Sein Vater hatte ihm vorhin eine Nachricht geschickt: Er schaffe es leider nicht rechtzeitig zur Villa Callipo, er solle entweder den Bus nehmen oder sich von einem Erwachsenen zur Nummer 1534 fahren lassen. Wie immer wollte er ihm die dritte, in Wahrheit logischste, naheliegendste, in puncto Geld und Zeit vernünftigste Option von vornherein austreiben und unterschlug sie einfach, sich nämlich von Giorgio, Matteo oder Anna mit dem Motorroller bringen zu lassen. Der typische väterliche Trick erinnerte Tommaso jedes Mal an frühere Gottesfürchtige, die den Namen des Teufels nicht aussprachen, nicht einmal dachten, um sich vor dem Bösen zu schützen.

Außerdem hatte er vor ein paar Stunden noch 1524 gesagt.

Schließlich hatte er Giorgio gebeten, ihn zu fahren, nicht der intellektuell begnadetste unter seinen Freunden, dafür aber ein fast unerhört vorsichtiger Fahrer. Um Punkt eins war er da, in kurzärmligem Hemd, kurzer Hose und Sneakers. Er fragte sich, ob das die passende Kleidung für das Restaurant war, doch als er die Tür aufstieß, stellte er erleichtert fest, dass er angesichts der Klientel fast zu fein gekleidet war.

Der Raum war knallvoll, fast alle Tische waren besetzt. Vor der Kasse wartete eine lange Schlange, am Tresen hockten die Stammkunden, um Gleichgewicht bemüht, wie Hühner auf der Stange. Die Wand am hinteren Ende wurde von einem rechteckigen Spiegel eingenommen, durch das geöffnete Fenster links blickte man auf eine Holzterrasse voller Tische. Die Kellnerinnen trugen zur hellen Hose eine schwarze Hemdbluse mit Blumenmuster und hochgekrempelten Ärmeln.

Tommaso zwängte sich durch die Wartenden, vorbei an der Kasse, und stellte sich neben einen schwarzen, monolithischen Kühlschrank. Er spiegelte sich in der Tür.

Ich müsste mal wieder zum Friseur, dachte er.

Eine junge Frau in hellem Baumwollkleid näherte sich dem Kühlschrank und fragte, als wäre Tommaso der Kühlschrankbewacher, ob sie etwas herausnehmen dürfe.

Tommaso trat rasch zur Seite, die Frau griff nach zwei Cola-Dosen. Wie unglaublich raffiniert, dachte er, der Verschluss ihrer Sandalen war.

Sein Handy im vorderen Rucksackfach vibrierte.

Eine Nachricht von seiner Mutter:

»Bist du schon drinnen?«

Er bejahte und blickte zum Eingang. Hinter ihm brach eine Gruppe in schallendes Gelächter aus. Wie von der Zentripetalkraft ansteckender Heiterkeit angezogen, betrat seine Mutter fast gleichzeitig das Lokal, in engen Jeans, hellrosa Bluse und Segelschuhen. Der Mann an der Tür musterte sie von Kopf bis Fuß, als seine Augen sie scannten, runzelte er zunehmend die Stirn.

Barbara winkte Tommaso zu.

»Hallo Schätzchen«, sagte sie dann, kaum hörbar.

»Hallo Mama.«

»Ziemlich voll hier. Ich hoffe, Papa hat reserviert«, sagte sie eher zu sich selbst.

Tommaso zog eine Augenbraue hoch.

»Aber bestimmt dachte er wieder, ich mache das«, sagte sie. »Komm, vielleicht kriegen wir eine dieser munteren Kellnerinnen zu fassen, und es gibt irgendwo noch drei Plätze.«

Ein Mann, der mit drei anderen neben einer ledernen Trennwand saß, blickte die beiden unverwandt an. Er wischte sich mit der Serviette den Mund ab, dann erhob er sich, sagte etwas zu seinem Tischnachbarn, zwängte sich mühsam an den Kleiderhaken vorbei und ging auf Barbara und Tommaso zu. Er war groß, korpulent, der Blick verhangen und leicht unfokussiert, die vernünftige Aperitifgrenze hatte er offenbar überschritten. Er kam näher, in unverständlichen Stiefeln, jeder Schritt ein feierlicher Schlag.

»Carmen«, sagte er zu Barbara. »Hey, Carmen.«

Sie drehte sich um.

»Entschuldigung?«

»Bist du nicht Carmen?«, fuhr der Mann mit geheuchelter Überraschung fort. »Dann Isabel. Oder Dolores?«

Barbara schüttelte den Kopf.

»Sie verwechseln mich wohl.«

»Maria? Pilar?«

Sie griff nach der Hand ihres Sohnes.

»Sie raten wohl drauflos? Aber egal, jedenfalls bin ich nicht die, die Sie suchen.«

Der Mann nickte.

»Da könntest du recht haben«, sagte er. »Wirklich schade. Wo ich dich jetzt aus der Nähe sehe. Hätte ich dich früher kennengelernt, wäre der hübsche Junge da neben dir bestimmt von mir.«

»Wie schmeichelhaft«, sagte Barbara. »Doch leider sehe ich dahinten wohl gerade meinen Mann.«

Sie starrte in die Tiefe des Raums, hoffentlich, dachte sie, war der Mann nicht zu sehr betrunken und sah von weiteren Annäherungsversuchen ab.

Doch er trat noch einen Schritt näher heran und griff nach einem Zipfel ihrer Bluse.

»Wo willst du hin?«, fragte er. »Wir wollen diese vielversprechende Unterhaltung doch nicht einfach so beenden.«

Barbara blickte ungläubig auf die Hand an ihrer Bluse.

»Lassen Sie mich los.«

»Wieso sollte ich.«

»Bitte, lassen Sie mich los«, wiederholte Barbara.

»Das geht nicht. Ich habe meinen Freunden da drüben versprochen, dich an unseren Tisch zu bringen.«

»Und ich hab Ihnen gerade gesagt, dass ich auf meinen Mann warte.«

»Du hast ihn gesehen, hast du gesagt. Sei ehrlich: Es gibt gar keinen Mann. Umso besser. Sonst müsste ich mir den Armen noch vorknöpfen, und dabei kenne ich ihn nicht mal.«

Davide hatte das Lokal soeben betreten, befand sich also genau gegenüber der imaginären Position, die Barbara vorschwebte. Er steckte fünf oder sechs Meter vor der Kasse fest, wo eine deutsche oder holländische Reisegruppe hoch konzentriert über die offenbar schwierige Aufteilung der Rechnung beriet. Eingeklemmt zwischen einem Dutzend Männer in bestem Alter, die ihre mannigfach grau-blond-nuancierten Köpfe schüttelten. Als er sich umblickte, entdeckte er weiter hinten seine Frau und seinen Sohn, in einer seltsamen Situation. Wer war dieser Mann? Was war da los? Davide stand verwirrt da, er nahm die unterschwellige Bedrohung war, blieb aber unschlüssig, denn die Situation ließ zig und nicht unbedingt nur befremdliche oder unangenehme Interpretationen zu. Zumindest solange sich das Gefühl eines latenten Übergriffs nur in dem Blusenzipfel seiner Frau manifestierte, den die fremde Hand, mit einem Füllhorn an brennender Symbolik, festhielt.

Und dann war er wie gelähmt. Einen endlosen Augenblick konnte er nicht den winzigsten Muskel rühren. Und nur weil er um keinen Preis handeln und in dieser trägen, schmerzlichen Anspannung verharren wollte, redete er sich ein, er müsse sich wohl im Restaurant geirrt haben, diese Frau und der Junge dort drüben könnten unmöglich seine Familie sein, höchstens zwei zum Verwechseln ähnliche Fremde, die sich mit einem alkoholisierten Verwandten oder Freund stritten. Einen kurzen, furchtbaren Moment fragte er sich sogar, ob er nicht in ein Paralleluniversum geraten war, in dem ein großer, dicker Mann in Jackett, Krawatte und Stiefeln seine Frau geheiratet und seinen Sohn gezeugt hatte.

Der sich jetzt bestürzt umschaute, zur Kasse, womöglich auf Hilfe von dem Barista oder einer Kellnerin hoffend. Davide zog rechtzeitig den Kopf ein, damit er ihn nicht entdeckte.

(Oder doch nicht?)

Barbara griff nach der Hand des Mannes, sie wollte ihn zwingen, loszulassen.

»Lassen Sie mich gehen, bitte.«

»Klar, aber nur wenn du mit an meinen Tisch kommst.«

Tommaso musste sich fragen, wieso noch niemand gemerkt hatte, dass sich die Verführungsabsichten des Mannes zu etwas Verabscheuungswürdigerem entwickelt hatten.

»Vielleicht sollte ich mich mal vorstellen«, sagte der Mann nun und streckte Barbara die freie Hand entgegen. »Ottavio.«

Barbara rührte sich nicht. Tommaso blickte auf die Hand, erwog vielleicht, ob er die seine reichen, die andere schütteln sollte, ob der Austausch von Formalitäten ein möglicher Ausweg aus der peinlichen Situation sein konnte, in der sie steckten.

Dann passierte es.

Von der gegenüberliegenden Seite des Lokals drängte sich jemand durch die Menge und betrat die Szenerie.

Wie im Traum sahen Tommaso und Barbara, wie ein Unbekannter den gestreckten Arm des Mannes packte.

Dem kaum Zeit blieb, den Mund aufzumachen.

»Hey, was zum Teufel ...«, sagte er, ehe er mit einem schallenden Knall gegen die Vertäfelung schleuderte.

Von irgendwo im Lokal drang der unterdrückte Schrei einer Frau.

Ottavio quittierte den Zusammenprall zwischen Rücken und Wand mit einem kläglichen Seufzer. Das Stimmengewirr im Raum schrumpfte zum ängstlichen Gemurmel.

Der Unbekannte sprang auf Ottavio zu, drückte ihm den linken Unterarm auf den Hals, platzierte den rechten in seiner Ellenbeuge und schob die Knie zwischen seine Beine, eine Knochen-und-Muskel-Schlinge. Wenn der andere versuchte, sich herauszuwinden, verstärkte er den Druck auf den Hals.

»Weißt du, was dein Problem ist, mein Hübscher?«, sagte er. »Ich hab dich hier schon oft beobachtet, und dein Problem ist, du machst einfach zu viel Krach. Du redest zu viel, zu laut und fast nur Blödsinn. Von den Stiefeln gar nicht zu reden.«

Er streckte den rechten Arm aus und langte nach einem Messer, das auf dem Tisch neben dem Kühlschrank lag.

Eine junge Kellnerin, die reglos neben dem Terrassenausgang stand, schlug die Hände vors Gesicht. Im Restaurant herrschte absolute Stille.

Ottavio versuchte, sich zu befreien, aber der Unbekannte, das Messer noch immer in der Rechten, wich nicht einen Millimeter zurück. Er fixierte seinen Unterleib, holte mit dem Arm weit nach hinten aus und versenkte das Messer knapp unter seinem Schritt.

Einen Moment ehe das Messer endgültig laut krachend in die Vertäfelung fuhr, hatte sich Ottavio auf die Zehenspitzen erhoben.

Mehrere Frauen kreischten auf.

»O Gott«, schrie Ottavio. »O mein Gott.«

Tommaso spürte Barbaras Hand in seiner zucken.

Der Unbekannte trat einen Schritt zurück und betrachtete seinen Gegner. Mit ausgestreckten Armen und angehobenen Fersen war er an die Wand genagelt, er sah aus wie ein unerfahrener Ehebrecher, der sich zitternd auf dem Gesims des eben entweihten Alkovens verschanzt hat.

»Schau, mein Freund«, sagte er zu ihm, »du kannst dich hier ruhig weiter blicken lassen, aber es war an der Zeit, dir die notwendigen Bedingungen unseres künftigen Zusammenlebens aufzuzeigen, damit sich dieses nunmehr ziviler gestaltet, als das bisherige vermuten lässt.«

Jetzt hob er die Hand, bis sie ganz nah am Gesicht des Mannes war, dessen Züge nun die Maske authentischen Schreckens trugen; er befürchtete wohl das Schlimmste, aber der andere schloss die Hand nur, zog den Daumen hervor und wies auf die erhobenen Zehenspitzen.

»Auf Zehenspitzen«, fuhr er fort. »Lern einfach, dich auf Zehenspitzen zu bewegen. Ich mag es, wenn Menschen leise sind. Aber das hast du jetzt wohl kapiert.«

Ottavio nickte hastig.

Auch der andere nickte zufrieden. Dann drehte er sich um und begab sich zur Kasse. Die ältere Reisegruppe, die der Szene mit der scheinheiligen, vage abgeklärten Passivität von Fernsehzuschauern beigewohnt hatte, machte ihm Platz, damit er bezahlen konnte. Davide nutzte die Gelegenheit, ihn sich genauer anzuschauen. Kurz geschorene Haare, dunkle Augen, das Gesicht ein Triumph der Trigonometrie: Nase und Kinn gleichschenklig, Haaransatz ungleichseitig, Augenhöhlen spitz. Der Mann zog das Portemonnaie aus der Gesäßtasche, entnahm ihm einen Zwanzigeuroschein, lehnte das Restgeld mit einer angedeuteten Handbewegung ab und wandte sich zum Ausgang.

Nun kam Davide aus der Deckung.

»Was ist passiert?«, fragte er seine Frau. »Ich bin gerade erst gekommen.«

Sein Blick wanderte zu dem Mann an der Wand, wobei er echte Fassungslosigkeit heuchelte.

Ottavio atmete mit offenem Mund. Einer seiner Freunde versuchte, ohne sichtbares Ergebnis, das Messer aus der Vertäfelung zu ziehen.

»Nicht der Rede wert«, sagte Barbara. »Aber vielleicht essen wir lieber woanders.«

Auf dem Weg zum BMW rief Davide bei einem kleinen Restaurant in der Via dei Garofani an und reservierte einen Tisch.

Tommaso steckte die Ohrstöpsel ein und fläzte sich auf den Rücksitz. Barbara nahm neben Davide Platz, klappte die Sonnenblende herunter, betrachtete sich im Spiegel, öffnete dann die Handtasche und kramte lautstark darin herum.

»Alles in Ordnung?«, fragte Davide.

»Ja.«

»Was ist da drinnen passiert?«

»Nicht der Rede wert.«

»Und der Typ an der Wand, mit dem Messer zwischen den Beinen?«

»Ein Besoffener«, sagte sie und fischte die Sonnenbrille aus der Handtasche.

»Mit wem hatte er sich angelegt?«

»Mit mir. Er war in romantischer Stimmung.«

»Und dann?«

»Dann ist ein junger Typ mit Glatzkopf dazwischengegangen. Als du kamst, ist er gerade gegangen.«

»Und wer war das?«

»Woher soll ich das wissen? Ihm fehlte wohl die Kinderstube, um sich vorzustellen.«

»Und der hat den Typen verprügelt?«

»Nein, nur an die Wand gehängt.«

»Und Tommaso?«

»Was ist mit Tommaso?«

»Wie geht es ihm?«

Barbara setzte die Sonnenbrille auf und drehte sich zu ihrem Mann.

»Warum fragst du ihn das nicht selbst?«

»Er hat Ohrstöpsel drin.«

»Gut so. Das entspannt.«

»Und du? Wie fühlst du dich?«

»Wie soll ich mich schon fühlen?«

»Mitgenommen, denke ich.«

»Da denkst du richtig. Schlimm genug, wenn man von einem besoffenen Idioten angemacht wird, aber muss dann noch einer ankommen, den Idioten an die Wand nageln, fast entmannen und reden wie ein Handlanger aus einem Tarantino-Film?«

»Der Handlanger hat dich immerhin beschützt. «

»Darauf pfeif ich. Das Lokal war rappelvoll. Was sollte da schon passieren?«

»Ich weiß nicht. Nichts wahrscheinlich.«

»Aber was passiert ist, ist wirklich widerlich.«

»Widerlich. Genau.«

»Aber weißt du, was noch schlimmer ist? Dass ich hier sitzen und mir die abgedroschenen Einwände von meinem Ehemann anhören muss.«

»Einwände? Was meinst du?«

»›Der Handlanger hat dich beschützt.‹ Wie würdest du das nennen?«

»Das ist kein Einwand, das ist eine simple Tatsache.«

»Mit der du die Gewalt quasi rechtfertigst.«

»Tue ich nicht.«

»Doch, oder willst du etwa abstreiten, dass fast jeder Mann davon träumt, Konflikte mit den Fäusten zu lösen. Wenn er bloß den Mut dazu hätte.«

»Nein, bei mir ist das anders. Du weißt genau, dass ich jede Form von Gewalt verabscheue.«

Barbara schien etwas erwidern zu wollen, schwieg dann aber doch. Sie verschränkte die Arme und starrte aus dem Seitenfenster.

»Entschuldige«, sagte sie schließlich. »Ich wollte das jetzt nicht an dir auslassen. Du hast nichts damit zu tun.«

Sie langte mit dem Arm hinüber und legte die Hand auf seinen Handrücken.

»Weißt du, was ich jetzt brauche?«

»Natürlich«, antwortete Davide. »Meine süße Sanftmut.«

»Ach was, süße Sanftmut. Ich brauche eine Möhren-, Lauch-, Leinsamen-Tortilla, gefüllt mit Tempeh und Avocadocreme.«

»Verstehe.«

»Und eine doppelte Portion Cashew-Semifreddo mit einer Gastrique an Waldbrombeeren.«

»Siehst du, es ging doch um etwas Süßes.«

5

Der erste Patient an diesem Montag war sechs Jahre alt und hieß Camillo. Barbara drückte ihm einen goldenen, sternförmigen Aufkleber auf die zarte Epidermis am linken Handgelenk, als Belohnung dafür, dass er in einem Stoffbeutel Gegenstände ertastet hatte. Camillo saß, die Arme reglos im Schoß, auf einem roten Plastikstühlchen und wartete mit komplexer, unglücklicher Miene auf die nächste Aufgabe.

Es war seine sechste Sitzung.

Es ging darum, die kleinen Patienten unabhängig vom Ausgang des Spiels zu belohnen. Das Sternchen war keine Erfolgsprämie, sondern zeigte, dass die Erwachsenen jede Bemühung, auch wenn sie nicht zum erwünschten Ergebnis führte, anerkannten.

Barbara bat den Jungen, sich vor den Spiegel zu stellen.

Seine Mutter, die ihn jeden Montag und Freitag in die Praxis brachte, wirkte nicht gerade so, als ob sie eine weitere Anspielung darauf, dass sich hinter dem Lispeln von Kindern zu einem nicht geringen Prozentsatz Angst verbarg, zu goutieren wüsste.

»Sonne«, sagte Barbara, ohne die Silben überdeutlich zu trennen.

»Sonne«, wiederholte der Junge, während er im Spiegel seine Lippen betrachtete.

Bei der Vorbesprechung hatte die Frau nicht ein einziges Mal die Sonnenbrille abgenommen, und ebenso wenig, wenn Barbara sie nach den Sitzungen kurz über Camillos Fortschritte informierte.

»Sack.«

Der Junge wiederholte das Wort und stieß die Luft dabei über die Zungenspitze durch den Spalt in der Zahnreihe aus. Eindeutig Sigmatismus interdentalis.

»Salz«, sagte Barbara langsam.

»Salz«, wiederholte Camillo.

Barbara hatte das Gefühl, auch wenn sie sich natürlich nicht sicher sein konnte, dass die Mutter im Wartezimmer weder ins Handy schaute noch eine der Zeitschriften auf dem niedrigen Lacktisch durchblätterte, sondern die ganze Zeit einfach nur die ockerfarbene Wand anstarrte.

»Gut«, sagte Barbara und nickte.

»Gut«, wiederholte Camillo.

Sein samtener Blick schien ein bisschen weniger ängstlich zu sein. Vielleicht vertraute er langsam Mamas selbsterklärter »Freundin«, die er jeden Montag und Freitag traf.

Barbara fragte sich, was aus ihm mal werden würde.

Nach dem Ereignis vom Vortag war sie noch immer schlecht gestimmt. Wenn sie sich so fühlte und ihre düsteren Gedanken auf die Probleme eines kleinen Patienten trafen, unterbrach sie manchmal den Behandlungsablauf und erlaubte sich eine kurze Pause vom Wahnsinn der Welt.

Einer Welt, in der Hände nach fremden Blusen griffen, in der Hände Messer zückten.

Der Junge streckte ihr sein linkes Handgelenk hin, er erhoffte sich vermutlich einen weiteren Stern. Aber Barbara hob die Hand und umfasste vorsichtig seinen Kiefer. Ihre Hand unter seinem Kinn zur Schale geformt, legte sie die Finger fest auf die glatte, junge Haut. Camillos Lippen nahmen die für zusammengepresste Münder typische Herzform an. Aus seinem Blick sprach eine angesichts ihres anormalen Vorgehens legitime Neugier.

Barbara näherte ihr Gesicht dem seinen und drückte ihm einen Kuss zwischen Nase und Lippen.

»Alles wird gut«, sagte sie.

6

IN DEN LETZTEN JAHREN hatte Barbara so viele Idiosynkrasien gegenüber Nahrungsmitteln entwickelt, dass sie sich eine gewisse Zeit, die mit einer appetitlosen Phase Tommasos (den sie nicht noch weiter verwirren wollte) zusammenfiel, gefragt hatte, ob sie den gemeinsamen Esstisch nicht verlassen sollte, um ihren Angehörigen die Peinlichkeit zu ersparen, ihre Essmacken schweigend zu ertragen.

Doch Davide und Tommaso hatten sich mit der Zeit mühsam daran gewöhnt und respektierten sogar, dass die gelegentliche Ächtung von Fleisch, Eiern, Fisch, Milchprodukten, Zucker und Kaffee zur allgemeinen Regel wurde.

An jenem Morgen gab Davide in drei Schalen Soja-Joghurt und verteilte ebenso viele Teelöffel Leinsamenmus darauf. Er nahm eine Packung Hafermilch aus dem Kühlschrank, stellte sie auf die Kücheninsel, befüllte Katzen- und Hundenäpfe und hob Fred Feuersteins Laune mit ein paar Streicheleinheiten. Schließlich ging er ans Fenster und wartete, dass Barbara und Tommaso im Bad fertig waren.

Seine Frau kam zuerst herunter. Sie schlang von hinten die Arme um ihn.

Davide beobachtete konzentriert etwas.

»Was gibt es da draußen so Interessantes?«, fragte Barbara.

»Da ist ein Junge auf dem Dach von Lenci.«

»Und was macht er da?«

»Er wirft einen Bumerang.«

»Den kenne ich«, sagte Barbara und reckte den Kopf vor. »Das ist Giovanni, Massimos Sohn, der war eine Zeit lang in Australien. Ein indigener Stamm hat ihn in die Geheimnisse ihrer Waffen eingeweiht.«

»Und woher weißt du das?«

»Das hat er mir gesagt, gestern Morgen, da hab ich ihn kennengelernt, ein braver Junge, denke ich. Gott sei Dank ähnelt die Vererbung von Charaktereigenschaften manchmal einem Bumerang mit fehlerhafter Wurfbahn.«

»Da wär ich mir nicht so sicher. Der steht auf dem Hausdach und übt mit einer weniger tödlichen Waffe. Das kommt mir eher vor wie ein Soziopath, der später mit dem Jagdgewehr seines Onkels auf unschuldige Bürger schießen wird.«

»Ach was.«

»Auf jeden Fall sollten wir ihn im Auge behalten.«

Sie nahmen auf den Hockern der Kücheninsel Platz. Davide verteilte die Hafermilch.

»Wie läuft's denn mit Martinelli?«, fragte Barbara.

»Gut. Zumindest, solange ich ihn nicht sehe. Er ist seit zwei Tagen nicht da.«

»Hat er Urlaub?«

»Nicht dass ich wüsste.«

»Wo soll das noch hinführen?«

»Keine Ahnung. Aber wenn er es bei kleinen Sabotageakten belässt, steh ich das durch. Letzte Woche hat er zwei Krankenakten im Spülkasten versteckt. Gestern hat er den Stecker der Steckdose gezogen, an der alle Geräte hängen, und die Batterien aus der Wanduhr im Arztzimmer genommen. Er war schon immer komisch, aber langsam geht er zu weit.«

»Macht er das nur bei dir?«

»Eigentlich schon.«

»Hat er dich noch mal kritisiert?«

»Nein. Nicht vor anderen.«

»Vielleicht leidet er an Depressionen.«

Davide zuckte mit den Schultern.

Barbara hob das linke Bein und legte es auf das Knie ihres Ehemanns.

»Lass uns an etwas Schönes denken.«

»Das wäre?«

»Massier mir den Fuß.«

»Den Fuß? Wieso? Tut dir was weh?«

»Nein. Komm, massier einfach.«

»Wo?«

»Da unten. Oder überall. Entscheid du.«

Davide umfasste die Fußsohle und rieb über die Haut.

»Was hat Freud noch mal über den Fuß als Sexualfetisch gesagt?«, fragte Barbara.

»Das weiß ich nicht mehr.«

»Ach was«, sagte sie. »Und das bei einem Akademiker deines Ranges?«

»Ich bin kein Psychoanalytiker.«

»Hat er nicht gesagt, dass der Fuß sexuell erregend sein kann, weil er an einen Phallus erinnert?«

Davide hob ihren Fuß an und küsste den großen Zeh. Seit er Barbara den neurologischen Zusammenhang zwischen Sex und Füßen erklärt hatte, hatte sie eine befremdliche Fixierung darauf entwickelt.

»Ja«, sagte Davide. »Ich glaube ja.«

»Okay. Doch meinst du nicht, bei allem Respekt für die beachtliche wissenschaftliche Leistung von unserem lieben Freud, dass die symbolische Gleichsetzung von Penis und Fuß irgendwie schwanzgesteuert ist?«

»Seit jeher meine Meinung«, bestätigte er und rieb die Finger an ihrer Nase.

»Warum sollte ein Fuß auch an anderes denken lassen als an eine anatomische Struktur, die zum Gehen gemacht ist?«

»Hatte ich dir das nicht erklärt?«

»Erklären Sie es mir noch mal, Doktor.«

Doch da stürzte Cochise die Treppe herunter in die Küche, Tommasos kleiner quirliger Vorbote. Barbara nahm blitzschnell das Bein von Davides Knie, griff nach der Milchtasse und setzte sie an die Lippen.

»Hi«, sagte Tommaso, als er mit dem iPad in der Hand die Treppe herunterkam.

»Guten Morgen«, antworteten die Eltern im Chor.

»Ich geh auf die Veranda, was lesen.«

»Willst du nicht frühstücken?«

»Gleich.«

Tommaso zog die Haustür hinter sich zu und ließ sich auf einen Metallstuhl fallen. Fred Feuerstein, der auf der Fußmatte kauerte, beobachtete etwas hinter der Hecke. Als Tommaso das Tablet auf den Tisch legte, bemerkte er, dass der alte Prince-Schläger am Holzpfeiler des Vordachs lehnte. Seine Mutter trainierte damit an der Hausrückwand, wenn sie keine Lust auf das stickige Fitnessstudio hatte.

Tommasos Blick wanderte über das Verandadach hinaus, etwas im Himmelsrechteck zwischen Dach und Regenrinne zog ihn in den Bann.

Der Bumerang beschrieb das äußerste, lautlose Ende seiner Ellipse und hielt, vor der Umkehr zum Ausgangspunkt, eine Millisekunde inne – ein ebenso kurzer wie endloser, irrealer Moment, der sich in die Netzhaut einbrannte –, dann bog er über der Veranda ab und verschwand.

Später stieg Davide ins Auto, die Tasche legte er auf den Rücksitz. Er verließ den Vorplatz und fuhr ein kurzes Stück. Da sah er den Mann im Muscleshirt, mit erhobener Hand.

Massimo Lenci, sein Nachbar.

Er atmete tief durch, versuchte, irgendwo aus seinem tiefsten Inneren ein Quäntchen Gelassenheit zu schöpfen.

Er bremste ab und kam exakt vor dem Eingang zum *Labyrinth* zum Stehen, genauer gesagt vor der großen Terrasse, vollgepflastert mit Holztischchen, Kräutertöpfen und wucherndem Liguster. Zwischen Lattenzaun und Hecken erhob sich die Schallschutzmauer in ihrer ganzen trostlosen Überflüssigkeit.

Lenci wirkte seltsam zuvorkommend.

Davide öffnete das Beifahrerfenster und schaute seinen Nachbarn aufmerksam an. Die langen, trotz der fünfundfünfzig Jahre noch immer sehr dichten Haare waren nach hinten gekämmt. Über einem ungepflegten Dreitagebart schauten ihm wässrig blaue Augen entgegen. Das Muscleshirt saß stramm über dem umfangreichen Unterleib, wie er typisch für einen Menschen mit chronisch sitzender Lebensweise war, eine massive Hypertonie an Schultern und Armen stand dazu in auffälligem Gegensatz. Früher hatte er als Schuhvertreter, Immobilienmakler, Handelsvertreter, in der HR-Abteilung eines Callcenters und als Musikmanager eines kleinen Labels in Modena gearbeitet, wo er, nachdem er aus Lucca weggegangen war, auch jahrelang gewohnt hatte. Das perfekte Marktschreierprofil, sagte Barbara immer.

»Guten Morgen«, sagte er. »Wie geht's?«

»Gut gut, es muss«, sagte Davide. »Und Sie?«

»Ich kann mich nicht beklagen. Und Ihre Frau?«

»Ja, gut.«

»Und Ihr Sohn? Habe ich Ihnen überhaupt schon gesagt, wie sehr ich Ihren Sohn schätze? Er ist so klug und selbstbewusst, wie ein Klassenprimus, aber sein respektvoller Blick verrät, dass er das andere nie spüren lässt.«

»Danke.«

»Haben Sie es schon gehört? Mein Junge ist vor zehn Tagen aus Australien zurückgekehrt. Seine Mutter hat ein Problem mit der Arbeit und musste ihn eine Weile loswerden. Ich denke, Pi mal Daumen haben unsere beiden dasselbe Alter. Vielleicht können wir sie mal zusammenbringen?«

Davide nickte, wenig überzeugt.

»Der Junge ist die reinste Freude«, fuhr Lenci fort. »Aber warum ein Geheimnis daraus machen? Jetzt muss noch einer satt werden, und das ist nicht leicht. Momentan sitze ich auf der Straße, aber das wissen Sie ja. Gott sei Dank hat ein Freund von mir einen Bauernhof. Manchmal kann ich da mithelfen, aber da springt nicht viel bei raus.«

Er zeigte auf das Lokal.

»Langsam Zeit, dass der Laden wieder was abwirft, meinen Sie nicht?«

Davide steckte einen Finger in den Hemdkragen.

»Warum nicht?«, sagte er. »Das hängt ja nicht von mir ab.«

Diesmal stimmte Lenci zu.

»Klar«, sagte er. »Ich kümmere mich schon drum, da können Sie sicher sein. Sobald ich mit der Stadt ein paar offene Fragen geklärt hab, bin ich wieder da.«

»Okay. Das freut mich für Sie. Aber jetzt muss ich leider in die Klinik.«

Lenci legte eine Hand aufs Autodach und beugte sich ein paar Grad vor. Vor der A-Säule baumelte ein kleines goldenes Kreuz.

»In die Klinik, natürlich«, sagte er. »Sie haben einen guten Job, da müssen Sie sich die Hände wohl nur selten schmutzig machen. Die Welt braucht Leute wie Sie, Doktor. Aber glauben Sie mir, auch Leute wie mich.«

Davide musste unweigerlich nicken.

»Es gibt eine Menge komischer Leute«, fuhr Massimo fort. »Aber die tauchen im Leben von Leuten wie Ihnen ja gar nicht auf. Zum Glück, kann ich Ihnen sagen. Um die kümmern sich nämlich besser Typen wie ich.«

»Ich glaub, ich versteh nicht ganz, was Sie meinen«, gab Davide zu.

Massimo stützte sich mit beiden Händen auf den Fensterrahmen, als wollte er mehr Vertrautheit einfordern. Davide reagierte mit seinem ausdruckslosen Visitegesicht.

»Ärzte haben jeden gottverdammten Tag mit dem Leid zu tun«, sagte er. »Aber Leiden ist zumindest ein nobles Gefühl, oder nicht?«, sagte er. »Leiden ist immer, oder fast immer, ein Vorposten der Würde.«

Seine himmelblauen Augen blickten Davide direkt an.

»Aber die Menschen, mit denen ich zu tun habe, schleppen auch schon mal weniger noble Gefühle als Würde mit sich herum, Doktor.«

Davide bemerkte, dass er am rechten kleinen Finger ein Tattoo hatte, eine Spirale.

»Zu mir kommen nicht nur brave Jungs, die tanzen und ein Glas trinken wollen. Ich begegne jeden Abend Leuten, die Sie, mein lieber Freund, sich nicht einmal vorstellen können, von denen Sie nicht mal glauben würden, dass es sie tatsächlich gibt. Ihr Jagdrevier ist die Nacht, und Sie können nur beten, dass das so bleibt. Ich red nicht von Junkies, Alkis und anderen armen Schweinen. Die Leute, die ich meine, pflegen zu ihrer schlimmsten Seite ein derart entspanntes Verhältnis, da steht unsereinem der Mund offen. Das sind Leute mit toxischen, tödlichen Instinkten. Leute, Doktor«, und jetzt reckte er den Hals noch ein wenig mehr vor, »die zur Lösung von Problemen, die Sie und ich für lächerlich halten, einen Mord in Erwägung ziehen.«

Davide atmete langsam durch die Nase ein.

»Eine klare anthropologische Beschreibung«, sagte er, »aber was hat das mit mir zu tun?«

Sein Gegenüber lächelte, mit überraschend regelmäßigem Gebiss. Davide dachte an die fünf oder sechs Male, wo er ihn kurz nach dem Aufwachen ermordet hatte; was ja nicht auf die unerwarteten Folgen für das blühende Leben zielte, eigentlich wirkten sich seine Gedankengänge begünstigend aus. Meistens stellte er sich vor, dass er mit seinem gesamten Lokal als Asche endete. Fast immer durch ein zufällig ausgebrochenes Feuer. Nie hatte er sich ausgemalt, dass ein Gast ihn erstach.

»Jedenfalls steht fest, dass ich meine Gäste nicht mit flüsternden Lautsprechern bei der Stange halten kann, und auch nicht, wenn um halb zwei Sense ist.«

»Es gibt Gesetze«, sagte Davide. »Und ob Sie es mir glauben oder nicht, die habe nicht ich gemacht.«

»Natürlich nicht. Aber Sie haben mich angezeigt.«

»Ich habe Sie nicht angezeigt. Ich habe das Problem lediglich der Stadt gemeldet, und die musste wohl oder übel die Techniker aus dem Umweltamt losschicken.«

»Doch wenn ich nicht irre, haben Sie den Technikern für ihre Lärmmessungen Tür und Tor geöffnet.«

Davide entschlüpfte der Anflug eines verlegenen Lächelns.

»Das gebe ich unumwunden zu«, sagte er. »Aber glauben Sie mir, das wäre nicht einmal nötig gewesen. Zweiundachtzig Dezibel in der Spitze, siebenundzwanzig mehr als erlaubt. Die hätte man von der anderen Stadtseite aus messen können.«

»Wenn Zahlen Ihnen so gut gefallen, dann möchte ich Sie auch an meine zwei Wochen Zwangspause und dreitausend Euro Geldstrafe erinnern.«

»Ich wollte Ihnen nicht schaden. Aber meine Familie und ich brauchen Ruhe, Herr Lenci. Sie haben sich gerade so respektvoll gegenüber meiner Arbeit geäußert. Ich kann keine gute Arbeit leisten, wenn ich in der Nacht nicht mal drei Stunden schlafe.«

»Es sind nur drei Abende die Woche.«

»Vier, soweit ich weiß. Aber selbst bei drei Abenden reden wir von schädlichen Folgen für fünfzig Prozent meiner Arbeitswoche.«

»Ich kenne Ärzte, die machen nur Spätschicht.«

»Die kenne ich auch. Und genau darum müssen viele andere fast immer Frühschicht machen. Und einen davon haben Sie gerade vor sich.«

»Wieso können Sie mir nicht ein bisschen entgegenkommen und müssen jeden Vorschlag sofort ablehnen?«

»Vorschläge wie der von Ihrem Anwalt gestern?«

Lenci zuckte mit den Schultern.

»Vergessen Sie die Anwälte. Die verkomplizieren bloß alles.«

»Sagen wir, es wäre schön, wenn wenigstens vernünftige Vorschläge kämen.«

»Ist Ihnen überhaupt bewusst, dass Sie der Einzige sind, der sich über mich beschwert?«

»Da irren Sie sich gewaltig. Alle beklagen sich, aber keiner will sich zu weit aus dem Fenster lehnen.«

»Warum wohl?«

Davide schwieg.

Lenci trat noch näher, beinah steckte er den Kopf in den Innenraum.

»Haben die anderen vielleicht Angst vor mir?«, fragte er.

»Ich weiß nicht, möglich.«

»Und Sie? Sie haben keine Angst vor mir?«

Davide öffnete den Mund, um etwas zu sagen, aber ihm fiel nichts ein.

Massimo betrachtete seine Hände auf dem Fensterrahmen und verschränkte die Finger zur überraschenden Pose eines Predigers.

»Wissen Sie«, sagte er, »in einer Bar hätte ich fast einmal einen abgestochen.«

Er blickte Davide unverwandt in die Augen, und dieser öffnete langsam, aber unweigerlich den Mund.

»Vor vier Jahren, in einer Bar außerhalb von Modena. Mit einem Korkenzieher. Ich weiß nicht mal mehr, warum. Wir waren wohl beide ziemlich besoffen. Wir sind uns wegen irgendwas in die Haare geraten, und plötzlich hat der mir eine Bierflasche über den Kopf gezogen.«

Davide konnte den Blick nicht abwenden.

»Haben Sie schon mal eine mit der Flasche übergezogen gekriegt, Doktor?«, fuhr er fort. »Wohl nicht. Aber Sie wissen bestimmt, was dabei im Gehirn passiert. Das hat mein Anwalt als mildernde Umstände angeführt. Ich habe zum Korkenzieher gegriffen, so mein Anwalt, weil mein Denkvermögen ›durch den erhaltenen Schlag vorübergehend beeinträchtigt war‹. Genau so hat er es gesagt. Und die Richter haben ihm geglaubt, ich habe jedenfalls nur zwei Jahre bekommen. Auf Bewährung, Doktor, obwohl ich den Typ fast gekillt habe.«

Er streckte einen Arm vor und legte die Hand auf den Sitz.

»Was meinen Sie? Kann es tatsächlich sein, dass der Schlag meine Steuerungsfähigkeit, wie Ihr Fachleute sagt, beeinträchtigt hat? Oder hätte ich den Typ auch fast umgebracht, wenn er mich an Arm oder Schulter getroffen hätte? Sie sind ein Gehirnexperte. Raus mit der Sprache. Was meinen Sie?«

Davide schaute ihn an, unfähig, ein Wort herauszubringen.

Lenci hob die Hand und bewegte sie langsam in seine Richtung. Einen kurzen, furchtbaren Moment dachte Davide, er würde sie ihm auf die Brust legen, das Hemd in Stücke reißen, mit dem Daumennagel eine winzige Furche zwischen Rippe und Brustbein ritzen, die Finger zwischen die nachgiebigen Myofibrillen schieben, den Rippenknorpel auseinanderspreizen und ihm das Herz, ein scharlachrotes Schimmern aus Flüssigkeiten und zerfetztem Gewebe, aus der Brust reißen. Mit dem betäubenden Blick seiner trüben blauen Augen würde er ihn bezwingen, und er hätte dieser ultimativen Demütigung nichts entgegenzusetzen als die spektakulären epileptischen Zuckungen und den grauenhaften purpurroten Bluthusten der Agonie.

Lencis Hand stoppte auf Höhe des Lenkrads.

Lächelnd streckte er die Finger, forderte eine Berührung ein.

Unwillkürlich nahm Davide die Hand vom Lenkrad und drückte die ihm hingehaltene.

»Noch einen schönen Tag, Doktor«, sagte sein Nachbar in fröhlichem Ton.

7

VOR EINIGEN JAHREN hatte ein Kollege aus der Kardiologie Davide anvertraut, dass er die fünfzehnjährige Freundin seines Sohnes dabei ertappt hatte, wie sie aus einem Schlafzimmer seines Landhauses kam, mit offener Bluse, zwischen dem Baumwollstoff hatten die kleinen Brüste hervorgelugt. Es war Silvester, sein Sohn feierte mit dreißig Freunden eine Party im Erdgeschoss, während die restliche Familie im ersten Stock schlemmte. Als das Mädchen ihn sah, blieb es, sagte der Kardiologe, völlig ungerührt, versuchte nicht mal, sich zu bedecken, musterte ihn nur mit den aufgerissenen Augen eines Madagaskarlemurs. Auch er sagte oder tat fünf oder zehn Sekunden lang nichts, doch dann hob er den linken Arm und legte in einem seltsamen Chiasmus, den er sich nur als professionellen Automatismus erklären konnte, eine Hand auf die rechte Mädchenbrust. An Lippen und Kinn des Mädchens glänzte etwas Feuchtes, was in Anbetracht der lauwarmen Heizkörper kaum Schweiß sein konnte, es roch vage nach Alkohol, und es protestierte nicht, als sich Hand und Brust berührten, stand nur ruhig und reglos da wie eine Galionsfigur. Da erinnerte er sich, warum er eigentlich nach unten gegangen war, nahm seine Hand seelenruhig weg und forderte das Mädchen, wie er erklärte, mit derselben Geste wie er es bei einer jungen Patientin mit Herzrhythmusstörungen tun würde, auf, sich zu bekleiden. Danach ging er in den Keller, um eine Flasche Wein zu holen, und drehte sich nicht einmal mehr um, um zu kontrollieren, ob das Mädchen seiner Aufforderung nachgekommen war. Ein paar Tage darauf hatte er Davide ohne jedes Anzeichen von Reue oder Verwunderung davon erzählt und sich offenbar ebenso auf seine Kenntnis zufälliger Kurzschlussreaktionen des Gehirns verlassen wie auf seine bekannte Neigung, die genauen Motive von jedem verstehen zu wollen.

Und Davide? Als er die Beichte hörte, hatte er sich bemüht, nicht zu viel Kritik oder Erstaunen zu äußern, dem Kollegen aber nicht ein paar absolut unerlässliche Fragen erspart, etwa hinsichtlich des Traumaherds, den er in der Psyche einer Fünfzehnjährigen entflammt haben könnte, von den Folgen für ihn ganz zu schweigen, sollte das Mädchen, um die Flammen zu ersticken, den Justizbehörden seinen Namen melden.

Doch der Kardiologe schien nicht im Mindesten beunruhigt, und Davide hatte sich damit begnügt, zu hoffen, dass sich so etwas nicht wiederholen würde, auch wenn er das Verhalten seines Freundes später für das Symptom eines sich epidemisch ausbreitenden Wahnsinns mit exponentiellen Zinseszinsen an Hysterie und Verdorbenheit hielt, mit dem sich die Menschheit wohl herumschlagen musste.

»Was für eine Welt«, sagte seine Mutter, um ihrer Abscheu gegenüber unzähligen Schandtaten, die sie der Tagespresse oder den schockierenden Erzählungen seines Vaters über umtriebige Bekannte entnehmen musste, Ausdruck zu verleihen.

Was für eine Welt.

Das war die Kurzformel ihrer Lebensphilosophie, der Extrakt ihrer Sicht auf die Zivilisation, der sie höchstens noch fünfzig Jahre bitteren, zügigen und insbesondere unvermeidbaren Niedergang zugestand.

Als Kind hatte Davide den Eindruck, alle Erwachsenen würden sich nach einem goldenen Zeitalter sehnen, das fast immer mit ihrer eigenen Jugend zusammenfiel. Verständlich, dachte er, aber nicht wirklich vernünftig. Die Zeit der Kindheit oder Jugend (angesichts der jahrtausendealten Zivilisation eigentlich nur ein erbärmliches Jahrzehnt) mit dem Gipfel der allgemeinen Glückseligkeit gleichzusetzen, verlangte entweder einen Zufallstreffer wie beim Sechser im Lotto oder war pures magisches Denken.

Manche hielten auch jedes frühere Zeitalter für besser, einfach, weil es früher war. Doch das würde logischerweise heißen, dass die glücklichste Zeit der Menschheitsgeschichte mit den ersten Zuckungen eines Urmenschen im Pleistozän zusammenfiel. Davide hatte hingegen schon immer angenommen, dass die Menschheit seit Anbeginn unverändert war: Es gab mehr oder weniger erbauliche Merkmale wie Grausamkeit, Heroentum, Feigheit, Dummheit, Unwissenheit, Güte, Empathie oder Sensibilität, die in unterschiedlichen Dosierungen auf die Menschen verteilt waren, wobei der Mensch insgesamt von einer grundlegenden, wenn auch holprigen Bereitschaft zum Guten geleitet war. Genauer gesagt, war die Ansicht seiner Mutter rein spekulativ: Das erste Prinzip war die grundlegende Abartigkeit der Schöpfung (die schlimmsten Eigenschaften übertrafen jede eventuelle Tugend bei Weitem), und erschwerend kam noch eine beträchtliche Beschleunigung hinzu, die die Menschheit in wenigen Jahren in den Abgrund stürzen würde. Witzigerweise entsprach das prophezeite Ablaufdatum circa ihrem bei Erreichen der Altersgrenze anzunehmenden Todeszeitpunkt, was der mütterlichen Wahrsagerei eine wunderbar egozentrische oder antimessianische Note verlieh: eine ins Gegenteil verkehrte Endzeiterwartung.

Seine launenhafte, überkritische Mutter brachte ihre Annahmen über die Schlechtigkeit der Welt gern mit einem Minimum an Worten und Maximum an Stereotypen zum Ausdruck:

Wo wird das enden.

Wir sind Matthäi am Letzten.

Aus die Maus.

Das war's.

Jetzt sind alle verrückt geworden.

Und zig anderen Wendungen, die sich sämtlich unter dem umwerfenden »Was für eine Welt« subsumieren ließen.

Davide hatte diese typische Wendung seiner Mutter seines Wissens nie gebraucht, aber als er an jenem Tag, den Kopf zwischen den Händen, im Arztzimmer saß, nachdem er in den letzten achtundvierzig Stunden sowohl dem Angriff auf Frau und Sohn beiwohnen als auch in verschleierter Form zur Beilegung eines Nachbarschaftsstreits durch ein Korkenzieher-Duell aufgefordert wurde, liebäugelte er durchaus damit.

Ist das die Welt, in der wir leben, fragte er sich bitter. Wo man einen sich erbärmlich hochschraubenden Verführungsversuch nur dank eines Berserkers beenden konnte, der den Anmachertypen mit einem Messer und einer lobenswert klaren Ansprache zur Vernunft brachte? Wo ein Nachbar auf einen Jahre zurückliegenden, entsetzlichen Vorfall anspielte, um einen über Bande zu bedrohen? Denn was sollte das anderes sein als eine Drohung? Lenci wollte bestimmt nicht seine Expertenmeinung zu dem vom Anwalt vorgetragenen neurologischen Defizit einholen oder eine eher lahme Unterhaltung mit einer Anekdote zum krönenden Abschluss bringen. Es sah ja wohl so aus: Vier Nächte die Woche beschallte das *Labyrinth* mit unglaublicher Lautstärke die Nachbarschaft, durch Kontrollen stieß man auf Unregelmäßigkeiten bei der Ausstellung behördlicher Genehmigungen, ob aufgrund von Unerfahrenheit oder Korruption, war noch zu klären; dieser mutmaßlich Korrupte jedenfalls hatte, kaum zurück in Lucca, eine elegante Lounge-Bar samt Garten und hübschem Springbrunnen mit anmutig tanzenden Nymphen eröffnet, und jetzt besaß er auch noch die Unverschämtheit, ihn einzuschüchtern, indem er wie nebenbei, so lässig, als berichte er von unerwarteten Zollproblemen beim Flug in den Urlaub, erschreckende Erlebnisse aus seiner Vergangenheit präsentierte.

Wahnsinn.

Und wenn seine Mutter doch recht hatte?

Ihm fiel noch etwas ein, vor drei Jahren, als er um Mitternacht nach einem Essen mit Tenniskollegen nach Hause gefahren war. Er hatte in seinem damaligen Volvo V40 vor einer Ampel auf dem Viale Luporini gewartet, auf eine Nachricht von Barbara geantwortet und nicht gemerkt, dass es Grün geworden war. Das Auto hinter ihm hupte, ein langes, viel gebieterischeres Hupen als die normalen kurzen Mahnungen, die den Klangteppich der Kreuzungen punktierten. Als Zeichen der Entschuldigung hob Davide die Hand und fuhr hastig an.

Der Wagen folgte ihm mit knappem Abstand und betätigte einige Sekunden später die Lichthupe.

Davide schaute in den Rückspiegel: Kannte er den Fahrer? Er versuchte, durch die Heckscheibe zu erkennen, wer im Auto saß, aber es war zu dunkel. Also bemühte er sich, im Seitenspiegel das Modell zu identifizieren.

Ein dunkler Kombi: ziemlich sicher ein alter Focus. Besaß jemand unter seinen Freunden und Bekannten so einen Wagen?

Nicht dass er wüsste.

Der Focus blinkte ihn immer noch an.

Vielleicht hatte er einen platten Reifen oder eine Tür stand offen, und der Typ wollte ihn warnen? Einen Moment überlegte er, anzuhalten, doch dann fiel ihm ein, wie eloquent und mitdenkend der Volvo war. Am Armaturenbrett befanden sich zig Lämpchen, die ihn bei Reifenproblemen oder Vergesslichkeit informiert hätten.

Langsam machte er sich Sorgen.

Wer war der Mann?

Da drosselte der Focus die Geschwindigkeit und stellte das

fiebrige Scheinwerfer-Morsen ein, aber nur um umgehend wieder zu beschleunigen, als wollte er auffahren. Kurz vor dem Aufprall bremste er ab.

Im Rückspiegel sah Davide das Aufblitzen seiner eigenen aufgerissenen Augen.

Der Focus fiel erneut zurück und wiederholte das Ganze.

Drei, vier, fünf Mal.

Davide widerstand der Versuchung, schneller zu fahren, denn das Letzte, was er wollte, war, den anderen zu einer städtischen Verfolgungsjagd zu animieren. Er versuchte es mit der gegenläufigen Strategie: Er fuhr langsamer, wechselte auf die rechte Spur, aber ohne ganz zu halten. Der Mann würde das hoffentlich als Akt der Unterwerfung interpretieren, dachte er, ähnlich wie bei Hunden, die dem dominanteren Artvertreter die Kehle darboten. Und hoffentlich nicht auf die Idee kommen, ihn zu überholen, sich vor ihn zu setzen und zum Anhalten zu zwingen.

Nein, dachte er. Das hätte er längst gemacht. Wenn er das wollte, hätte er mir längst den Weg abgeschnitten.

Als Reaktion passte der andere seine Geschwindigkeit an die des Volvo an. Mit unter vierzig Stundenkilometern fuhren sie weiter, dicht hintereinander wie bußfertige Sünder einer Prozession. Ein Dritter überholte sie mit einem rasanten Manöver, so überraschend, als habe sich in der Nähe der Stadtmauer eine Raum-Zeit-Spalte aufgetan.

Es war ein Mercedes. Davide schaute ihm hinterher, als er mit tröstlicher Normalität auf der Geraden verschwand. Einen Augenblick fühlte er sich wie ein Ertrinkender, der, an eine schwankende Planke geklammert, zu einem winzigen Flugzeug oben am Himmel aufschaut. Das wäre die Rettung, aber sie entfernte sich rasch.

Da machte es sein Peiniger plötzlich dem Mercedes nach und überholte Davide so blitzschnell, dass er es erst bemerkte, als er unversehens vor ihm fuhr. Es war tatsächlich ein alter Focus, er konnte das Nummernschild genau entziffern (AT 802 VM – das würde er wohl nie mehr vergessen). In seinem Brustkorb keimte Erleichterung auf, wurde aber sofort wieder gedämpft, als sein Vordermann fatalerweise wieder langsamer fuhr.

Die Folter war noch nicht zu Ende.

Jetzt stand fest, dass ihn der Mann für sein verspätetes Anfahren an der Ampel bestrafen wollte. Vielleicht war ihm nach einem furchtbaren Tag oder einer noch schlimmeren Woche einfach der Kragen geplatzt, oder das hier war nur der Gipfel von unzähligen Vorkommnissen, an denen die urbane, demente Handy-Generation Schuld trug: die verabscheuungswürdigen Handy-Neurotiker, die mit fünfundzwanzig Stundenkilometern dahinschlichen, in Schlangenlinien fuhren oder an Kreuzungen einschliefen.

So wie er.

In ihm stieg ein groteskes Solidaritätsgefühl auf, von einer neuen Angstwelle sofort überrollt.

Was sollte er machen? Wenn er könnte, würde er um Entschuldigung bitten, aber Anhalten kam nicht infrage. Einen Augenblick liebäugelte er mit dem demütigenden Gedanken, die Polizei zu rufen. Aber was sollte er sagen? »Ich bin Davide Ricci, Neurologe am Campo di Marte. Vor mir fährt ein Typ, und ich befürchte das Schlimmste. Wie? Nein, nein. Er hält sich strikt an die Höchstgeschwindigkeit.«

Da blinkte, als überraschende Bestätigung der Theorie vom Gedanken als geistigem Vorboten der Materie, das Blaulicht einer Polizeistreife am Horizont.

In einer leichten Kurve, mindestens einen Kilometer entfernt, standen zwei Autos.

Nur wenige Sekunden, und er fand sich an einem Unfallschauplatz wieder. Ein Motorroller lag auf dem Asphalt, neben einem alten Corolla; links der Alfa Romeo der Carabinieri.

Der Focus fuhr an der Unfallstelle vorbei und verschwand in der Nacht. Davide schaute ihm nach, dann hielt er hinter der Polizeistreife und stieg aus.

Am Straßenrand saß ein Jugendlicher, die Ellenbogen gegen den Oberkörper gepresst, die Unterarme angespannt, wie ein evangelikaler Christ, der am schäumenden Flussufer auf die Taufe wartet. Zwei Männer, vielleicht die Insassen des Corolla, unterhielten sich in der Nähe.

Davide ging zu den Carabinieri, der eine beäugte ihn misstrauisch. Er wies sich als Arzt aus, er wolle einen Blick auf den Jungen werfen.

Er setzte sich neben ihn und stellte ihm die üblichen Fragen zur ersten Einschätzung eventueller Hirnschädigungen.

Er war kaum älter als fünfzehn, wirkte klar und ruhig. Die Schürfwunden an Händen und Armen waren nicht weiter schlimm.

Davide wartete mit ihm auf die Ambulanz. Fünf Minuten später wies er die ehrenamtlichen Rotkreuzhelfer entsprechend an und begab sich auf den Nachhauseweg. Auf der Straße begegnete ihm jetzt niemand mehr.

In den Jahren danach hatte er sich manchmal gefragt, was er ohne den Unfall gemacht hätte. Mit ziemlicher Sicherheit hätte ihn der andere Autofahrer noch eine Weile traktiert und wäre schließlich seines Weges gefahren, wenngleich die minimale Wahrscheinlichkeit bestand, dass sich das Ganze zugespitzt hätte.

Was, wenn er ihn zum Aussteigen gezwungen hätte?

Natürlich hätte Davide versucht zu argumentieren.

Aber wenn das nicht gereicht hätte? Wenn der Mann das Angebot, seinen Widerwillen gegen die allgegenwärtige Technoidiotie friedlich zu verarbeiten, ausgeschlagen hätte?

Hätte er ihm Geld angeboten? Hätte er ihn angefleht, ihm

nichts zu tun? Wäre er niedergekniet? Hätte er von seinem dreizehnjährigen Sohn, seiner Frau, seinen alten Eltern erzählt?

Und wenn das alles nichts genützt hätte? Wenn der Mann ihn beschimpft hätte?

Wenn er ihn ... geschlagen hätte?

Hätte er sich gewehrt?

Nein.

Nein.

Davide war genetisch unfähig zur Gewalt.

Sie widerte ihn an.

Allein der Gedanke, jemandem etwas Böses zu wollen, lähmte ihn. Und die andere Möglichkeit, dass ihm jemand etwas Böses wollte? Das war eigentlich genauso unvorstellbar.

War er darum ein Feigling?

Ja, dachte er.

Er war ein Feigling.

Wenn sein Nachbar ihn bedrohte, sagte er kein Wort. Wenn ein Besoffener seine Frau und seinen Sohn belästigte, tat er nichts.

Und was noch schlimmer war.

Tommaso hatte ihn gesehen.

Er war sich mittlerweile fast sicher. Tommaso hatte gesehen, wie er reglos, starr vor Schreck dastand, als ein anderer Mann die Finger nach seiner Frau ausstreckte.

Er konnte es nicht leugnen.

Er war ein Feigling.

8

Eine Stunde später klopfte Lucio an die Tür. Davide saß am Schreibtisch und arbeitete an einem Aufsatz, um den *Neurological Science* ihn gebeten hatte.

Lucio, die Hand auf der Türklinke, blickte ihn leicht genervt an.

»Ich hab drüben einen Jungen, der hat mich grad zum Teufel gejagt.«

Davide zuckte mit den Schultern.

»Er spürt wohl unbewusst, was sich hier alle wünschen«, sagte er.

Lucio grinste.

»Er will zu dir. Er flucht vor sich hin und hat beunruhigende Ticks. Er ist mit einem Mann gekommen. Sein Vater, nehme ich an. Vielleicht hat er etwas genommen. Der Sohn, meine ich.«

»Wie heißt er?«

»Das hat er mir nicht verraten.«

»Aber er will zu mir?«

»Ja. Er trägt Klamotten wie ein kalifornischer Rapper und hat ein Piercing in der Nase, so einen Ring, der wie zwei symmetrische Popel aus den Nasenlöchern kommt. Der Mann ist klein, behaart, mit Jackett und Krawatte.«

»Das kann nur Victor sein, ein Gymnasiast, den ich seit Kurzem behandele.«

»Wie alt ist er?«

»Fast achtzehn inzwischen. Eine Art Genie.«

»Woran leidet er? Zwangsstörung? ADHS?«

»Nein, Tourette-Syndrom.«

Lucio zog die Augenbrauen hoch.

»Ein reines Tourette-Syndrom?«

»Genau. Ohne Komorbidität.«

»Wow. Das hab ich noch nie gesehen.«

»Ich auch nicht, bis letztes Jahr. Victor hat einen englischsprachigen YouTube-Kanal, *VictorOnTour*. Laut Tommaso eines der beliebtesten populärwissenschaftlichen Portale in ganz Europa. Hol ihn endlich vom Flur. Nicht dass irgendein Moralapostel, dem es gerade besser geht, bei seinen Flüchen noch einen Rückfall bekommt.«

»Kann ich dabei sein?«

»Wenn du brav bist.«

Die Tür schloss sich, im Stillen freute er sich über den unerwarteten Besuch. Victor würde seine Laune heben. Zwei Minuten später öffnete sich die Tür wieder, und Lucio führte einen blonden Jungen mit Schutzbrille herein. Hinter ihm ein elegant gekleideter Herr Anfang vierzig. Er erinnerte Davide immer an den Direktor von Michael J. Fox' Schule in *Zurück in die Zukunft*: dieselbe Glatze, dieselbe martialische Haltung, derselbe neurotische Blick.

»Doktor!«, rief der Junge und breitete die Arme aus. Davide ließ sich einen Moment begeistert umarmen, aber befreite sich bald unter dem Vorwand, dem Vater die Hand zu geben. Der Mann schüttelte sie fest und lang. In der Linken hielt er die Kappe seines Sohns, er zeigte die übliche Fratze eines Züchtigers gymnasialer Ausschweifungen.

»Nehmen Sie bitte Platz«, sagte Davide. Der Mann setzte sich auf den Stuhl. Victor machte es sich auf Martinellis Schreibtisch bequem, der quer zu Davides stand, und ließ die Beine baumeln.

Davide kehrte an seinen Schreibtisch zurück und bedeutete Lucio, sich neben ihn zu setzen.

»Und? Wie geht's, Victor?«

»Wie's mir geht? Gut, würde ich sagen. Verfickt gut, Doktor. Mein Portal hat zweihunderttausend Abonnenten, und wenn ich mich zeige, werden die Höschen feucht.«

»Victor«, ermahnte ihn der Vater.

»Tschuldigung, Pa«, sagte er, mit zerknirschtem Blick auf seine Schuhe, und zeigte dann eine Art Tanz, bei dem er abwechselnd die Schultern hob, als wolle er eine Mücke von den Ohren verjagen.

»Entschuldigung, dass wir hier einfach so hereinplatzen«, sagte der Mann, »aber wir haben einen Verwandten im Krankenhaus besucht, und Victor wollte Ihnen unbedingt etwas sagen.«

»Hier bin ich«, sagte Davide.

»Nur zu, Victor, was wolltest du Doktor Ricci fragen?«

Victor legte den Kopf leicht schräg.

»Was wollte ich ihn fragen, Pa?«, fragte er. »Ich weiß es nicht mehr, ehrlich. Das Leben ist ein gigantischer Informationsfluss, das meiste aber nur von relativer Bedeutung. Wussten Sie überhaupt, dass Wolfgang Pauli, Nobelpreisträger für Physik, an Jungs Theorie der Synchronizität mitgearbeitet hat?«

Dabei blickte er Lucio an und nickte voller Überzeugung.

»Pauli war bipolar«, fuhr er fort, »und als er nach dem Ende seiner Ehe in eine Krise stürzte, suchte er bei Jung Hilfe. Er war ein genialer Kopf, aber hatte sich in eine Tänzerin verliebt. Was laut scholastischer Lehre eine *contradictio in adiecto* ist: Mit hochsensiblem Hirn, heirate nie eine Dirn – da ist sie wieder, meine Reimeslust. Aber ist jede Tänzerin eine Dirne? Nein, nein. Halten wir uns von ordinären Vorurteilen fern, meine Freunde.«

»Sehr interessant, Victor«, sagte sein Vater, »aber wir wollen dem Doktor nicht seine wertvolle Zeit rauben.«

»Stimmt«, bestätigte Victor und räusperte sich sehr laut.

»Also, Herr Doktor, ich muss Ihnen wohl leider sagen, dass die kognitive Verhaltenstherapie nicht anschlägt. Weniger Ticks? Wunschdenken. Kontrolle der Koprolalie? Reinste Illusion. Was soll ich noch versuchen? Habit Reversal Training? Warum heißt das überhaupt so? Gibt es dafür keine Übersetzung? Sollten wir die kollektive schafsmäßige Hinwendung zum angelsächsischen Kulturimperium nicht pflichtschuldigst verabscheuen? Das muss grad ich sagen, wo ich eigentlich Vittorio heiße. Aber gut. Warum nicht Anglophilie, wenn die Alternative Allöopathie heißt. Jedenfalls will ich mich nicht, um die Dämonen zu bannen, mit Clonazepam vollstopfen.«

»Ich denke nicht, dass wir die Medikamentendosis erhöhen müssen, Victor«, sagte Davide.

»Bestimmt nicht?«

»Ganz bestimmt nicht.«

»Verfickt noch mal. Sie können sich nicht vorstellen, wie mich das beruhigt, Doktor. Ich habe nämlich den Verdacht, dass das Clonazepam die Durchblutung der Schwellkörper beeinträchtigt. Und was nützt es, die Höschen der Holden mit Säften zu tränken, wenn das Schwänzchen nicht funktioniert? Mit moralischen Victoria-Schreien kommt man nicht in die Walhalla.«

Sein Vater griff sich an die Stirn.

»Hör zu, wir können Folgendes machen«, sagte Davide. »Ich kenne einen Arzt, der sich mit PCC beschäftigt. Er hat mir vor einiger Zeit von einer neuen, sehr vielversprechenden Studie erzählt. Ich werde ihn anrufen und hören, was er sagt. Was meinst du?«

Victor breitete die Arme aus.

»Herrgott, ja. Machen Sie das, und ich säße im Pantheon meiner Paladine, neben dem unbedachten Nikola Tesla, dem unerschrockenen John von Neumann und dem unzüchtigen Ron Jeremy. Wären Sie gern Teil der Heiligen Dreifaltigkeit, Doktor?

Dann wäre es natürlich keine Dreifaltigkeit mehr, aber das kriegen wir schon hin.«

»Das wäre ich sehr gern, Victor.«

»Versuchen Sie nicht, mir zu schmeicheln, Doktor. Das ist nicht nötig.«

»Natürlich nicht.«

Victor hielt den Zeigefinger an die Schläfe.

»Das Problem ist hier drinnen«, sagte er, »das können wir nicht leugnen. Aber wir dürfen die Hoffnung nicht aufgeben, dass wir wieder optimale Beziehungen zwischen weißer und grauer Substanz herstellen können. Ich versichere Ihnen, meine Herren, ich vertraue weiterhin auf eine Therapie, die zwischen meinen intrakraniellen Hoheitsgebieten akzeptable Verhältnisse herstellt. Ist das Leben selbst nicht eigentlich eine Frage der richtigen Verhältnisse?«

Den restlichen Vormittag arbeitete Davide an seinem Artikel. Thema war die mittlerweile berühmt-berüchtigte Korrelation zwischen Leistungssport und Amyotropher Lateralsklerose. In einer französischen Studie wurden mögliche Ursachen dafür genannt, dass die Erkrankung bei italienischen Fußballern vier Mal häufiger auftrat als im europäischen Durchschnitt: übermäßig viele chemische Substanzen im Rasendünger der Stadien, kontaminiertes Wasser in den Berieselungsanlagen, Radioaktivität in den Stadien und natürlich Doping.

Die ersten drei Hypothesen konnte Davide auf kaum zwei Seiten widerlegen. Die Substanzen im Dünger unterschieden sich in nichts von denen, die in ganz Europa Verwendung fanden; neunzig Prozent der Instandhaltungsunternehmen bedienten sich bei lokalen Wasserwerken, deren Wasser täglich von regionalen Behörden kontrolliert wurde; und die Radioaktivitäts-These war so unglaublich, dass er seinen Sarkasmus nur mit Mühe zügeln konnte.

Blieb also das Doping. Er stand auf und ging zum Fenster. Was gab es Besseres als die Dächer der Stadt für eine rasche Reaktivierung rhetorischer Raffinesse.

Sein Blick fiel unten auf den Parkplatz.

Vor seinem Auto stand, quasi Schnauze an Schnauze, der Hummer H3 von Doktor Martinelli. Mit laufendem Motor, brennendem Parklicht und den beiden in der frühen Nachmittagshitze sanft vibrierenden Doppelauspuffrohren.

Davide schaute zur Wanduhr. Seine Schicht war seit fünf Minuten beendet. Er kehrte zum Schreibtisch zurück, las den letzten Satz noch einmal und speicherte die Datei ab.

Dann ging er in den Umkleideraum, eine Viertelstunde später steckte er seine Karte in das Stempelgerät.

Er verließ das Krankenhaus und lief zu seinem Auto.

Etwa hundert Meter vor dem Parkplatz bemerkte er, dass der Hummer noch immer lief. Die Heckscheibe war abgedunkelt, der Umriss auf dem Fahrersitz kaum erkennbar.

Vielleicht telefonierte Martinelli noch und redete lieber im klimatisierten Fahrzeug, dachte Davide.

Aber Höflichkeit musste sein.

Als er sich der Fahrertür näherte, saß sein Chef reglos da, ohne Telefon oder Kopfhörer. Vermutlich telefonierte er mit der Freisprechanlage des Audiosystems. Darum auch der laufende Motor. Davide hob die Hand.

Früher oder später wird er mich bemerken, dachte er.

Den Arm auf halber Höhe, blieb er wie angewurzelt stehen.

Martinelli starrte auf das Armaturenbrett, die Lider bewegten sich nicht.

Aus dem halb offenen Mund lief ein Spuckefaden.

»Scheiße«, sagte Davide laut.

Mit der Geschwindigkeit eines Photons drang der Gedanke in sein Bewusstsein.

Nein. Das konnte nicht sein.

Er trat einen Schritt näher.

Er war tot.

Kein Zweifel.

Er blickte auf Doktor Martinellis Leichnam.

Der Spuckefaden zitterte im Luftstrom der Klimaanlage.

Tot.

Sein alter Mentor. Als Professor, vor zwanzig Jahren, hatte er rote Strickpullover getragen, um *in vitro* die Macht der synästhetischen Wahrnehmung zu demonstrieren. Er hatte ihn unter seine Fittiche genommen und für zwei Monate nach San Diego geschickt, wo Vilayanur Ramachandran schützend ein noch mächtigeres Gefieder über ihm ausbreitete. Als Wissenschaftler hatte er zusammen mit seinem Vater das IMT Alti Studi gegründet, Luccas ganzer akademischer Stolz. Ein unfehlbarer Diagnostiker. Der mit seinen Händen neurochirurgische Wunder vollbrachte. Und reihenweise Kolleginnen und Krankenschwestern verführte. Und der seit drei Monaten seine Fähigkeiten anzweifelte, ihn vor Publikum despotisch kritisierte und ihm absurde Schichten zuwies.

Er war tot.

Auf dem Ledersitz eines umweltzerstörenden Monstrums hatte sich der letzte Akt seines Lebens vollzogen.

Der Kreis hatte seine Bahn vollendet. Die Tür hatte sich geschlossen. Die Verbindung war abgebrochen.

Die Erinnerungen, Fähigkeiten, Gefühle, Freuden und Qualen seiner zweiundsiebzig Jahre würden mit dem *algor mortis* seiner Glieder sehr schnell kryogenisiert.

Davide hätte nie gedacht, dass es so passieren würde.

Dass ein Gutteil seiner Probleme damit enden würde.

Was für eine Welt, dachte er.

Was für eine verdammte, überraschende und gesegnete Welt.

9

ETWA IM SELBEN MOMENT stand Tommaso vor der Visarno Arena in der Schlange, zusammen mit Anna, Matteo, Francesca, Marco und Giorgio. Anna zog gerade die Karten für Firenze Rocks aus dem Rucksack.

Die letzte gab sie ihm.

AERO-VEDERCI BABY las Tommaso. Hinter der Umzäunung der alten Galopprennbahn stieg die Stimme eines irischen Liedermachers auf, den keiner kannte. Später würden Deaf Havana und um sieben Placebo spielen. Von Aerosmith hatte Tommaso eine vage Vorstellung, aber das Wort *Placebo* hatte er bislang nur gehört, wenn sein Vater zu Hause internationale Vorträge über die inerte Pharmakologie probte. Und Deaf Havana, keine Ahnung.

»Sind wir am roten Eingang?«, fragte Matteo.

»Nein«, antwortete Anna. An ihrem linken Ohr baumelte, an einem dünnen Kettchen, ein Anhänger, auf den ersten Blick ein grobes Plastikherz, in Wahrheit aber ein schwarzes Fender-Heavy-Plektrum für Elektrobass. »Die Farbe der Eintrittskarte hat nichts mit dem Eingang zu tun. Wir sind am grünen.«

»Hier ist es«, sagte Marco.

Durch den Parco delle Cascine, der die alte Galopprennbahn umgab, zogen Hunderte Wallfahrer. Alle zweihundert Meter standen drei oder vier Polizisten. Marco und Giorgio nahmen schon einmal die Rucksäcke ab, um den Sicherheitsleuten den Inhalt zu zeigen. Einer, Schwarz und riesig, hielt einen Metalldetektor in der Hand.

In der Schlange ging es nur stockend voran. Francesca lief zu einem kleinen Mülleimer, der ein Stück weiter an einem Pfahl hing, und warf etwas hinein. Sie blickte Tommaso an.

Besonders seine Hände.

Als Tommaso es bemerkte, senkte er den Blick. In der Linken hielt er die Karte, in der Rechten eine Halbliterflasche Wasser.

Francesca bedeutete ihm, den Deckel abzuschrauben und in den Mülleimer zu werfen. In der Hand hielt sie eine identische Flasche.

Er schaute sie fragend an.

Leicht ungeduldig bedeutete sie ihm, herzukommen.

Tommaso gehorchte.

»Den Deckel«, flüsterte sie kaum hörbar und zeigte mit dem Finger auf den Mülleimer. »Schmeiß ihn weg.«

Tommaso tat es ohne Widerworte. Seit er Francesca kannte, seit dem Geburtstag ihres Bruders Marco vor vier Monaten, dachte er, hatten sie sich noch nie so direkt unterhalten.

Er hätte ihr für den Tipp gern gedankt, wusste aber nicht, warum er den Deckel wegwerfen sollte. Eigentlich war das sein erstes großes Konzert. Fast peinlich, aber er war noch kein einziges Mal bei dem berühmten Summer Festival in Lucca gewesen. (Dieses Manko würde er allerdings in wenigen Wochen beheben, seine Mutter hatte Karten für die Pet Shop Boys.) Bisher hatte er nur andächtig seinen Lieblingssängern auf YouTube gelauscht (unscharfe Aufnahmen wogender Massen, von unbekannten Märtyrern mit erhobenen Armen per Handy mitgeschnitten) oder hatte bei Stadtteilfesten zufällig das melancholische Revival halb vergessener Musiker erlebt. Ein Konzert mit sechzigtausend Zuschauern war da natürlich etwas ganz anderes.

Marco und Giorgio passierten das Drehkreuz und zogen die Rucksäcke wieder auf. Matteo stand ein Stück abseits und beantwortete einen Anruf, gerade hob er das Handy in Richtung Arena, als wolle er beweisen, dass er wirklich bei Firenze Rocks war. Francesca erreichte die Sicherheitskontrolle.

Der Mann bewegte den Metalldetektor über den vorderen Bereich ihrer Beine, über Bauch und Brust, wiederholte dasselbe auf der Körperrückseite (ein wenig zu zögerlich, fand Tommaso) und winkte sie schließlich mit der freien Hand durch.

Tommaso klemmte sich die Karte unter die Achsel und zog den Rucksack von der linken Schulter.

Gleich war er dran.

Wenn ich nicht an den Teufel denke, sagte er sich, kommt der Teufel auch nicht.

Eine halbe Stunde später saßen sie mitten in der riesigen Arena im Halbkreis. Um sie erhob sich das Lärmen Tausender, die wie Überlebende nach einem Erdbeben oder Vulkanausbruch in der glühenden Sonne lagerten. Anna hatte sie, kaum waren sie drinnen, außen an der Menge vorbeigeführt, die gleich nach Einlass, gegen zwölf, auf die kolossale Bühne vorgerückt war: Außer man war allein und sehr kampflustig, wäre es für jeden eine Herausforderung gewesen, die menschliche Mauer zu durchdringen. Mindestens zehn Minuten waren sie an der Grenze entlanggelaufen, hatten vergeblich nach einem winzigen Spalt gesucht, doch am Ende betrübt kehrtgemacht und sich in der Mitte vor der riesigen Leinwand niedergelassen. Das hieß, sie waren achtzig Kilometer gefahren, um sich eine Fernsehübertragung anzuschauen.

Tommaso saß zwischen Anna und Francesca. Anna war leicht übergewichtig, aus dem Bund ihrer Shorts quoll ein Streifen rosiger Bauch. Francesca band sich die langen Haare zu einem Pferdeschwanz, zwischen den Lippen klemmte ein neongrünes Haargummi. Sie wirkte schlecht gelaunt. Als Anna sie eben gefragt hatte, was los sei, hatte sie geantwortet, PMS. Tommaso schaute beide zweifelnd an. Sein Blick glitt über Francescas gebeugten Kopf hinweg, auf das friedfertige, wogende Menschenmeer.

Gleich würde Deaf Havana die Bühne betreten.

»Letztens habe ich was Lustiges über Steven Tyler und Richie Sambora gelesen«, sagte Marco.

»Wer ist Richie Sambora?«, fragte Giorgio.

»Der Ex-Gitarrist von Bon Jovi«, erklärte Anna. Neben ihr angelte ein Pärchen Sushi aus einer Pappschachtel.

»Also«, fuhr Marco fort, »Richie landet bei einer Orgie, die ein Plattenproduzent in seiner Beverly-Hills-Villa organisiert hat. Als er eintrudelt, sind alle schon nackt, leicht verlegen guckt er sich um, er weiß nicht, was er tun soll. Er ist noch ganz am Anfang seiner Karriere, er hat noch keinen Schimmer von Gruppensex.«

Wenn Tommaso Marco Callipo anschaute, sah er über seinem Kopf immer eine Wolke aus Brutalität schweben. Einige Winter zuvor war er in eine Schlägerei mit drei Berufsschülern verwickelt gewesen, wegen einer alten Rivalität zwischen den Schulen. Er und einige andere hatten die Armen nahe San Martino umzingelt und krankenhausreif geschlagen.

»Am Ende«, sagte Marco, »entscheidet Richie, sich frei zu machen, zieht Schuhe, Jacke, Hemd aus und will sich gerade die Hose runterziehen, als er Steven Tyler neben dem Sofa sieht. Aufrecht, vollkommen nackt und von vier knienden Mädchen umgeben.

»Wer war noch mal Steven Tyler?«, unterbrach ihn Giorgio wieder.

»Der Sänger von Aerosmith, verdammt«, antwortete Matteo. »Die Band, die wir gleich hören.«

Marco hatte nichts weiter getan, als den einzigen Schüler, der entkommen war, zu verfolgen und mit einem gewaltigen Sprung, wie ein Hakler, auf einer Wiese hinter der Stadtmauer zu stellen. Er hatte ihn nicht geschlagen oder beschimpft, nur gewartet und den Armen der stummen, grausamen Wut seiner Kameraden überlassen. Aber alle wussten, dass er noch unter den Folgen dieser komplizierten Angelegenheit litt, unter den Nachwehen einer widerwilligen Aggressivität, die so untypisch war für einen ansonsten intelligenten Jungen, der zum Schauspiel- und Klavierunterricht ging und eine beinah sakrale Ehrfurcht gegenüber dem eigenen Körper hegte (er trainierte tagtäglich nach quasi biblischen Regeln aus Boot-Camp und Kampfkunst).

»Wir alle wissen«, sagte Marco, »dass man in der Männerumkleide höchstens mal blitzschnell zu fremden Schwänzen hinschielen darf. Aber eine Orgie ist etwas anderes, dachte Richie und guckte sich die anderen Pimmel in aller Seelenruhe an.«

»Das Problem habe ich nicht«, warf Giorgio ein. »Ich dusche immer zu Hause.«

Matteo boxte ihn gegen die Schulter.

»Unterbrich doch nicht dauernd, du Schwuchtel.«

Francesca nahm einen Schluck aus der deckellosen Flasche. Auf der Bühne hatte ein Tontechniker offenbar Probleme mit der Einstellung der Bassfrequenzen.

»Kurz und gut«, schloss Marco, »Richie bereut seine Neugier auf der Stelle, als er sieht, dass alle vier Mädchen eine Hand an Stevens Schwanz haben und sich ihre Finger nicht mal überlappen. Er macht die Hose wieder zu und zieht sich an. Die erste Orgie seines Lebens endet im ungeordneten Rückzug.«

»Ich glaub, ich hab's nicht kapiert«, sagte Giorgio.

»Typisches männliches Konkurrenzdenken«, erklärte Anna. »Aber ich glaub das nicht. So lang ist einfach keiner.«

»Da spricht die Expertin«, spottete Matteo.

Auf der Leinwand gesellte sich eine zweite Person zur ersten. Der Bassist von Deaf Havana, sagte hinter ihnen jemand.

Mittlerweile trugen alle Jungen außer Tommaso zum Schutz vor der Sonne eine Kappe. Anna richtete ihr Bandana-Tuch, Francesca zog einen Strohhut aus der Tasche und fächelte sich damit

Luft zu, die Kuhle unter ihrer Kehle glänzte feucht. Einen Steinwurf entfernt schaute ein Kind, den Kopf auf der Schulter des Vaters, die beiden Mädchen mit dem verträumt-dankbaren Blick schläfriger Welpen an. Ein so kleines Kind zu einem Rockkonzert zu nötigen, war doch eigentlich unverzeihlich grausam. Tommaso sah, wie Francesca lächelte und ihm ein stummes Küsschen zuwarf, eindeutiges Zeichen ihrer schlechten Laune.

Da betrat Deaf Havana die Bühne. Das Publikum begrüßte sie mäßig begeistert.

Ein Gitarrenriff erklang, den alle in der Gruppe sofort erkannten. Anna stieß einen unterdrückten Freudenschrei aus: Das war *Sing*, ihr Klingelton. Das Schlagzeug gesellte sich zur Gitarre, einen Augenblick später kam auch der Bass in Fahrt.

Matteo und Giorgio schwenkten schon die Arme.

Der Sänger griff nach dem Mikrofon.

Francesca stand drei oder vier Schritte von Tommaso entfernt und schaute auf die Leinwand, ohne erkennbare Anzeichen der allgemeinen Begeisterung.

Er studierte ihre nackten Schultern. Dann wanderte sein Blick den Rücken hinab. Er suchte nach dem wissenschaftlichen Begriff für die asymmetrischen Vertiefungen zwischen Lende und Gesäß, die durch die tief sitzende Hose betont wurden, er grübelte lange, um sich nicht einzugestehen, dass er ihr auf den Hintern guckte.

Sein Blick überwand den Saum ihrer knappen, khakigrünen Shorts, ging tiefer, erreichte die cremefarbenen Vans und kehrte zurück zur linken zarten Kniekehle mit den winzigen, glänzenden, zuckenden Muskeln zwischen Wade und Schenkel.

Er überlegte, was wohl passieren würde, wenn er sie dort berührte.

Plötzlich blickte Francesca sich um, als hätte sie tatsächlich jemand berührt.

Ausdruckslos schaute sie ihn an.

Mit halb geöffneten Lippen, als wollte sie etwas sagen. Auch Tommaso öffnete den Mund (ein durch die Spiegelneuronen des präfrontalen Cortex hervorgerufener Automatismus, hatte ihm sein Vater einmal erklärt) und starrte auf die feuchte Rille am Hals, die in der Sonne glänzte.

Genau dort befand sich ein kleiner Leberfleck.

Der war ihm noch nie aufgefallen.

In dem Moment stieß Giorgio ihn mit dem Ellenbogen an und schrie in sein Ohr:

»Ist das Steven Tyler?«

Placebo fand allgemein Zustimmung.

Klarer Post-Punk, erstklassige Technik, eine ausgewogene Dosis Experimentierfreude.

Der Frontman (der Brian Molko hieß, wie Anna ihm gesagt hatte) besaß ein ungewöhnliches Timbre und war sicher in der Ausführung.

Aber bei Weitem kein Vergleich mit Steven Tyler.

Der Nachmittag war langsam in den Abend übergegangen. Kurz nach neun, nach einem fulminanten Video über den Aufstieg der Band, unterlegt mit Carl Orffs Carmina Burana, betrat Aerosmith die Bühne.

Die sechzigtausend in der Visarno Arena empfingen sie mit einem apokalyptischen Aufschrei.

Tommaso gab sich, auch dank Annas begeisterter Ellenbogenstöße, größte Mühe, sehr genau hinzuhören. Schon nach zwei Songs war ihm klar, dass weniger die Band Aerosmith selbst seine Sinne ansprach als vielmehr die hierophantische Ausstrahlung ihres schier unglaublichen Frontmans.

Der überdurchschnittliche Steven Tyler.

Der wie ein Bukanier von den Antillen gekleidet war.

Mit toupierter Mähne und für seine neunundsechzig Jahre erstaunlich plastischen Bauchmuskeln. Mit so vielen Armbändern und Fingerringen, dass seine Hände überdimensioniert wirkten, ungewollt beeinträchtigte der Sammeleifer die schmückende Absicht.

Neunundsechzig Jahre. Sein Großvater väterlicherseits war genauso alt und noch sehr fit, aber Tommaso bezweifelte, ob er neunzig Minuten auf einer Bühne herumspringen konnte.

Und dann die Stimme.

Seine Stimme.

Reißnägel und Rosenblätter.

Noch nie hatte er jemanden so singen hören. Aber natürlich konnte er sich nicht als Musikexperte bezeichnen, erst mit vierzehn, mit dem Wechsel aufs Liceo, hatte er beschlossen, seinem Hauptinteressengebiet – der Astronomie, was er Mitschülern gegenüber umsichtigerweise unterschlug – etwas Populäres zur Seite zu stellen. Ziel war, sich schnellstmöglich optimal zu integrieren, und er hatte jede für diesen Zweck nur denkbare Quelle erkundet, befragt, gehört oder zurate gezogen (etwa die Rubrik der *Vanity Fair*-Seite *Zehn Teenie-Idole, die man einfach kennen muss*, die sich allerdings als erschreckend unzuverlässig erwies. Wie vorsichtige Umfragen ergaben, galten fast alle dort als ABSOLUT UNVERZICHTBAR aufgeführten Stars, von Justin Bieber bis Selena Gomez, von 5 Seconds of Summer über Zayn Malik von One Direction bis zu One Direction ohne Zayn, bei den meisten seiner Mitschüler als ABSOLUT UNMÖGLICH). Am Ende hatte er sich die neuesten Alben von Travis Scott, Drake, MadMan und Kendrick Lamar besorgt, Pioniere eines etwas eintönigen Pops, der sich allerdings als perfekt erwies, wenn er nachts Ganymed oder Europa durch das neue Celestron NexStar 127 SLT betrachtete, Zeugnisgeschenk seiner Großeltern väterlicherseits nach seinem überragenden ersten Jahr.

Scott und Drake waren angenehm harmlos. Aber Aerosmith, das war etwas ganz anderes.

ABSOLUT ÜBERWÄLTIGEND.

Sein Vater hatte ihm erklärt, dass Steven aufgrund von Alkohol- und Drogenmissbrauch an Amnesie und anderen neurologischen Störungen litt. Von ihm hatte er auch die weltberühmte Story, wie Tyler mit anderen Bandmitgliedern durch Los Angeles gondelte. Im Autoradio kam plötzlich ein alter Song, Steven lauschte versunken und neugierig, drehte sich dann zum Gitarristen um und meinte, den Song könnten sie doch covern. Echt kein schlechter Song, sagte er. Joe Perrys Antwort ging in die Rock-Annalen ein: »Das sind wir, du Idiot!«

In den folgenden Wochen fragte sich Tommaso, ob er die 50-BPM-Songs seiner musikalischen Fetische nur darum *pro tempore*, sehr *pro tempore*, aufgegeben hatte, weil er nach dieser Story persönlich überprüfen wollte, in welchem Zustand sich jemand befand, der lebenslang psychotrope Substanzen nahm.

Eigentlich hatte er noch nie irgendwas genommen, doch vor einigen Monaten war er in eine peinliche Sache reingestolpert.

Am ersten Montag im Februar hatte Marco Callipo, ein wenig überraschend, auch ihn zu seiner Geburtstagsfeier eingeladen. Am folgenden Samstag war Tommaso also, noch immer leicht ungläubig, bei den Callipos erschienen, er würde wohl eine dieser üblichen Jugendpartys über sich ergehen lassen müssen, war er überzeugt, von denen er mit gemischten Gefühlen gelesen, gehört und sich dank amerikanischer Filme ein Bild gemacht hatte: Kumpelhaftigkeit, Alkohol ohne Ende und unschuldiges Aufbegehren. Doch er landete recht erstaunt mit ungefähr vierzig anderen jungen Leuten – ein Drittel davon aus seiner Klasse – bei einem friedfertigen Gastmahl, dessen verblüffendste Anomalie neben der ruhigen Soft-House-Musik unbekannter Herkunft die außergewöhnliche Qualität der Speisen war. Einen Gutteil des Essens plauderte Tommaso im Stehen mit Anna, dann studierte er mit geheuchelter Kennerschaft die Bilder an den Wänden und nahm schließlich mit dümmlicher Miene, zu unzähligen Selfies und Gruppenfotos genötigt, an den Riten, dem Anschneiden der Geburtstagstorte und Auswickeln der Geschenke, teil. Aus den Augenwinkeln betrachtete er ab und zu die strenge Schönheit einer Unbekannten: klösterliche Kleidung, zurückhaltende Gestik, wenige Worte, kaum ein Lächeln. Das sei, erklärte Anna ihm, Francesca, Marcos Zwillingsschwester, auch wenn sie ihm nicht besonders ähnle und, wie Tommaso feststellte, nirgendwo erkennbar war, dass es heute zwei Geburtstagskinder gab. Francesca, vertraute Anna ihm an, sei nach der elterlichen Scheidung mit der Mutter nach Florenz gezogen, aber im Dezember habe diese einen so gewaltigen Nervenzusammenbruch erlitten, dass sich die Einweisung in eine Privatklinik empfahl. Doch er dürfe bloß nicht die Gerüchte glauben, mahnte sie, dass Francesca ebenfalls krank sei und ihr Vater, als er sie wieder bei sich aufnahm, einen Privatlehrer engagierte, der sie zu Hause unterrichtet.

Die Gäste verließen einer nach dem anderen die Feier, nicht ohne Marco noch einmal mit Küsschen oder High-Fives die Ehre zu erweisen. Schließlich waren sie nur noch zu sechst. Tommaso überlegte, ob er seinen Vater anrufen oder noch die endgültige Verabschiedung abwarten sollte, wobei er nicht wusste, wie diese genau aussah. Doch da legte der Gefeierte einem großen Blonden, den er unter den Übriggebliebenen als Einzigen nicht kannte, eine Hand auf die Schulter und stellte ihn als großzügigen Spender des allerbesten Geschenks vor. Daraufhin zog der Blonde etwas aus einer Gesäßtasche: ein durchsichtiges Tütchen, zur Hälfte gefüllt mit zumindest rudimentär gemahlenen, seltsamen Gewürzen.

Tommaso brauchte mindestens dreißig Sekunden, um zu begreifen, um was es sich handelte, und weitere dreißig, um die aufkommende Panik zu unterdrücken.

Da war es doch, das unschuldige Aufbegehren.

Dann überlegte er eine volle Minute. Er war nicht verpflichtet, das Gras (oder was immer in dem Tütchen war) zu rauchen, das Problem war allein, wie er sich dem mit Würde entziehen konnte.

Aber einen Augenblick später überkam ihn der gefährliche Verdacht, dass Marco ihn eigentlich genau darum eingeladen hatte, damit er an dem teilnahm, was er und die anderen Eingeweihten auf den Holzstühlen, die im Halbkreis in dem kleinen Fumoir der Villa Callipo standen, gerade vorbereiteten, dass er also keineswegs zufällig, weil er beim allgemeinen Abschied zu lange gezögert hatte, zu den Verbliebenen gehörte. Dann hätte es komplexe soziale Folgen, wenn er sich dem mit Würde entzöge.

Mittlerweile hatte der Blonde, der Dmitrij hieß und eindeutig sowjetische Wurzeln hatte, mit fachkundigen Griffen einen Joint gerollt. Tommaso, dessen Reflexe durch das sorgfältige Abwägen zahlreicher, sich überlappender Alternativen verlangsamt waren, war von der allgemeinen Erregungswelle in den Raum getragen worden und entschied nun, dass es für ein höfliches Nein, den Anruf bei den Eltern oder einen Sprung aus dem Fenster nunmehr zu spät war.

Marco saß auf dem kleinen Sofa in der Mitte. Dmitrij zündete den Joint an und reichte ihn weiter. Marco, im Schneidersitz auf dem Samt, tat den ersten Zug.

»Sehr gut«, sagte er.

Jetzt war Dmitrij dran. Er atmete tief ein, behielt den Rauch einen Moment in der Lunge und atmete schweigend durch die Nase wieder aus.

Dann kamen Matteo und Giorgio an die Reihe. Beide zogen vorsichtig, man sah ihnen die Unerfahrenheit an.

Und ihm, fragte sich Tommaso. Was würde man ihm ansehen?

Ahnungslosigkeit. Angst. Scham.

Fast hätte er gar nicht gemerkt, dass ganz in seiner Nähe, auf dem Boden wie eine Squaw, Francesca Callipo saß.

Wo sollte sie sonst auch sein? Sie war ja die Tochter des Hausherrn.

Der Hausherr. Wo war der überhaupt?

Auf einmal hoffte Tommaso, dass er im Fumoir auftauchen und sie erwischen würde, wie sie auf der verdächtig riechenden, halbfesten Nimbuswolke dahintrieben, und dass der Abend für die Zwillinge mit Peitschenhieben aus teurem Krokodilleder enden würde, während sich die restlichen Ruchlosen rennend in jede vorhandene Ritze verzogen.

Francesca hatte nun am Joint gezogen und reichte ihn Tommaso, ohne ihn eines Blickes zu würdigen.

Was sollte er tun?

Alle starrten ihn an, aber eigentlich, da war er sich sicher, beachtete ihn keiner.

Nie wurde er wirklich beachtet.

Wer war er schon?

Was war er?

Sicher war nur, dass ihm das, was er gerade zwischen den Fingern hielt, keine Antworten darauf liefern würde. Was würde jetzt passieren? Ehe er sich neuen Erfahrungen aussetzte, studierte er normalerweise die zu erwartenden statistischen Folgen, aber jetzt, dachte er, war es zu spät, um das Handy rauszuholen und bei Wikipedia *Gesundheitliche Folgen von Cannabis* einzugeben.

Wenn es überhaupt Cannabis war.

Jedenfalls durfte er nicht länger zögern.

Er setzte den Joint an die Lippen und zog.

Wie die anderen hielt er den Rauch einen Augenblick zurück, dann reichte er den Joint an Marco weiter, für die zweite Runde.

Langsam atmete er aus, versuchte, nicht zu husten.

Der Geschmack war unangenehm. Stechend bitter. Genuss sah anders aus.

Er schloss die Augen.

Öffnete sie wieder.

Hüstelte.

Zählte bis zehn. Er merkte nichts. Neben Erleichterung spürte er einen Anflug von Enttäuschung.

Der Joint war wieder bei Giorgio angekommen; die Augen in ekstatischer Begeisterung geschlossen, brummte er etwas vor sich hin, dann gab er ihn an Francesca weiter. Sie hob die Hand, als Zeichen, dass sie aussetzte.

Man konnte also ablehnen, sogar ohne eine Rechtfertigung zu stammeln.

Wieder war die Reihe an ihm.

Die Stühle, auf denen sie saßen, dachte er ein wenig zusammenhanglos, stammten aus der Mitte des 18. Jahrhunderts.

Giorgio streckte ihm den Arm hin.

Was sollte er tun? Ablehnen?

Er warf Marco Callipo, ein paar Meter weiter links, einen kurzen Blick zu.

Sein Gesichtsausdruck verriet ebenso Verärgerung wie Sanftmut. Tommaso stellte sich erneut vor, wie er einen atemlosen, keuchenden Jungen hetzte, um ihn den animalischen Instinkten seiner Klassenkameraden auszuliefern. Die weißliche Wolke über ihm schien, so eindrücklich wie eine düstere Allegorie, die Gewalt zu personifizieren, zu der er fähig war.

Vielleicht, sagte sich Tommaso, hing über jedem ein aus dem Wasserdampf weniger emblematischer Fakten kondensiertes Bild, durch den Meinungsstrom der anderen verdichtet: eine Wolke, die so hartnäckig, lästig und verlockend war wie der Geruch nach Desinfektionsmitteln an der Kleidung seines Vaters oder der nach Problemkindern, den seine Mutter mit nach Hause brachte.

Auf seinen Blick hin nickte ihm Marco knapp und aufmunternd zu.

Tommaso wollte ihn nicht enttäuschen.

Diesmal hielt er den Rauch etwas länger in der Lunge und stieß, den Blick auf das zuckende Glühwürmchen am Joint-Ende geheftet, den Atem durch die Nase aus.

Sein Blick wanderte zum Bild über dem Schreibtisch.

Eine Reproduktion des vierten und letzten Drucks aus William Hogarths Serie über die Grausamkeit: »Die Belohnung der Grausamkeit«, ungefähr 1751.

Während er den Joint an Marco weitergab, fragte er sich, woher zum Teufel er das wusste. Das Bild war ziemlich bekannt, aber er hatte keine Ahnung von Kunst. In den Bücherregalen seines Vaters fanden sich allerdings Kunstbände, und die hatte er, wie er sich vage erinnerte, angeschaut, vielleicht hatte er auch als eine Nebenwirkung von Marihuana Zugang zu einem unabsichtlich abgespeicherten rätselhaften Gedächtnisarchiv mit Architektur- und Kunstströmungen.

Auf der Suche nach weiterer Bestätigung schaute er sich um und begegnete Francescas Blick.

Sie guckte seltsam.

Den Joint in der Hand, hielt sie die Luft an.

Er meinte, in ihren Zügen angemessene Traurigkeit zu entdecken.

Sie stieß den Rauch aus und reichte ihm den Joint.

Tommaso nahm ihn zwischen Zeige- und Mittelfinger und blickte Francesca weiterhin in die Augen.

Er begriff, dass er nicht hätte sagen können, ob ihr Gesicht schön war oder nicht, in Wirklichkeit. Das richtige Adjektiv war vielleicht *außerirdisch*: sichtbar, aber so weit weg und unerreichbar wie die Saturnringe oder die Monde des Pluto.

Das war leicht zu begreifen.

Plötzlich konnte er alles leicht begreifen oder erfassen.

Er nahm noch einen Zug und reichte den Joint weiter an Marco, der selig lächelte.

Alles wirkte seltsam.

Als würde die Realität den Raum zwischen den Ganglien im Gehirn langsam ausfüllen, als verringere sich der Abstand zwischen wahrgenommenen und realen Objekten auf bedrohliche Weise, als drücke etwas gegen die Grenzen seines Gehirns und suche mit Gewalt Anschluss an ein großes, quasi grenzenloses Territorium.

Er versuchte, sich zu entspannen, dachte an das Buch, das er vor wenigen Stunden beendet hatte (eine umfangreiche Abhandlung über die Expansion des nationalsozialistischen Deutschlands vor dem Krieg), aber die kleine Welt um ihn herum schien klar. Zu klar.

Zu real.

Hyperreal.

Ja.

Hyperreal war wohl das richtige Wort.

Also letzten Endes irreal.

»Jesus Christus«, entfuhr es ihm.

»Christos«, echote Dmitrij, mit geschlossenen Augen.

Tommaso erhob sich.

Er war erledigt.

Die Realität hatte sich seiner bemächtigt.

Der Anschluss war vollzogen.

Er ging ein paar Schritte, stolperte über das Tischchen, stürzte der Länge nach auf Marco. Giorgio und Matteo blickten sich mit großen Augen an, beugten sich vor und lachten hemmungslos. Tommaso rappelte sich wieder auf, versuchte, die Kontrolle zurückzugewinnen. Schwankend ging er in Richtung Tür.

Das war keine Übelkeit. Er musste sich nur vor der Realität schützen. Über ihnen hing, wie die Funken eines Feuerwerks kurz vor Ende der Trägheitskurve, das zersplitterte, kalte und dreidimensionale Licht des Kristallleuchters.

Hinter ihm sagte jemand etwas. Tommaso kniete nieder, fiel zu Boden.

»Hilfe«, murmelte er.

Er schloss die Augen, spürte, wie das kalte Parkett an seinen Handflächen kitzelte. Etwas berührte ihn am Rücken.

Stöhnend wandte er den Kopf.

Links neben ihm hockte Dmitrij.

Mit entspanntem, aber glänzendem Blick.

Daneben Francesca, die Augen so weit aufgerissen, dass man die obere Sichel der Sklera sah, vor Staunen milchig.

»Alles ist gut«, sagte der Junge beinah flüsternd. Wenn er leise sprach, hatte er fast keinen Akzent.

Doch Tommaso schnappte nur nach Luft. Dmitrij half ihm beim Umdrehen. Äußerst forschend blickte er ihm ins Gesicht.

Er sagte etwas in seiner Sprache, stand auf, ging zum Fenster, öffnete es, genoss einen Moment die eisige Luft. Dann verließ er den Raum.

Tommaso kroch langsam zur Wand.

Er lehnte sich mit dem Rücken dagegen, versuchte, an dem brüchigen Damm aus Gewissheiten, die unter seinen Beinen ins Rutschen gerieten, das Gleichgewicht zu halten. Er betrachtete die Anwesenden, einen nach dem anderen. Gemäß der gerade demaskierten Übereinstimmung von Hyperrealität und Realität hatten sie sich in schneebedecktes Ektoplasma verwandelt. Tommaso erinnerte sich an ihre Vornamen, Nachnamen, Charaktereigenschaften, aber ihre Materialität wurde von der Konkretheit, die sein verändertes Gehirn den anderen physischen Objekten verlieh, gewaltsam vernichtet. Anders gesagt, er entdeckte gerade, dass die Realitätsebene von Menschen keinesfalls mit der von Dingen vergleichbar war. Francesca, die nun praktisch neben ihm kniete, war ein Gespenst, doch ihre Kleidung so überdeutlich, dass ihm fast die Augen schmerzten.

Dann passierte es.

Das Mädchen, ob real oder Gespenst, umfasste mit beiden Händen seinen Kopf, legte ihre Stirn an seine und wiederholte mit besorgniserregender Besessenheit, er brauche keine Angst zu haben. Ihre Lippen waren so nah an seinen, als wolle sie ihm Trost einhauchen. Er atmete den ebenso süßen wie sauren Geruch ihres Mundes ein, wobei es ihm nicht unlogisch schien, dass der lauwarme Odem eines irrealen Wesens das Gegengift zu einer Überdosis Realität war. Allerdings fühlte er sich weder besser noch schlechter. Das Mädchen hockte nun auf seinen Beinen, die Mundschleimhaut so nah an seiner, dass Tommaso es für den intimsten Körperkontakt, seit seine Mutter ihn abgestillt hatte, hielt. Da bemerkte er plötzlich dort, wo die Schambeine aufeinanderlagen, eine seltsam ausstrahlende Wärme, der ein unpassendes erektiles Beben vorausgegangen war. Die Zeit lief auf einmal Zentimeter für Zentimeter langsamer, er fühlte sich nicht weniger unglücklich oder verwirrt, aber von irgendwo nahm er die knisternde Flamme der Erleichterung wahr. Er legte die Arme um Francescas Rücken, um ihre Bewegungen zu unterstützen, sie nahm sein Gesicht noch fester zwischen ihre rauchigen Hände, so fest, dass es fast schmerzte. Ihre Gesichter waren so nah, dass sich ihre Augenbrauen beinah berührten. Doch dann kam Dmitrij mit einem Glas in der einen, einem Blister in der anderen Hand und bat Francesca ohne viel Aufhebens, Platz zu machen. Er kniete sich neben ihn, schob ihm zwei Tabletten zwischen die Zähne und flößte ihm, damit er besser schlucken konnte, etwas ein, das tatsächlich Wasser zu sein schien.

Nach zwanzig endlosen Minuten kam Tommaso zu dem Schluss, dass Dmitrijs Therapie die Remission seiner psychotischen Krise nicht um ein Jota gefördert hatte.

Die anderen starrten ihn stumm an, in chemischer Benommenheit versunken. Durch die bekannte temporäre THC-bedingte Erweiterung der Blutgefäße verging die nächste halbe Stunde so langsam wie eine Woche Regen, ein furchtbares Gefühl, aber nach dem, was dann kam, wünschte Tommaso es sich fast zurück.

Kurz nach eins bemerkte er nämlich, dass die Wärme, die er gespürt hatte, als Francesca rittlings auf ihm saß, nicht in engerem Sinne sexueller Natur war. Vielmehr hatte er sich sehr prosaisch vollgepinkelt. Und der zweite wirklich harte Moment kam, als er aufstand, während die anderen auf ihren Stühlen saßen, die Wirkung des Joints längst verdaut hatten und ihn verblüfft anschauten (außer Francesca, die während seines gesamten irrealen Schwalls den Kopf zwischen den Händen hielt, und als sie aufstand, rote Augen hatte) und er sie nötigte, sich an den Händen zu halten und gemeinsam zu schwören, sollte seine Krise nicht vergehen, sollte er aufgrund des Marihuanas endgültig nicht mehr zur illusorischen, aber beruhigenden Wahrnehmung der Realität zurückkehren und seine Eltern ihn in der vergeblichen Absicht, ihn zur Räson zu rufen, in die Klinik stecken, dann würden sie ihn entführen und in die Schweiz begleiten, damit er sich dort einer kathartischen, barmherzigen Behandlung zur *finis vitae* unterziehen konnte. Allerdings bekam Marco Callipo, der die ganze Zeit voll Mitgefühl seine Hand hielt und beifällig nickte, in diesem Moment einen derartigen Lachanfall, dass das gemeinschaftliche Versprechen einer Euthanasiemission auf Schweizer Boden bei Weitem nicht so feierlich ausfiel wie gewünscht. Der dritte wirklich schwierige Moment kam dann, als seine Eltern um halb zwei an der Villa der Callipos eintrafen. Keiner seiner Komplizen war nüchtern genug für einen Ad-hoc-Plan zur Elternabwehr. Tommaso musste mit ansehen, wie die stürmischen Schreie der klassischen mütterlichen Besorgnis blitzschnell einer ihm bislang unbekannten Verstörung wichen (die allerdings eher bescheiden ausfiel, vor allem, als Dmitrij seinem Vater mehrmals versicherte, das genommene Marihuana sei vollkommen rein), und während die anderen von den Eheleuten Ricci beeindruckt waren, weil diese weder gängelnde Gräuel verkündeten noch mit strafrechtlichen Konsequenzen drohten, wurde Tommaso (der langsam wieder einen gewissen Zugang zur angenommenen Realität oder zur trügerischen Realität oder zur trügerischen, aber zumindest erträglichen Realität fand) angesichts der Katastrophe, mit der das große Finale von Marco Callipos Geburtstagsfeier aufgrund der geringen Widerstandsfähigkeit seiner chemischen Rezeptoren kläglich endete, von tiefen Schuldgefühlen übermannt. Als die anderen ihn zum Abschied noch einmal gemeinsam umarmten, konnte er nicht viel mehr tun, als sie beinah unter Tränen um Verzeihung zu bitten.

Im Auto setzte sich seine Mutter neben ihn auf den Rücksitz und flüsterte ihm aufmunternde Worte zu, die sein barmherziges Gehirn eiligst in Echtzeit ignorierte. Sein Vater, der nachts mit würdeloser Vorsicht fuhr, was die kurze Fahrt noch peinlicher machte, schaltete sich nur einmal beruhigend ein: die abnormalen paranoiden Reaktionen auf Delta-9-Tetrahydrocannabinol seien im Grunde völlig harmlos. Als Tommaso das hörte, hatte er das Gefühl, als sinke der zwischen Hals und Herz klemmende emotionale Kloß langsam in Richtung Magen (obwohl er sich ehrlich gesagt keineswegs sicher war, dass es sich um einen rein emotionalen Kloß handelte, und ihn das Gefühl eher an die Vorboten der katastrophalen gastrischen Folgen des einzigen Hochzeitsmahls erinnerte, an dem er vor Jahren teilgenommen hatte), und er beschwor seinen Vater, auf der Stelle rechts ranzufahren. Das war das Erste, was er auf der Autofahrt sagte. Der vage väterliche Protest (»Wir sind praktisch zu Hause«) wurde nach einem kurzen Blick in den Rückspiegel umgehend zurückgenommen: Tommasos Augen waren weit geöffnet, seine Wangen kreidebleich. Davide hielt gerade noch rechtzeitig, um zu sehen, wie sein Sohn die Hintertür aufriss und, die Füße am Boden, in einem langen Schwall exzellente Speisen ausspie, gefolgt von einem dreifachen röchelnden Würgen, das der Junge mit quälendem Stoizismus ertrug, während seine Mutter seine Arme hielt, damit er nicht vom Sitz rutschte.

Als Tommaso am nächsten Morgen um elf Uhr aufwachte, von Trauma und Marihuana-Stoffwechselprodukten noch halb benebelt, stellte er sehr erleichtert fest, dass die angebliche Realität an ihren Platz zurückgekehrt war.

Seine Kleidung lag ordentlich gefaltet auf dem Stuhl, die Kleiderschranktüren waren fest verschlossen, das Bücherregal ähnelte wie sonst einem polychromen Barcode, und die Poster von Edwin Hubble und Travis Scott, ein seltsames pubertäres Helden-Hendiadyoin, blickten sich von den gegenüberliegenden Wänden an.

Cochise hockte reglos wie die Statuette eines Tierkults auf dem Schreibtisch. Vielleicht fragte er sich, was sein Herrchen zu der Zeit noch im Bett machte, oder er lobte ihn, weil er sich nach fast sechzehnjährigen Bekehrungsversuchen endlich der Faulheit hingab.

Das Teleskop stand am Fenster, auf die beiden Persei-Sternhaufen gerichtet.

Realität und trügerische Realität stimmten wieder überein. Kein Zweifel.

Es sei denn, dachte Tommaso, als er sich im Bett aufrichtete, die neuerliche Übereinstimmung hatte als unerwartete Nebenwirkung eine winzige neue Realität erzeugt, die aus den Zwillingsgliedern geglitten war wie die Frucht einer komplizierten Jungfernzeugung.

Sie war da.

Für ihn auf die Welt gekommen.

Eine neue Realität, zitternd und feucht wie ein eben herausgepresstes Kind. Warm, quengelnd und bedürftig.

Er hatte keine Ahnung, wie er damit umgehen sollte, er traute sich kaum, hinzusehen.

Nein, dachte er und schlug seufzend die Hände vors Gesicht, er hatte nicht die geringste Ahnung, was er der neuen, erschreckenden, objektiven Tatsache entgegensetzen sollte, dass das Schlimmste des vorigen Abends nicht sein donnernder Absturz auf dem holprigen Abhang einer THC-Intoleranz war, sondern die wahnwitzige Gewissheit, dass er die Schwelle zu einer n-ten grauenhaften Realität übertreten hatte, in der er sozial geächtet, von seinen Eltern bedauert und vor allem hoffnungslos in Francesca Callipo verliebt war.

10

DAVIDE TRAT NÄHER an das Seitenfenster heran. Er wurde von Mitleid übermannt, das nur wenig dadurch gedämpft wurde, dass er ein peinliches Gefühl der Erleichterung und einen absurden Anflug von Enttäuschung verspürte, da die apotropäische Kraft seiner morgendlichen Morde so herbe versagt hatte. In den letzten Monaten hatte er Doktor Martinelli mindestens zehn Mal umgebracht.

Er legte die Hand auf den Griff und öffnete die Wagentür. Aus den Lautsprechern drang düstere Musik.

Der Leichnam bewegte die Lider.

Davide zuckte zusammen.

Martinelli drehte langsam den Kopf.

»Doktor Ricci«, sagte er.

Durch die Bewegung der Lippen bemerkte der Mann den Spuckefaden am Mundwinkel. Er wischte ihn mit dem Handrücken weg.

»Was ist los?«, fragte er Davide. »Sie machen ein fürchterliches Gesicht.«

»Echt?«, antwortete der. »Entschuldigung. Ich hab mich nur gefragt, was Sie im Auto machen.« Er zeigte auf das Radio.

»Die Toteninsel«, sagte Martinelli. »Rachmaninow. Das raubt mir immer wieder den Atem.« Er drehte sich um, griff nach der Tasche auf dem Rücksitz, dann stellte er den Motor aus und wollte aussteigen. Davide trat zur Seite, um ihm Platz zu machen.

»Und wie läuft es hier?«, fragte Martinelli.

»Alles ruhig.«

Im Schatten der Linde, die genau in der Parkplatzmitte stand, sah Davide, dass sein Vorgesetzter ein unsichtbares Haar von seiner makellosen Leinenjacke zupfte.

»Wir vermissen Sie schon seit einigen Tagen in der Abteilung«, sagte Davide. »Frau Doktor Lelli hat gestern versucht, Sie zu erreichen. Wir waren ein wenig besorgt.«

»Gestern?«, wiederholte Martinelli mit geschlossenen Augen, als grabe er in seinem Gedächtnis. »Ach ja, ich war bei Freunden auf dem Land. Eine kranke Kuh, es war unklar, was sie hatte. Ich hab mit ihr gesprochen, eine leichte innere Blutung, hat sie gesagt. Ich habe ihr Tranex verabreicht, das ich zufällig im Auto hatte, nach ein paar Stunden ging es schon viel besser.«

Davide blickte ihn eindringlich an.

»Sie haben mit wem gesprochen? Mit der Kuh?«

»Genau«, antwortete Martinelli. »Natürlich nicht mit Worten. Mit Theta-Wellen. Wissen Sie, dass Rinder einen höheren IQ haben als Hunde und Affen? Besonders Kühe sind unglaublich sensibel. Ein Professor in Cambridge hat Kühe einem Intelligenztest unterzogen. Raten Sie mal, was herausgekommen ist.«

»Keine Ahnung.«

»Ich sage es Ihnen. Wenn eine Kuh beim Intelligenztest eine Lösung findet, hat sie einen erhöhten Herzschlag und ihre Gehirnströme deuten auf Begeisterung hin. Ist das nicht erstaunlich?«

»Ja ... Da kommt man ins Grübeln.«

»Es berührt einen doch immer wieder, wenn ein Lebewesen spontane Freude zeigt. Aber jetzt machen Sie sich vom Acker, ich habe zu tun.«

»Ja, Entschuldigung.«

»Und schauen Sie mich nicht an, als wäre ich verrückt.«

»Was?«

»Sie haben mich sehr gut verstanden.«

»Entschuldigen Sie bitte. Das wollte ich nicht.«

»Umso besser. Wenn Sie allerdings, wie es in wunderbarer Amtssprache heißt, berechtigte Gründe zu der Annahme haben, dass Ihr direkter Vorgesetzter spinnt, dann müssten Sie das dem medizinischen Leiter melden. An diese hochheilige Pflicht muss ich Sie doch nicht erinnern, oder?«

»Nein, natürlich nicht.«

»Ach was, Sie würden mich eh nicht melden. Sie sind viel zu loyal.«

Vor dem Wort »loyal« hatte er einen Moment gezögert. Davide hatte das Gefühl, er hätte eigentlich gern etwas anderes gesagt.

»Nun gehen Sie endlich«, sagte Martinelli. »Ihre Familie wartet bestimmt.«

Mit diesen Worten passierte er die Linde und ging langsam in Richtung Krankenhaus.

Davide wartete ein paar Sekunden, unter fieberhaftem Nachdenken, und drehte sich schließlich zu seinem Vorgesetzten um.

Sein Gang zeigte ein leichtes Hinken, fiel ihm auf.

Seit wann?

»Doktor Martinelli«, sagte er.

Der Primar blieb stehen, wandte den Kopf.

Davide zögerte.

Martinelli wartete, reglos. Ein Windhauch zerzauste die grauen Haare.

»Ich glaube ...«, setzte Davide an.

»Ja?«

Mehrmals öffnete Davide den Mund und schloss ihn wieder.

»Ich glaube«, sagte er endlich, »dass Sie Hilfe brauchen. Ich bin mir nicht sicher, aber möglicherweise leiden Sie an einer ... leichten ... psychischen Störung.«

Martinelli starrte ihn einige Sekunden an, dann blickte er sich um. Schließlich schloss er halb die Lider, wie ein Bluthundwelpe, der zum ersten Mal den Ultraschall-Lockruf vernimmt.

»Danke«, antwortete er. »Die präzise Diagnose eines Fachmanns ist immer beruhigend.«

Dann setzte er seinen Weg fort. Davide schaute ihm nach, bis er die Treppe erreichte.

Schließlich drehte er sich um und ging seufzend zu seinem Auto.

Erst als er am Hummer seines Vorgesetzten vorbeigegangen war, sah er die linke Ecke seiner Stoßstange, die im Kühlergrill des BMW steckte.

Mindestens fünf Sekunden konnte er den Blick nicht davon lösen, so offensichtlich und höchstwahrscheinlich vorsätzlich schien die Tat. Als er sich dann mit aufgerissenen Augen zum Eingang umdrehte, sah er gerade noch, wie Doktor Martinelli vom ewig unermüdlichen Strudel der Drehtür verschluckt wurde.

Eine halbe Stunde später parkte er nahe der Ampel der Via Giusti.

Er wusste nicht einmal, wie er dorthin gekommen war. Auf der Via San Paolino wäre er beinah in eine Touristengruppe gefahren, die vermutlich Puccinis Geburtshaus besucht hatte. »Kunst ist eine Form des Wahnsinns«, hatte der große Komponist einmal gesagt: Interessant zu wissen, ob sich das auch auf mikrochirurgische Gehirnoperationen übertragen ließ, wo Martinelli zweifellos ein Virtuose war, und vor allem, ob der Wahnsinn nur metaphorisch gemeint war.

Außerhalb der Stadtmauer floss der Verkehr träge und spärlich dahin, zu dieser Jahreszeit ein Wunder. Davide hatte einen Klassiksender gehört und hing in der Umlaufbahn seiner Gedanken, die hinter seinen Augen wie verglühende Meteoroide herabstürzten.

Während der Fahrt hatte er über ALS nachgedacht.

Die Ursache der Erkrankung war vielfältig und unklar, genetische Prädisposition, systemische Entzündungen, anomale Proteinansammlungen, fehlgeleiteter Abbau von Schwermetallen und Pestiziden und natürlich Oxidationsvorgänge, ausgelöst durch Stress und nervöse Anspannung, ein wahres Allzweckgewürz für jedes Rezept.

Natürlich wusste auch Davide nicht, welche dieser Risikofaktoren, und in welchem Ausmaß, für ihn persönlich galten. Doch wenn nervöse Anspannung tatsächlich eine entscheidende Rolle spielte, dann wäre er wohl ein aussichtsreicher Kandidat für Amyotrophe Lateralsklerose und jede andere Autoimmunkrankheit. So wie ihn sein latent gewalttätiger Nachbar und sein schikanöser, offenbar psychisch angeschlagener Vorgesetzter in die Enge trieben.

Wie lange würde sein Gehirn das noch mitmachen? Wie lange konnte ein Gerüst halten, auf dem eine verschleißträchtige Arbeit lastete (nur bei Küchenchefs und Polizisten lag die Selbstmordrate höher als bei Ärzten) und das seit Monaten durch zwei potenziell unlösbare Probleme zusätzlich beschwert wurde?

Vielleicht war es langsam Zeit für ein CT, ein MRT oder die Bestimmung der Neurofilamente im Blut (wenn das Gehirn die eigenen Neuronen zersetzt, gibt es die Reste in die Blutbahn ab, wie ein Mörder auf dem Land, der Gliedmaßen und Eingeweide im Bach um die Ecke entsorgt).

Er nahm den Kopf zwischen die Hände.

Er war ein Feigling, das stand fest, aber sonst?

War er ein guter Vater? Ein guter Ehemann? Ein guter Arzt?

Er war sich nicht mehr allzu sicher.

Wo lagen seine Stärken?

Eine Weile überlegte er.

Okay, er konnte gut zuhören, sagte er sich.

Außerdem war er gegenüber allen freundlich und zuvorkommend. Er nahm in einer patriarchalischen Institution wie einer Krankenhausabteilung die Bedürfnisse von weniger qualifizierten Kollegen und Mitarbeitenden ernst: Er war nicht der Typ, der nach einer neunstündigen Kraniotomie die Minifehler eines Assistenzarztes erbost kritisierte. Er ertrug geduldig alle Anschuldigungen, wenn Leute wegen ausbleibender Behandlungserfolge bei Angehörigen oder Freunden entnervt waren, und nicht im Traum würde es ihm einfallen, die Ergebenheit einer Schwester auszunutzen.

Trotzdem.

Welchen Beitrag hatte er für die Neurologie geleistet? Er war ein guter Arzt, das stimmte. Aber niemand würde wohl nur im Entferntesten behaupten wollen, dass er in der Liga von Doktor Martinelli spielte.

Und wo er schon dabei war, auch nicht in der seines Vaters.

Der hatte den Fall des Lokalisations-Postulats, und wer weiß wie vieler anderer, schulterzuckend zur Kenntnis genommen und schleuderte ihm seelenruhig unberechenbar viele ausgerottete Krankheiten und durch Skalpell und Therapie gerettete kognitive Funktionen entgegen. Mit ihm konnte er sich einfach nicht vergleichen: Es war nie ein Kinderspiel, von Demenz oder Tumoren befallene Gehirne zu retten, aber nur Idioten oder Böswillige würden abstreiten, dass seine eigenen diagnostischen und therapeutischen Ressourcen unendlich viel größer und dreidimensionaler waren als die seines Vaters, der, obwohl er die Landkarte des Gehirns vollkommen missverstand, Leben gerettet, der italienischen Neurologie Glanz verliehen und Ruhm und Reichtum erlangt hatte.

Und da empfand er sadistischen Stolz, wenn er ihm beweisen konnte, wie falsch er lag?

Welch ein Wurm.

So einen Vater hatte er gar nicht verdient.

Er war ein schlechter Sohn.

Und, wenn auch nicht ganz folgerichtig, ein schlechter Arzt. Spinner oder nicht, Doktor Martinelli hatte recht, wenn er ihn piesackte.

Und er war nicht einmal ein guter Vater.

Er legte die Hände auf die Oberschenkel und schloss die Augen, sein Herz im Schraubstock dieser fatalen, offenkundigen Tatsache.

Wieder dachte er an den Vorfall im Restaurant.

Nichts konnte sein Verhalten als Vater, Ehemann und Familienvorstand, seine schändliche Trägheit beim Angriff eines Liebesrivalen entschuldigen.

Er hatte Angst gehabt.

Er war ein Schwächling.

Ein Nichts.

Warum sollte das anderen nicht auffallen? Wie sollte ein psychopathischer Nachbar nicht riechen, wie flüchtig sein Rückgrat war?

Da hielten an der Ampel, kaum fünf Meter von ihm entfernt, zwei Autos. Ein alter Golf und dahinter ein funkelndes Mercedes-Cabrio, aus dem offenen Verdeck ragten zwei hypertrophe Hälse, darauf Verbrechervisagen (das Fahrergesicht durch eine geradezu pythagoreisch präzise diagonale Narbe zweigeteilt, das linke Auge durch ein Glaukom halb blind). Mit wenig beruhigender Miene waren beide zum Fahrer des vorderen Autos gewandt.

Von diesem war nur der Nacken zu sehen, durch die Drehung faltig, sowie ein Teil des Profils.

Das Profil kam Davide bekannt vor. Er beobachtete, wie der Mann die Mercedes-Insassen mit für ihn unverständlichen Worten anherrschte.

Er rückte die Brille zurecht.

Wo hatte er den Mann bloß schon gesehen?

TEIL ZWEI

11

AUFGRUND GEWISSER EHELICHER Symmetrien, die durch die Gemeinschaftsnutzung kleiner Raumbereiche und großzügiger Zeitkontingente notwendigerweise entstehen, wachte Barbara genau wie ihr Ehemann morgens um sechs Uhr auf. Wenn beide die Augen öffneten, blieben ihr regelmäßiger Atemrhythmus und die komplementäre Harmonie ihrer Bewegungen unverändert. Sie waren sich der euklidischen Pünktlichkeit ihres gleichzeitigen Aufwachens also nicht bewusst. Doch während Davide nun an den Tod dachte, schwelgte Barbara prosaisch im Leben.

Ihr erster Gedanke galt immer Tommaso. Dann dachte sie, tageweise wechselnd, an ihre kleinen Patienten, ihre Eltern und Schwiegereltern (mit denen sie sich prächtig verstand), an ihre unvernünftige jüngere Schwester, an ihre Haustiere und besten Freundinnen. Wenn sie aufwachte, war ihr unteres Fußgelenk (das linke, weil sie meistens auf dieser Seite schlief) unvermeidlich mit dem ihres Ehemanns verhakt. Für Davide symbolisierte das auf jeden Fall einen unbewussten Besitzanspruch, er fühlte sich dadurch geschmeichelt. Barbaras Theorie lautete ein wenig anders.

Vor Jahren, noch am Anfang ihrer Beziehung, hatte Davide ihr von einem Männchen im Gehirn erzählt, nicht nur in ihrem, sondern in jedem. Der kanadische Neurochirurg Wilder Penfield hatte Anfang der Vierzigerjahre bei mehreren Operationen mit lokaler Betäubung ein seltsames Experiment durchgeführt. Mithilfe einer banalen Elektrode stimulierte er bestimmte Gehirnbereiche und konnte so bei seinen Patienten die verschiedensten Empfindungen, Bilder und Erinnerungen hervorrufen. Anhand nachfolgender Untersuchungen kartografierte er die Großhirnrinde, und die seltsame Landkarte sah aus wie ein bizarrer Kobold mit überproportionalem Kopf und Händen, da diese Körperteile von sehr vielen Hirnzellen gesteuert wurden. Zu seinen Ehren nannte man ihn *sensorischer Penfield'scher Homunkulus.* Penfield entdeckte auch, so Davide, dass der für die Genitalien zuständige Hirnbereich aus unbekannten Gründen unter dem für die Füße lag, was teilweise erklären konnte, warum ungewöhnlich viele Menschen unerklärlicherweise Füße erotisch fanden. Kurzum, Penfield zeigte, dass die sexuelle Wirkung der Füße auf einer Fehlinterpretation optischer, taktiler und olfaktorischer Signale im Gehirn beruhte, bei der benachbarte Nervenbereiche verwechselt wurden.

Ehe ihr Ehemann sie über den Homunkulus aufklärte, hatte sich Barbara die Anziehungskraft ihrer Füße auf frühere Freunde durch ihre Position bei der klassischen Liebeschoreografie erklärt: Wenn einem etwas ständig vorm Gesicht herumwackelte, während man Lust empfand, schrieb man ihm wohl irgendwann eine besondere erotische Bedeutung zu.

Während Davide den nächtlichen Überfall ihres linken Fußes also als Ausdruck von Besitzansprüchen interpretierte, bevorzugte Barbara als Erklärung die Penfield'sche Theorie und ihre Lendenimplikationen. Wahrscheinlich haben wir nicht genug Sex, dachte sie, und darum schickte ihr Hirnmännchen ihr Genitale/ihren Fuß als Späher in das sanfte Schlummern ihres Ehegemachs.

Manchmal fragte sie sich, wo das Minimum an monatlichem Geschlechtsverkehr lag, unter dem man Sex als unerheblich für das Überleben eines Paars betrachten konnte. Wahrscheinlich bei zwei: einmal oder keinmal im Monat waren wohl dasselbe. Zugegeben, zwei Mal war ein trauriger Durchschnitt, aber in größerem Zeitrahmen betrachtet eigentlich doch ganz anständig: sechs Mal im Vierteljahr, zwölf Mal im halben, vierundzwanzig Mal jährlich. Fast fünfzig Mal in zwei Jahren. Die Zahlen ohne irreführende Relativierung konnten sich sehen lassen. Davide und sie hatten drei oder vier Mal im Monat Sex, mehr oder minder je nach Anzahl der verfügbaren Samstage (wobei die Unberechenbarkeit des vierten Geschlechtsakts weniger am Auftreten katamenialer Blutungen fruchtbarer Frauen als an Davides außerstädtischen, akademischen Verpflichtungen lag). Selbst zu Beginn ihrer Beziehung war es selten zu mehr als zwei Mal Geschlechtsverkehr pro Woche gekommen, trotz ihrer noch jugendlichen Energie und des hinterlistigen physiologischen Mechanismus, der, wie Davide ihr erklärt hatte, die plasmatischen Testosteron- und Oxytocinspiegel frischer Paare steigen ließ, damit sie zwecks Bindungsstärkung häufiger Sex haben. Davide war zu sehr mit seinem Studium beschäftigt und zu wenig sensibel für die Verlockungen seiner Peptide. Er war ein gewissenhafter Liebhaber, durchaus zu Experimenten bereit, aber hatte auf diesem Gebiet nie außergewöhnliche Qualitäten angestrebt. Der berufliche Erfolg war offenbar ein stärkerer, verführerischer Anreiz, als es die Brüste, Schenkel oder der Mund seiner Frau je sein konnten. Nach fast achtzehn Jahren Zusammenlebens konnte Barbara sagen, dass sie daran nur minimal Schuld trug. Die Libido ihres Mannes war einfach begrenzt, und daran konnte sie nicht groß was ändern.

Aber Selbstabsolution hieß natürlich nicht Verzagen oder Resignation: Barbara beherrschte die Kunst der Kompromisse, und solange die Zahl und Intensität der Geschlechtsakte nicht durch das fortschreitende Alter noch weiter reduziert würden, wäre ein intimes Zusammentreffen pro Woche für sie problemlos hinnehmbar; die Überfälle ihres linken Fußes würde sie zum infantilen Zeitvertreib zurückstufen.

Ihre ersten Gedanken an diesem Morgen galten allerdings nicht Tommaso, auch nicht ihrer Mutter, einem armen kleinen Patienten oder ihrer zügellosen Schwester. Sie dachte an Davide.

Es war der 15. Juli, und sie hatten seit fast drei Wochen nicht miteinander geschlafen. Das war noch nie vorgekommen. In ihrer gesamten Beziehung war die einzige Abweichung beim Sex die Zeit nach Tommasos Geburt gewesen.

Darum wachte sie an diesem Morgen mit der Gewissheit auf, dass ihr Mann eine Geliebte hatte, und ihre persönliche Bereitschaft zu Kompromiss und Akzeptanz sank klarerweise um einiges.

Eigentlich hatte sie, das zu ihrer teilweisen Entlastung, nicht ganz von allein Verdacht geschöpft, es lag eher an Überlegungen Serenas, ihrer besten Freundin. Da Serena, Inhaberin einer Parfümerie, vierzig, geschieden und kinderlos, noch ausreichend verehrt wurde – und gevögelt, nahm Barbara an –, äußerten sich ihre toxischen Überlegungen zum anderen Geschlecht, ohne sich als endgültiges Urteil zu gerieren. Besonders bei Barbara hielt sich ihr Zynismus in vernünftigen Grenzen.

»Was meinst du mit *komisch*?«, hatte sie Barbara gestern bei einer Tasse Tee gefragt.

»Ich weiß nicht. Er wirkt bedrückt. Nachdenklich. Zerstreuter als sonst. Als wir gestern einen Film geguckt haben, musste ich ihm fast die ganze Handlung erklären.«

»Vielleicht war der Film langweilig.«

»Würde ich nicht sagen.«

»Oder er hat Probleme in der Klinik.«

»Davide hat immer Probleme in der Klinik.«

Beinah theatralisch schaute Barbara auf den Grund ihrer Teetasse.

»Außerhalb weiß ich manchmal gar nicht, wo er gerade ist«, sagte sie.

»Das heißt?«

»Montag habe ich ihn auf dem Handy angerufen, und ich glaube, er war gar nicht in der Klinik. Als ich ihn danach fragen wollte, hat er mich abgewimmelt. Angeblich wartete ein Kollege, er würde mich später zurückrufen, hat er gesagt.«

»Und? Hat er?«

»Ja, eine halbe Stunde später. Aber nicht wirklich begeistert.«

»Das scheint mir doch alles ein bisschen vage.«

»Drei oder vier Mal ist er nach der Arbeit spät nach Hause gekommen.«

»Wie spät?«

»Wenn er Frühschicht hat, ist er normalerweise kurz nach drei zu Hause, aber Tommaso hat gesagt, er kam erst gegen fünf.«

Serena nahm eine Schachtel Zigaretten aus ihrer Handtasche.

»Hat er sich in letzter Zeit neue Unterhosen gekauft?«, fragte sie.

»Wieso fragst du mich das?«

Serena hatte nur an ihrer Zigarette gezogen und kopfschüttelnd die erste Rauchwolke ausgestoßen, als wollte sie sagen: »Vergiss es.« Aber ihr Rückzieher war so unbeholfen, dass ihre Mimik nicht dazu passte: die typische verspätete Synchronie von Rede und Gesicht, an der Sprachanalytiker widerwillige Zeugen erkannten. Der bittere Zug um die Lippen, die halb geschlossenen Augen, die zusammengezogenen Augenbrauen – und alles umhüllt von weißlichem Rauch, dem Symbol fehlender Loyalität – verrieten ihre Traurigkeit darüber, dass schon wieder eine Ehe am überraschenden Betrug durch den weitaus unattraktiveren Partner scheiterte. Genauso wie ihre.

Barbara konnte sich das nicht vorstellen. Aber am selben Abend noch kontrollierte sie alle Bereiche im Haus, die der Unterwäsche vorbehalten waren. Doch sie fand keine Unterhosen, Strümpfe oder Unterhemden in den Davide vorbehaltenen Bereichen, die sie nicht in den letzten Wochen selbst gewaschen und gebügelt hätte.

Halbwegs erleichtert ging sie zu Bett. Doch Serenas Frage hatte sich schon in den Kulissen ihres Gehirns eingenistet. Wie ein ängstlicher Schauspieler, der sich vom Publikum im Saal überzeugen will, lüftete sie nachts den Vorhang des Bewusstseins nur ein wenig, doch exakt synchron mit den sich öffnenden Lidern wagte sie sich auf die exponierte Bühne. Barbara war gegen Mitternacht, ohne dem Lästern ihrer Freundin groß Gehör zu schenken, eingeschlafen, doch beim Aufwachen sechs Stunden später klebte ihr das Schweißtuch der Verdächtigung wie eine zweite Haut am Gesicht.

Natürlich sollten einen drei Wochen ungewöhnliches Verhalten noch nicht an einem sonst untadeligen Ehemann zweifeln lassen. Und das Problem war auch nicht Davides Zerstreutheit. Nicht sein verdrießlicher Blick, nicht seine zunehmend knappen argumentativen Windungen und nicht einmal die Zeit zwischen drei und fünf, die er an zwei aufeinanderfolgenden Wochentagen dreier aufeinanderfolgender Wochen wem oder was auch immer widmete (selbst wenn jedem sexuell entwöhnten Menschen natürlich klar war, dass einige Stunden für Legionen von Untreuen der institutionalisierte Zeitrahmen waren, um ihre Matratzenakrobatik ohne Eile zu erledigen. Wäre Davide für drei oder vier Stunden verschwunden, Barbara hätte sich um seine Unversehrtheit, nicht um ihre Ehe gesorgt). Nein, das Problem war, dass sie eine Präsenz spürte.

Jemand stand zwischen ihr und ihrem Mann.

Da war sie sich mittlerweile sicher.

Und dieser Jemand absorbierte einen Gutteil seiner Aufmerksamkeit, seines Wünschens und Wollens, sogar seiner beruflichen Neigung zur Problemlösung. Denn seit ungefähr zwanzig Tagen hatte sich Davide genau das an die Stirn geheftet: die Grimasse desjenigen, der sich völlig überraschend einem Dilemma gegenübersah und zu erkennen meinte, dass ihm die Argumente oder Ressourcen fehlten, sich ihm zu stellen.

Und jetzt war Barbara sicher, zu wissen, welches Dilemma: Durfte ein angesehener Arzt von geradezu mustergültigem Charakter zur Krönung seines Liebestraums eine treue Ehefrau und einen anhänglichen Sohn

für eine junge, mütterliche Krankenschwester aus der Neugeborenenstation

(oder)

für eine nicht mehr ganz so junge, aber erfahrene und fürsorgliche Oberschwester aus der Gerontologie

(oder)

für eine junge und natürlich kurvenreiche Assistentin der Brustheilkunde

(oder)

für eine kindliche Praktikantin in der Neurologie verlassen?

Epaminondas, der zusammengerollt auf der Kommode lag, zuckte als Kommentar mit den Ohren.

Barbara fragte sich, wo sie die Kraft hernehmen sollte, sich aus dem traumatischen Strudel zu erheben, der ihr vor den Augen wirbelte: In zwei Wochen würde sie vierzig Jahre alt, und ihr Ehemann hatte ein Techtelmechtel mit einer Untergebenen. (An der hierarchischen Unterordnung zweifelte sie nicht, ob Krankenschwester, Assistentin, Oberschwester oder Studentin, auf jeden Fall war es eine Untergebene, mit all den sadistischen Anspielungen, die das Wort hergab.) Zur Angst vor dem körperlichen Verfall kam also auch noch die Angst vor dem Verlassenwerden.

Und als sie endlich bei dieser prägnanten, verwirrenden und traurigen Zusammenfassung der ihr drohenden Ärgernisse angelangt war, streckte Davide, der in achtzehn Jahren selten unterbrochener gemeinschaftlicher Nutzung ihres Ehegemachs nicht einmal gewagt hatte, sie vor dem trillernden Aufstehen um Viertel vor sieben zu belästigen, einen Arm aus und streichelte ihre rechte Seite.

»Liebling«, flüsterte er. »Bist du wach?«

»Ja«, murmelte sie und starrte mit aufgerissenen Augen ins Halbdunkle. Die Sanftheit seiner Worte, auf die sie kein Recht mehr zu haben glaubte, fegte jeden Zweifel hinweg.

Sie kannte ihren Ehemann gut: vielleicht nicht gut genug, um jeden Betrug von vornherein auszuschließen, aber sie wusste, er würde sie niemals *Liebling* nennen, wenn sie für ihn nicht immer noch die romantische Liebe verkörperte. Und vor allem, da war sie sich sicher, würde nicht einmal der allerschändlichste Ehebrecher seine Frau *Liebling* nennen, um ihr im nächsten Moment zu eröffnen, dass es vorbei war. Zumindest nicht um sechs Uhr morgens.

»Was ist denn, Schatz?«, fragte sie und hob die Wange kaum vom Kissen. Sie hörte das Laken von seiner Armbewegung rascheln, ahnte kaum sein Gesicht, das zur Decke gewandt war. Er verschränkte die Hände hinter dem Nacken.

»Ich habe jemanden kennengelernt«, sagte Davide.

Genau betrachtet, nicht der optimale Einstieg ins Gespräch.

Eine halbe Stunde später saßen Giovanni und Tommaso auf zwei Holzbrettern, die in den Ästen der großen, Schatten spendenden Eiche in Lencis Garten verbaut waren.

Giovanni hatte Tommaso erzählt, dass die alten Bretter der Boden einer Hütte waren, die sein Vater, bereits Jahre bevor sie nach Modena zogen, eigentlich für ihn hatte bauen wollen. Doch dann sei die Ehe seiner Eltern in Flammen aufgegangen, seine Mutter habe Giovanni zu ihren Eltern mitgeschleppt, und später kam er nach Australien, in die neue Familie. Oder: Sein Vater habe gemerkt, dass er vom Biobauwesen doch nicht so viel verstand wie gedacht, oder auch: Massimo träumte schon immer von einem Music Club im Erdgeschoss und fand es nicht mehr angebracht, ausgerechnet im mächtigsten Gartenbaum eine Hütte zu errichten.

Sein Vater hatte ihm jedes Mal andere Gründe genannt, aber jedenfalls saßen Giovanni und Tommaso jetzt auf zwei robusten Mahagonibrettern und ließen die Beine baumeln.

Die Sonne war den einsamen Weg zur anderen Erdseite schon ein Stück weit emporgeklettert.

»Erzähl mir noch eine Aborigines-Geschichte von deinem Freund Jiemba«, sagte Tommaso.

Als suche er nach Inspiration, blickte Giovanni auf den alten Rucksack neben ihm. Oben ragte wie ein fremder, glatter, dunkler Knochen ein Bumerang-Ende heraus.

»Das Volk der ›Wahren Menschen‹«, sagte er, »glaubt, dass die Sonne eine Frau ist, die mit einer Fackel am Himmel entlangwandert. Vor dem Losgehen schminkt sie sich mit sehr feinem rötelfarbigen Pulver, das den Himmel bestäubt und in der Morgen- und Abenddämmerung rosa färbt.«

»Sehr schön«, sagte Tommaso.

Fred Feuerstein, der auf einer Fußmatte unter dem Vorbau saß, beobachtete besorgt sein Herrchen, das im Laubwerk hing wie eins dieser schrecklichen Eichhörnchen, auf die es früher die Hauskatzen heimlich abgesehen hatten.

Tommaso schaute wiederum den Hund an, dann wanderten seine Augen zum ersten Stock. Dort sah er sein Teleskop, das lange Haupt seitlich geneigt wie das eines dösenden Pendlers im Zug.

»Weißt du«, sagte er, »ich glaube, dass der Mensch die Erde in einigen Tausend Jahren verlassen wird. Dann lebt er in Raumschiffen oder Raumstationen, die durchs Universum fliegen, oder besiedelt die gastfreundlichen Planeten unserer und anderer Galaxien. In drei Millionen Jahren wird es auch im letzten Winkel des Alls menschliche Siedlungen geben. Das Universum wartet darauf. Ich glaube, dafür wurde es erschaffen. Fürs Warten.«

Er drehte sich zu Giovanni und schaute ihn an. Aber der saß nur da, mit sonnengebleichter Mähne und der Miene eines Schamanen in Kontakt mit planetarischen Energien, und rieb sich mit dem Handrücken die Nase. Der Kosmogonie der Aborigines, dachte Tommaso, lag ein zutiefst chauvinistisches und geozentrisches Substrat zugrunde, und wahrscheinlich schien ihnen die Vorstellung, Mutter Erde zu verlassen, selbst die ruhelose, krisengeschüttelte Erde, auf der die Nachfahren der ihrer Güter und Würde beraubten Cadigal, Jagera oder Dharawal lebten, in höchstem Maße verabscheuungswürdig.

Vielleicht wechselte er besser das Thema.

»Gibt es in Australien wirklich giftige Frösche, die so groß wie Menschen sind?«, fragte er.

Barbara saß auf dem Hocker der Kücheninsel, die Ellenbogen auf die Holzplatte gestützt, das Kinn auf den Fingerknöcheln. Da sie vom Geständnis ihres Mannes nicht allzu viel verstanden hatte, nahm sie umgehend an, es gäbe noch eine zweite Version.

Davide stand und blickte angestrengt durch die Lamellen der Jalousie.

»Was beobachtet Fred Feuerstein denn da?«, fragte er und folgte dessen Blicklinie. Als er das Objekt seiner Aufmerksamkeit entdeckte, zuckte er zusammen. Tommaso saß in den Zweigen von Lencis Eiche.

»Verdammt«, murmelte er, trat nachdenklich vom Fenster weg und ging zur Spüle. Er griff nach zwei Kaffeetassen, die unter dem Abtropfgitter hingen, und stellte sie auf die Laminatplatte.

»Du hast mir gar nicht gesagt, dass Tommaso sich mit dem Nachbarsjungen angefreundet hat«, sagte er.

»Nicht? Ich sehe darin aber auch kein Problem.«

»Mag sein. Jedenfalls wäre es mir lieber, sie unterhielten sich nicht gerade auf einem Baum.«

»Was? Auf einem Baum?«

»Komm und schau's dir selbst an.«

Barbara rannte fast zum Fenster.

»O mein Gott«, sagte sie. »Was zum Teufel macht er da oben? Ich geh ihn rufen.«

»Warte noch.«

»Nein. Ich geh raus und hol ihn da runter.«

»Du hast nur einen Slip an.«

»Er hat mich schon im Slip gesehen.«

»Er ja. Die Nachbarn vermutlich nicht.«

»Warte ... Ich glaub, sie klettern runter. Umso besser.«

Sie schaute zu, wie sich die beiden Missetäter nicht ohne Probleme abwärtshangelten. Tommaso zuerst. Barbara beobachtete gerührt, wie Giovanni ihn am T-Shirt festhielt, damit er unverletzt blieb. Sehr gewissenhaft und völlig überflüssig (ein Baumwoll-T-Shirt hätte seinen Sturz zur Mutter Erde nicht wirklich abgebremst), aber trotzdem anerkennenswert.

Davide trat näher zu seiner Frau.

»Wann haben sie sich kennengelernt?«

»Vor zwei oder drei Wochen. Giovanni steht ständig auf dem Dach und wirft seinen Bumerang. Da mussten sie ja irgendwann ins Gespräch kommen.«

Davide stellte sich neben sie.

»Und wieso treffen sie sich so früh am Morgen?«, fragte er.

»Giovanni schläft schlecht. Eine Art Jetlag.«

»Ich weiß nicht. Es beruhigt mich nicht gerade, wenn ich unseren Sohn dort drüben im Garten sehe.«

»Ich bin nicht gerade begeistert, wenn er auf Bäumen rumklettert, egal wo.«

»Wir sollten mit ihm reden.«

Sie drehte sich um und blickte ihn an.

»Und was willst du ihm sagen?«

»Das weiß ich noch nicht. Aber bis wir es wissen, sollten wir ihm verbieten, rüberzugehen.«

»Was soll denn schon passieren?«

»Schau doch.«

Barbara lugte wieder durch die Lamellen. Massimo Lenci war auf der Veranda erschienen, im zerknitterten Hemd mit aufgekrempelten Ärmeln und einer seltsamen wadenlangen Hose. Über der rechten Schulter trug er eine Mistgabel.

»O nein«, sagte Barbara. »Was hat er damit vor? Besitzt er dahinter noch einen Stall?«

»Die ist wohl von seinem Vater.«

»Woher weißt du das? Kennst du seinen Vater?«

»Den Teufel? Nicht persönlich.«

»Ach, hör auf. Du machst mir Angst.«

Mittlerweile hatte Giovanni, offenbar nicht ohne eine gewisse Beklemmung, den Erdboden erreicht. Der Mann stieg die Verandastufen hinunter, redete mit den Jungen, wedelte mit der freien Hand. Tommaso sagte etwas. Seine Worte fanden Massimos amüsierte Zustimmung, er streckte den Arm aus und fuhr ihm durch die Haare.

»*Captatio benevolentiae*«, sagte Davide. »Er weiß, dass wir ihn beobachten.«

Schließlich verabschiedeten sich alle, Tommaso umschiffte den Garten und überquerte die Straße.

»Gehen wir vom Fenster weg«, sagte Barbara. »Setzen wir uns und tun so, als wüssten wir von nichts. Und in der Zwischenzeit musst du mir die ganze Sache von vorhin ja wohl noch mal genau erklären.«

12

VERSTÄNDLICHERWEISE WAR BARBARA erleichtert, als sie hörte, dass ihr Mann sich nicht für eine andere Frau interessierte – der Phantomrivalin mit hippokratischem Hintergrund verdankte sie das fünft- oder sechstschlimmste Erwachen ihres Lebens –, aber die Erleichterung verflog schnell, als sie spürte, wie sehr er sich für einen anderen Mann interessierte.

Die Verlegenheit, mit der Davide die in der Vorbereitung zufällige, der Umsetzung unvorsichtige, aber dann verwerflich geplante, mehrfach wiederholte Begegnung beschrieb, schien von den typischen, mühsamen, rhetorischen Windungen eines in flagranti ertappten Ehebrechers zu zeugen.

Mittlerweile saß Tommaso auf der Verandatreppe und streichelte Fred Feuerstein. Dass sein Herrchen die Gefahr glücklich überstanden hatte, hatte den Jack Russel dermaßen in Ekstase versetzt, dass er ihn mit einem lobenden Pinkelstrahl empfangen hatte. Aber Tommaso kannte seine geriatrisch-emotive Inkontinenz und war mit einem rettenden Hüpfer elegant ausgewichen.

Zehn Minuten später betrat er das Haus, begrüßte misstrauisch seine Eltern – was machten die beiden sonntags um diese Zeit in der Küche? – und ging hoch in sein Zimmer.

Lencis Eiche zu umschiffen und zur Haustüre zu gelangen, hatte eine Viertelstunde gedauert, die meiste Zeit davon hatte er damit zugebracht, Freds Liebesbezeugungen abzuwehren. Fünfzehn Minuten: Zog man die ersten fünf ab, die mit vagen, einleitenden, haarspalterischen Entlastungsversuchen vergingen, brauchte Davide keine zehn Minuten, um Barbara das Vorgefallene nochmals zu erläutern. Nach nicht einmal drei Minuten beschlich sie der Verdacht, eine rätselhafte fremde Macht habe ihren Ehemann durch einen unerfahrenen Gelegenheitsstatisten ersetzt, einen physiologisch perfekt konfigurierten Doppelgänger, dem jedoch jegliche Software zur Charaktersimulation fehlte.

Zum Beispiel hätte ihr echter Ehemann niemals das Auto eines Unbekannten verfolgt. Genauso wenig wäre er ausgestiegen, aus seinem Auto, nachdem der Mann in eine im Grunde unbewohnte Gegend weit außerhalb vom nördlichen Stadtrand gefahren war. Doch genau genommen war der Unbekannte nicht völlig unbekannt, Davide hatte in ihm den gereizten Gorilla wiedererkannt, der Frau und Sohn vor nicht einmal einem Monat vor den Belästigungen eines besoffenen Idioten gerettet hatte.

»Warum hast du ihn verfolgt?«, fragte Barbara.

»Ich wollte mich bedanken.«

Als er bemerkt hatte, wer dort an der Ampel stand, war er losgefahren und hatte den Golf diskret verfolgt.

Zehn Minuten später hielt der Mann ungefähr auf der Hälfte der Via di Moriano, stieg aus und lief rasch in eine kleine Nebenstraße.

Davide parkte in der Nähe. Die Straße war zu beiden Seiten von Kastanienbäumen gesäumt. Rechts erstreckten sich niedrige Gebäude und Bauernhäuser, weiter links die unschuldigen Kurven einer Kiesgrube.

Unentschlossen wartete er ein paar Sekunden, stieg dann aus und legte die hundert Schritte bis zur Ecke zurück, hinter der der Mann verschwunden war. Die Straße war kurz. Weiter vorn sah er überrascht eine große, gewellte Wiese, mitten darin ein Wäldchen und zwischen den Bäumen den schwachen Wasserglanz des Serchio. Die Hügel am Horizont wirkten, als habe ein Graveur sie mit dem Grabstichel getrieben.

Der Unbekannte war verschwunden.

Auf der Hälfte der Straße standen sich zwei hohe Häuser gegenüber, die schon länger leer zu stehen schienen. Davide ging zum Tor des ersten. Chaotische Spiralen aus ummanteltem Draht wachten über schiefe Angeln. Er schaute an der Fassade hoch: zwei abgeblätterte Balkonpaare und ebensolche Fensterläden alterten dort mit würdevoller Nonchalance.

Er wandte sich dem gegenüberliegenden Haus zu.

Bildete er sich das ein oder neigte es sich zu einer Seite? Davide legte langsam den Kopf schief, um die Hypothese zu überprüfen. Kein Zweifel: Irgendeine träge Subsidenz ließ das Haus absinken. Durch einen hellgrünen Putz sah es leidend aus, als würde die leichte seitliche Neigung durch die geschwächte Leber eines Riesenorganismus hervorgerufen. Rechts davon, hinter einem unlackierten Lattenzaun, lag ein Parkplatz, und daneben schloss sich ein wirklich düsterer Backsteinbau an. Davide fragte sich unwillkürlich, ob der Platz zwischen beiden Häusern ausreichte, um zu verhindern, dass bei einer brüsken Lösung der geologischen Spannungen des leberleidenden Gebäudes der Nachbar in Mitleidenschaft gezogen wurde.

Er würde nicht darauf wetten.

Schließlich ging er zum Eingangstor des Backsteinbaus, lief über einen kurzen Kiesweg und stand vor der Haustür. An den Klingeln fand er keine Namen oder Abkürzungen oder Sonstiges, was über die Bewohner Aufschluss gegeben hätte; offensichtlich wollten sie unbedingt anonym bleiben.

Er schaute nach oben, um sich einen genaueren Überblick zu verschaffen.

Es sah nicht aus wie ein Wohnhaus. Er fragte sich, ob er vor einer Drogenentzugsklinik gelandet war – wie Narconon von Scientology – oder einem Kinderheim, aber er entdeckte keine Zeichnungen, Mosaike oder anderen Schnickschnack, nichts, was auf die noch unentwickelten manuellen Fähigkeiten von künstlerisch angeleiteten Kindern hinwies. In Anbetracht von Art und Aussehen nahm er an, dass sein Mann beruflich eher mit der Aufsicht über aufmüpfige Entzugskandidaten als mit der geduldigen Beschulung verlassener Kinder zu tun hatte.

Aber das würde er ja jetzt herausfinden.

Er drückte den Klingelknopf.

Atmete einmal tief durch, gleich musste er was sagen.

Aber was? Er hatte keine Ahnung.

Zwanzig Sekunden vergingen.

Er klingelte erneut.

Zählte bis dreißig.

Sollte er sich geirrt haben?

Vielleicht stand er doch nicht vor einer Entzugsklinik oder einem Kinderheim? Lebte der Mann, den er verfolgt hatte, etwa allein und duschte gerade?

Er fragte sich, ob er unter diesen Umständen noch einmal klingeln sollte.

Eigentlich wusste er ja nicht mal genau, warum er hier war.

Mittlerweile war über eine Minute vergangen. Er wollte gerade gehen, aber hatte sich höchstens zu einem Viertel umgedreht, als die Tür aufging.

Überrascht zuckte er zusammen.

In der Tür erschien ein Mann mittleren Alters.

»Guten Tag«, sagte der Mann.

Er hatte kurz geschorene Haare, seine Hose und sein kragenloses Hemd erinnerten Davide an die Uniform der maoistischen Volksbefreiungsarmee. Also doch eine Entzugsklinik, dachte er, mit Wärtern in Reih und Glied.

»Guten Tag«, antwortete Davide.

»Kann ich Ihnen helfen?«, fragte der Mann.

»Ja, ich glaube schon. Ein Freund von mir ist hier in das Haus reingegangen, nehme ich an.«

Der Mann verschränkte die Arme hinter dem Rücken.

»Ich denke nicht«, sagte er. »Wie heißt Ihr Freund denn?«

Davide schaute zu Boden, auf der Suche nach einer Antwort, die er nicht hatte. Ihm fiel auf, dass der Mann barfuß war. Das weckte seine Neugier. Der Anblick von zwei nackten Füßen an einem Sommernachmittag war an sich nicht ungewöhnlich, aber plötzlich hatte er den Eindruck, als stände der Typ nicht einfach nur aufrecht auf seinen Fußsohlen, sondern als gäben sie ihm sicheren Halt, verankerten ihn wie Wurzeln eines alten Olivenbaums im Mittelpunkt der Erde. Er strahlte Ruhe, Präsenz, Verbundenheit mit der Welt aus.

Wer war dieser Mann? Und wo war er hier?

»Ehrlich gesagt, ich weiß nicht, wie er heißt«, gab er zu.

Der Mann schien nicht überrascht.

»Verstehe«, sagte er. »Einen Moment bitte, ich frage meine Mitbrüder, ob gerade jemand hereingekommen ist.«

Mitbrüder?

Der Mann verschwand hinter der Tür, Davide musste warten und nutzte die Gelegenheit, um ins Innere zu schauen.

An der Wand ganz hinten sah er eine große Felltrommel, der Korpus mit Piktogrammen verziert, daneben hing ein seltsamer Holzschlägel. Über die seitliche Wand spannte sich ein elfenbeinfarbenes Seidentuch, mit riesigen Morphemen oder Ideogrammen, wahrscheinlich japanischen Schriftzeichen.

Wo war er hier?

Sicher war nur, dass der Unbekannte nicht in dieses Haus gegangen sein konnte.

Einen Moment später kehrte der Mann zurück.

»Es tut mir leid, aber offenbar ist niemand vor Kurzem zu uns gekommen.«

»Macht nichts«, sagte Davide. »Dann hab ich mich wohl geirrt.«

Der Mann neigte zum Abschied den Kopf und schloss bedächtig die Tür.

Davide trat schnellstens den Rückzug an. Auf dem Weg zur Hauptstraße fragte er sich erneut, wo der Mann bloß hingegangen sein konnte. Doch nicht etwa in das Wäldchen?

Zur Sicherheit drehte er sich noch einmal um.

Unwahrscheinlich, dachte er. Es war zu weit, selbst wenn er wie ein Wilder gerannt wäre, wäre er niemals bis dorthin gekommen, ohne dass Davide ihn bemerkt hätte.

Wie dem auch sei, er hatte nicht vor, es zu überprüfen.

Er erreichte sein Auto.

Sowieso hatte er schon zu viel Zeit vergeudet.

Er startete den Motor, wendete und fuhr in die Richtung zurück, aus der er gekommen war.

Am nächsten Morgen stand er auf, ohne Barbara zu wecken, sie hatte keine Patiententermine, er frühstückte allein. Morgens um halb fünf hatte ein sich überstürzender Trupp Kumulonimbuswolken den Himmel überfallen, die Stadt mit Wasser durchsiebt und sich dann rasch ostwärts zurückgezogen. Als Davide das Haus verließ, glänzte und duftete die Welt. Auf der nebligen Karosserie seines BMW glitzerten silbrige Tröpfchen.

Kurz vor neun betrat er den OP und streifte bereits um halb zwölf die Handschuhe im Vorbereitungsraum ab. Er brauchte einen Kaffee. Die Kaffeemaschine auf dem Tischchen im Arztzimmer fehlte. Vielleicht wurde sie gewartet oder es war ein weiterer unerklärlicher Sabotageakt von Doktor Martinelli.

Im Erdgeschoss gab es einen Automaten für Heißgetränke.

Er fuhr mit dem Aufzug nach unten, in wenigen Sekunden stand er im Foyer. Vor dem Automaten kramte ein Mann mit Jogginganzug und Kappe in seinem Portemonnaie nach Kleingeld. Während Davide wartete, dass er an die Reihe kam, durchsuchte er seine Taschen.

Doch er fand keine Münzen. Das gedämpfte Klimpern, das er gehört hatte, stammte von zwei Beifall klatschenden identischen Schlüsseln. Er zog sie heraus, schaute sie aufmerksam an und fragte sich, wem sie gehörten.

Dann erinnerte er sich: Das Vorhängeschloss von Tommasos Fahrrad. Er hatte versprochen, Kette und Naben zu ölen.

Das war seine Nachmittagsaufgabe. Aber momentan lautete die Aufgabe, fünfzig Cent für Kaffee aufzutreiben. Er blickte zum Eingang. Vielleicht konnte er die Mädchen am Empfang anbetteln.

»Keine Sorge, Doktor«, sagte da der Mann vor ihm. »Ich lade Sie ein.«

Davide blickte ihn an, leicht erstaunt. Der Mann hatte sich nicht einmal umgedreht. War er ein Patient? Ein Krankenpfleger nach der Schicht? Die verkehrt herum aufgesetzte Kappe bedeckte Kopf und Hals vollständig. Unmöglich, zu erkennen, wer er war.

»Danke«, sagte Davide. »Kennen wir uns?«

Der Mann drehte sich um.

Er sah zwei dunkle Augen in einem Gesicht aus Kanten und straffer Haut.

Es war der Mann, den er am Vortag verfolgt hatte.

»Nein«, sagte er. »Aber das können wir gleich ändern.«

13

DA DAVIDE EINEN NEUEN und luxuriösen 5er-BMW fuhr und ein betrübliches Beschattungsgeschick an den Tag gelegt hatte (das eine wie das andere fehlte wirklich gefährlichen Menschen normalerweise), hatte sich der Unbekannte ohne übermäßige Vorsichtsmaßnahmen in die Klinik begeben. Dort schaute er sich ein wenig um, irrte zwischen Eingang und Informationstafeln hin und her, als wären ihm Krankenhäuser fremd, um beim Sicherheitspersonal an den Bildschirmen keinen Verdacht zu erregen.

Schließlich setzte er sich auf eine Sitzbank und blätterte in einer Zeitschrift, als warte er noch auf Verwandte, mit denen er in der Geriatrie nach einem alten Onkel schauen wollte.

Beim Parken hatte er sich nach Davides BMW umgesehen und ihn auf einem reservierten Parkplatz entdeckt, direkt neben einem kolossalen Hummer.

Er wusste, wie sein Mann hieß und wie alt er war. Er wusste, was er hier drinnen machte, dass er der Sohn eines großen Tiers unter den toskanischen Ärzten war. Auf Google hatte er Fotos von seiner Familie gefunden, bei einer sommerlichen Wohltätigkeitsveranstaltung vor ein paar Jahren: seine Frau Barbara, achtunddreißig und Logopädin, sein Sohn Tommaso, vierzehn, Gymnasiast.

Das Gesicht des Jungen war ihm bekannt vorgekommen.

Der Doktor wog noch ein paar Kilo weniger und hatte ein paar Haare mehr. Außerdem ein anderes Brillengestell.

Auf der Sitzbank überlegte er, wie er nun vorgehen sollte.

Davide Ricci war ein angesehener Arzt mit weichen Zügen. Das Bedrohungspotenzial, das von ihm ausging, war folglich verschwindend gering. Als Annäherungsstrategie kam ohne Weiteres in Betracht, seelenruhig in die Neurologie zu spazieren, ihn dort abzufangen und einfach zu fragen, was die Verfolgung gestern sollte. Selbstverständlich würde er verunsichert oder ausweichend antworten, aber er wusste dann schon, was zu tun war. Er kannte sehr überzeugende Methoden, um die Prioritäten seiner Gesprächspartner ins Wanken zu bringen. Doch dann hatte er Lust auf einen Kaffee verspürt, sich erhoben und war zum Automaten gegangen. Da sah er Davide aus dem Aufzug treten. Er hatte ihn in der Spiegelung der Glastür beobachtet: wie er sich näherte, in den Taschen nach Kleingeld kramte und sich schließlich umschaute, wobei er die Finger, wie ihm schien, mit dem typischen konditionierten Sehnenreflex von Chirurgen streckte.

Also nicht in die neurologische Abteilung.

Perfekt.

Noch dazu konnte er ihm einen Kaffee spendieren.

Hervorragend.

Er war gerne höflich.

Zu Barbara sagte Davide, dass er nicht überrascht gewesen sei, den Mann wiederzusehen. In der Nacht habe er darüber nachgedacht, dass der Unbekannte die Verfolgung möglicherweise bemerkt, sich das Nummernschild notiert und ihn, da er ja der völlig legale Fahrzeughalter sei, mit einer lächerlichen Internetabfrage auf der Kfz-Zulassungsseite identifiziert haben könnte. Komisch sei nur gewesen, dass er gerade wegen der fehlenden Überraschung, die er eisig zur Kenntnis genommen habe, psychisch vollkommen gelähmt gewesen sei.

Der Unbekannte erzählte ihm später, dass er sich hinter einer alten Hausruine auf der Hälfte der Straße versteckt und in aller Ruhe abgewartet hatte, bis Davide umgekehrt war.

Aus der Nähe wirkte sein Gesicht noch seltsamer. Davide arbeitete wie die meisten Ärzte vor allem im öffentlichen Bereich und sah im Jahr Tausende Gesichter. Mit der Zeit hatte er sich, als Spiel, eine eigene Theorie über die Verteilung physiognomischer Merkmale zugelegt – eine weitere komplizierte, selbstgefällige Übung zur rationalen, nüchternen Sicht auf die Dynamik der Welt. Obwohl er nicht gläubig war und das religiöse Erbe als ein Kulturgut unter vielen betrachtete, gefiel ihm der Gedanke, dass in dem von ihm erschaffenen kleinen polytheistischen Ökosystem eine Gottheit nur für den Entwurf der Gesichter zuständig war. Ihre einzige Aufgabe bestand darin, sich Gesichter auszudenken, doch trotz ihres beachtlichen, vielseitigen Talents waren angesichts von Milliarden Gesichtern seit Anbeginn der Menschheit die Kombinationsmöglichkeiten begrenzt. Und daher glaubte Davide, eine relativ geringe Anzahl archaischer Blaupausen zu erkennen, in die der Demiurg zum Spaß Variationen schnitzte. Nur manchmal und immer seltener kam es vor, dass ihm ein Gesicht begegnete, das in seiner mittlerweile ansehnlichen Datenbank noch fehlte.

Wie das des Mannes vor ihm.

Es war nicht unförmig – durch Pathologien oder Unfälle entstellte Gesichtstypologien fanden keinen Eingang in sein Archiv –, wirkte aber auch nicht wie eine seltene ethnische Mischform, etwa Vater Äthiopier und Mutter Thailänderin, Inuit und Mexikanerin, Buschmann und Schwedin. Es war eindeutig westlich, weder schön noch hässlich, nur erschreckend ungewöhnlich. Große sumpfgrüne Augen, glatter, angespannter Kiefer, dessen untere Muskeln von hypodermatischer Spannung zeugten, schmale Nase, hohe Stirn, vorstehende Wangenknochen, und das alles unter einer höchst seltsamen trigonometrischen Ägide. Davide hatte sich nie sonderlich für die Zuordnung von Gesichtern zu bestimmten Charakteren interessiert, aber nun befürchtete er, einen Zusammenhang entdeckt zu haben: Mit diesem Gesicht konnte nur ein gefährliches Temperament einhergehen.

Wahrscheinlich sogar an der Grenze zur Psychopathologie.

Sie setzten sich, den Kaffee in der Hand, auf zwei gegenüberliegende Sitzbänke. Der Mann hatte sich noch nicht vorgestellt. Davide fühlte sich, unter den Augen der Mädchen am Empfang, relativ sicher, aber die ersten fünf Minuten konnte er nur mit Mühe das leichte Zittern seiner Knie kontrollieren.

»Sie haben ein schönes großes Auto«, begann der Mann das Gespräch.

Davide nippte an seinem Kaffee.

»Danke«, sagte er.

»Hubraum?«

»Dreitausend.«

»Und der Hummer, der daneben parkt, wem gehört der?«

»Dem Primar der Neurologie.«

»Ihrem Primar also?«

»Ja.«

Der Mann hielt Davide die rechte Hand hin.

»Diego«, sagte er.

Davide schien völlig überrascht.

»Davide«, sagte er und schüttelte ihm die Hand.

»Wollten Sie etwas Bestimmtes von mir, gestern Nachmittag meine ich?«

»Ja«, antwortete Davide nach kurzem Zögern. »Ich wollte Ihnen danken.«

Die Stirn des Mannes verriet ehrliches Erstaunen.

»Wofür?«, sagte er. Den Kaffee in seiner Linken hatte er noch nicht angerührt.

Davide lehnte sich zurück. Vielleicht konnte er sich doch entspannen.

Ein bisschen wenigstens.

»Vorgestern haben Sie meiner Frau und meinem Sohn in einem Restaurant in der Viale Puccini geholfen. Ein Betrunkener hatte die beiden belästigt. Die Situation hätte eskalieren können, wenn Sie nicht eingegriffen hätten. Als ich ankam, sah ich gerade noch, ... wie Sie dem Typen Manieren beibrachten.«

Wieder nippte er am Kaffee.

»Und da wollte ich meinen Dank zum Ausdruck bringen«, fuhr Davide fort. »Ich bin froh, dass ich jetzt die Gelegenheit dazu habe.«

Der Mann stellte den Becher auf das Beistelltischchen.

»Keine Ursache«, sagte er und verschränkte die Arme. »Doch wie haben Sie mich gefunden?«

Davide, der das nicht unbedingt günstige Signal der gekreuzten Glieder bemerkt hatte, stellte seinerseits den Becher auf der Armlehne ab. Er fragte sich, wie viel Geld er dabeihatte, falls er dafür büßen musste, hochmütig geglaubt zu haben, den Besitzer eines solchen Gesichts unbemerkt verfolgen zu können.

Was für ein Idiot.

Was für ein Vollidiot.

In seinem Portemonnaie befanden sich höchstens sechzig oder siebzig Euro, in seiner Schreibtischschublade weitere achtzig. In einem demütigenden Moment der Klarheit sah er sich bereits genötigt, Geld bei Kollegen zu schnorren. Und eben noch hatte es ihm widerstrebt, die Mädchen am Empfang um fünfzig Cent anzubetteln.

»Rein zufällig«, sagte er. »Ich habe Sie an der Ampel stehen sehen. Aber sie ist sofort umgesprungen, und mir fiel nichts Besseres ein, als Ihnen hinterherzufahren. Ich wollte Sie nicht anblinken und Sie erschrecken, ich habe einfach gehofft, dass Sie bald anhalten.«

Erschrecken.

Als wenn ein Psychopath wie er sich von so etwas erschrecken ließe.

Diego rückte die Kappe zurecht. Er wirkte etwas niedergeschlagen. Davide hoffte inständig, dass er enttäuscht war, weil die Angelegenheit jetzt wohl doch nicht mit Fäusten geregelt werden musste. Wer würde schon einen Verfolger verprügeln, der sich dafür bedanken wollte, dass er Frau und Sohn geholfen hatte?

»Das ist alles«, sagte Davide und betrachtete die muskulösen Arme des Mannes. Scheinbar mühelos enthielt er sich der regelmäßigen Bi- und Trizeps-Kontraktionen, zu denen sich jeder Bodybuilder mit verschränkten Armen offenbar verpflichtet fühlte, eine bewusste Myoklonie, die vermutlich einem bescheuerten Zugehörigkeitscode entsprach oder nur banaler Exhibitionismus war, für die sich ein Neurologe aber als mögliches Symptom kortikaler Läsionen interessieren musste.

»Verstehe«, sagte Diego.

Davide unterdrückte den Impuls, den Arm vorzustrecken, ihm noch mal die Hand zu schütteln und sich schnellstmöglich zu verabschieden.

»Gefällt dir deine Arbeit?«, wechselte sein Gegenüber das Thema.

Er war zum Du gewechselt. Davide fragte sich, ob das ein gutes Zeichen war.

»Ja«, antwortete er. »Klar.«

»Und was ist das Allerbeste, was sich dir hier so bietet?«

»Hä?«

»Was ist das Schönste bei einer Arbeit wie deiner?«, fragte er, ohne Anzeichen von Ungeduld.

Davide verschränkte die Hände im Schoß.

»Tja, ich will Ihnen nicht mit Gemeinplätzen kommen«, sagte er, »aber der apikale Moment für jeden Arzt ist wohl, wenn er einem den Arsch retten kann.«

Er fragte sich verwirrt, wieso er im selben Satz eine umgangssprachliche Wendung wie »einem den Arsch retten« und ein ungewöhnliches Adjektiv wie »apikal« verwendete. Vermutlich, sagte er sich, sandte er ambivalente Botschaften aus, weil er nicht wusste, wie er sich verhalten sollte. Um heil aus der Situation herauszukommen, zelebrierte er ein Spiel mit dialektischen Gegengewichten. Nach dem Motto: ›Ich rede wie du, weil ich so bin wie du‹ (ein Mensch mit Empfindungen, Wünschen, Gefühlen, Ängsten), aber gleichzeitig ›verwende ich komplizierte Wörter, weil ich soziokulturell über dir stehe‹ (was ihm, so hoffte er, die winzige zusätzliche Immunität verlieh, die die klassische Einschüchterungsmethode normalerweise gewährleistete).

»Ja«, ergänzte er. »Ich denke, das ist der schönste und wichtigste Moment im Leben eines Arztes. Den wartenden Eltern sagen zu können, dass ihr einziges Kind mit dem Leben davonkommt.«

Nickend stimmte er sich selber zu, so bravourös demütig, wie er nur konnte.

Auch Diego nickte. Offenbar unbeeindruckt.

»Und wenn es nicht davonkommt?«, fragte er und beugte sich leicht vor. »Was empfindet ein Arzt, wenn er einer Witwe sagen muss, dass ihr Kind unter der Narkose einen Herzstillstand erlitt, als er gerade das Skalpell an der Arachnoidea ansetzen wollte?«

Davide starrte ihn an. Hatte er gerade *Arachnoidea* gesagt?

Er hatte sich wohl verhört.

Diego streckte eine Hand aus und legte sie ihm aufs Knie. Davide erinnerte sich an das irreale Intermezzo vor drei Tagen: Lencis Arm, der in den Innenraum langte, um bei ihm eine radikale Herzoperation vorzunehmen.

»Wie reagiert man auf eine solche Prüfung, Doktor?«, sagte er. »Der fremde Schmerz ist doppelt so schwer zu ertragen, wenn man selbst dafür verantwortlich ist, oder?«

Er blickte ihn eindringlich an.

»In solchen Fällen«, fuhr Diego fort, »sucht man am besten umgehend eine Rechtfertigung. Wie soll man sonst ein Minimum an professioneller Selbstachtung wahren? Das ist nur logisch. Menschlich. Deine Arbeit ist schwierig. Die Fehler deines Teams sind deine Fehler. Du kannst die Schuld der anderen nicht von deiner abtrennen, nicht herausschneiden, wie du es mit der kleinen Neoplasie im Hirn dieses Jungen tun wolltest. Und jetzt liegt der Leichnam eines Dreizehnjährigen auf dem OP-Tisch, und seine Mutter bringt nichts als ›Nein‹ und ›Mein Gott‹ heraus. Was nun? Eine Mail an die Rechtsberatung? Ein tröstliches Gespräch mit deinem Primar?«

Er gab ihm einen jovialen Klaps aufs Bein.

»Mit dem Primar eher nicht, besser ein Anruf bei deiner Frau. Allein beim Namen des Primars runzelst du schon die Stirn. Der Primar parkt sein Auto so nah an deinem, dass du nach der Schicht über die Beifahrerseite einsteigen musst. Der Hummer ist höchstens vier Monate alt: komische Wahl für einen hochgeschätzten Arzt kurz vor dem Ruhestand. Wie lautet die Diagnose, Doktor? Gerascophobie oder Tanatophobie?«

Davide schaute ihn an wie hypnotisiert.

Diego erhob sich, griff nach dem Kaffeebecher auf dem Tisch. Er hatte nicht einen Tropfen getrunken.

»Und du?«, sagte er. »Hast du Angst vorm Sterben, Doktor?«

Er trank einen Schluck.

»Eigentlich ist das unwichtig«, fuhr Diego fort. »Heute ist dein Glückstag. Nur gute Nachrichten aus dem OP.«

Er richtete die Kappe.

»Du wirst heute nicht sterben«, sagte er. »Im Gegenteil: Heute wirst du wiedergeboren.«

14

Zwei Tage später landeten sie, nach einem einstündigen Spaziergang über die Stadtmauer, vor der Unterführung San Colombano. Es war halb zehn, ein windiger Abend. Diego bat Davide, stehen zu bleiben, verschränkte die Arme, baute sich vor ihm auf und blickte ihn unverwandt an. Drei oder vier Meter von ihnen entfernt lehnte ein Junge, bewusstlos oder betrunken, mit dem Rücken an der Mauer, der Kopf vornüber auf der Brust.

»Stell dir einmal vor«, sagte Diego, »dieses Stück Straße wäre ein Teil des Amazonas, voll mit Piranhas und Candirù, und du, mit deiner Golduhr und deiner Ledertasche, würdest wie ein alter Büffel auf das träge Wasser blicken. Deine Tasche und deine Uhr wären Mikrohautgeschwüre mit wässrigem Partikelausfluss, auf den der Geruchssinn der Tiere um dich herum reagiert.«

Die Laternen tauchten die Szene in ein fleckiges Helldunkel. Der Tunnel wirkte wie der Bildhintergrund in einem alten expressionistischen Film.

Candirù, fragte sich Davide. Was war ein Candirù?

Langsam belebte sich die Unterführung. Am Eingang bildeten sich flüchtige Gruppen. Davide bemerkte trübe Blicke, düstere Mienen. Interesse schien sich wie Nebel auf sie zu legen.

Es gebe keinen Grund zur Besorgnis, sagte Diego. Er sei zwar noch nicht hier gewesen und strahle für diese Leute keine sonderliche Autorität aus, aber er brauche um Tasche, Uhr und Portemonnaie dennoch nicht fürchten.

»Wir besitzen eine innere KRAFT«, sagte er.

Davide fragte, was genau er damit meine.

Das wisse er doch, antwortete Diego.

Er habe es schon immer gewusst.

Und als hätte er seine Gedanken gelesen, sagte er, ein *Vandellia cirrhosa* oder Candirù sei eine seltene parasitäre Wirbeltierart, ein dünner Knochenfisch mit der unangenehmen Angewohnheit, in die Harnröhre Bemitleidenswerter einzudringen, die nackt im Amazonas schwammen. Von innen aufgefressen zu werden, verursache derartige Schmerzen, dass manche Indigene ihn sich lieber abhacken ließen, als unerbittlich von innen angenagt zu werden und am Ende in einer Schamanenhütte zu sterben. Aber im Grunde, so Diego, sei das nur eine Metapher für eine Entscheidung, die wir alle früher oder später fällen müssten: abhacken, was wir für unabkömmlich halten, oder sterben.

Abhacken.

Oder sterben.

Die moderne Gesellschaft unterdrückt die Instinkte, die sie nicht versteht oder die ihr nicht passen. Sie untersagt die individuelle Aggression, weil sie ihrer Vorstellung von Zivilisation widerspricht. Jesus lebte vor zweitausend Jahren: Wir wurden durch seinen gewaltsamen Tod von unseren Sünden erlöst. Wir haben aus dem Märtyrer-Narrativ alle aufbauenden Inhalte herausgeschält, aber vergessen, dass sich seine Bedeutung nackter Gewalt verdankt.

Gott hat die Welt mit Gewalt erschaffen.

Das Universum hat sich durch pure Gewalt ins Nichts ausgedehnt.

Unsere Seelen wurden durch einen Gewaltakt gerettet.

Über den Wohnblöcken im Westen stieg der Mond auf. Der spitze Schatten eines Daches streifte Davides linken Schuh. Im selben Moment wehte der Wind stärker, als wolle er den Zusammenhang von Ursache und Wirkung anhand von Luftdruck und seiner greifbaren Person aufzeigen. Davide schaute auf seine Schuhe, von dem seltsamen Gedanken überrascht. Wurde er langsam verrückt?

Nein. Vermutlich hatte er nur vernachlässigte Verbindungen zwischen untätigen Hirnbereichen neu verdrahtet.

Zwei Schlägertypen, die sich in einer fremden Sprache unterhielten, kamen näher.

Diego drehte sich um.

»Serben«, sagte er dann. »Es ist noch keine zwanzig Jahre her, da haben sie ihre Nachbarn enthauptet, wenn sie sie mit dem falschen Gebetsbuch erwischten. Sie haben den Kontakt mit ihrer wilden Seite nie verloren. Doch die Gewalt ist eine zwiespältige Kraft, man muss sie beherrschen, wenn man nicht von ihr beherrscht werden will. Aber was man von vornherein leugnet, kann man nicht beherrschen. Du kannst den Teil in dir nicht steuern, wenn du dich weigerst, ihn dir überhaupt vorzustellen. Wenn du mit der KRAFT leben willst, musst du sie nähren und zähmen. Jahrhundertelang wurde Frieden, Vergebung und Liebe gepredigt, wir haben es uns in einer süßlichen Utopie bequem gemacht. Schau dir die Welt nach zweitausendfünfhundert Jahren Buddhismus, Sufitänzen und Yoga Vipassana doch an. Es nützt nichts, seine eigene Natur einzupferchen, sie zum unschuldigen Beiwerk eines westlichen Way of Life zu degradieren. Die Gewalt kommt wieder, im ungünstigsten Moment. Wenn du mit deinem Bruder oder Cousin diskutierst. Mit einem Geschäftspartner streitest. Wenn deine Frau laut wird, und auf dem Schneidebrett zufällig ein Messer mit langer Klinge liegt.«

Davide blickte zu den beiden Serben.

Der eine starrte ihn an.

»Deine Markenklamotten«, murmelte Diego.

»Deine Smython-Tasche für zweitausend Euro. Deine Hublot für siebentausend.

Aber du kommst da lebend raus.
Du bist nicht allein.
Wir sind nicht allein.
Wir haben etwas in uns.«

15

UM VIERZEHN UHR VERLIESS BARBARA das vegane Bistro in der Via San Giorgio, in dem sie zwei Mal die Woche zu Mittag aß. Während sie in die Via Battisti einbog und zu ihrer Praxis weiterlief, studierte sie die Zutaten des dänischen 100%-Bio-Müsliriegels, den sie um fünf essen würde.

Seit einigen Monaten spürte sie ein Kribbeln in den Unterarmen, und sie fürchtete, dass sie irgendein tückisches Nahrungsmittel nicht vertrug. Die Zutaten auf dem Riegel waren in Englisch und Dänisch angegeben. Als das lästige Gefühl nach einer Woche immer noch nicht verschwunden war, hatte in einem Winkel ihres Gehirns die diskrete Warnung NAHRUNGSMITTELUNVERTRÄGLICHKEIT aufgeleuchtet. Allein die Vorstellung, ihre Immunabwehr könnte sich selbst sabotieren, schien ihr unerträglich. Als Ursache ihres Problems machte sie schließlich Mandeln, Hasel-, Wal- und Cashewnüsse aus, nach einer kurzen, gewissenhaften, aber absolut verschwiegenen Recherche. Obwohl Davide und Tommaso ihre Ernährungsentscheidungen respektierten, wollte sie nicht unnötig den weitverbreiteten Verdacht befördern, die systematische Zunahme von Kernen und Nüssen würde bei besonders sensiblen Veganern übermäßige Histaminreaktionen auslösen. Es reichte, dass sie an den viel diskutierten Cobalamin-Mangel denken musste, weil er zu neurologischen Problemen führen konnte, was von ihrem Ehemann begreiflicherweise sehr kritisch beäugt wurde.

Die Verkäuferin hatte ihr versichert, dass der dänische Müsliriegel keine ölhaltigen Samen enthielt.

»Chia seeds«, las sie laut.

Sie blieb stehen.

Chiasamen.

Waren die ölhaltig?

Sie holte das Handy aus der Handtasche und tippte in der Hoffnung, ein Experte würde ihre Ängste ausräumen können, »Chiasamen und Nahrungsmittelintoleranzen« bei Google ein.

Drei oder vier Meter von ihr entfernt stand der gleiche BMW, den Davide besaß.

Nicht allzu überrascht betrachtete sie ihn. Die 5er-Serie war kein so exotisches Modell wie ein Tesla oder Lamborghini. Sogar ihr Gynäkologe fuhr den gleichen, das hatte sie zumindest geglaubt, bis Davide sie darüber aufgeklärt hatte, dass ihr Arzt einen M5 Marina Bay Blue hatte, der mindestens fünfzigtausend Euro teurer war als seiner und daher den Gap zwischen einem Arzt, der sich mit dem Gehirn beschäftigte, und einem, der sich gewissenhaft um weit anziehendere Organe kümmerte, perfekt widerspiegelte.

Doch nachdem ihr Davide letzte Woche gestanden hatte, dass er vergeblich einen Mann verfolgt hatte, der sich ihm am nächsten Tag unversehens präsentierte, und er ihn seitdem regelmäßig traf und sogar als Freund (Herr im Himmel, Freund!) bezeichnete, wusste Barbara nicht mehr, was sie denken sollte. Seit ungefähr einem Monat schien ihr das Leben ihres Ehemanns äußerst rätselhaft. Und aufgrund dieser neuen Unsicherheit näherte sie sich nun dem Auto, um das Nummernschild zu lesen, inständig hoffend, dass es dem Spross eines einheimischen Oligarchen gehörte, der gerade seine Mittagsmahlzeit beendete oder in seiner entzückenden Junggesellenwohnung im vierten Stock dieser Straße ein Mittagsschläfchen hielt.

EZ 077 TR, las sie am Heck des BMW.

War das sein Nummernschild?

Sie konnte sich nicht erinnern, verdrehte die Augen, als sie im Gedächtnis nach der Information suchte, aber da war nur das vage Gefühl, dass diese kurze Kombination zum Wagen ihres Ehemanns gehörte.

Aber das Gefühl genügte.

Jedenfalls, seit sie diese Geschichte geschluckt und mühsam verdaut hatte, dass bei Davide in der Klinik ein Typ auftauchte – den sie für einen gefährlichen Verrückten hielt – und ihn überzeugen wollte, dass sein Leben eine einzige Täuschung war.

Und wenn es den Verrückten gar nicht gab? Wenn ihr Mann diese ausgeklügelte Geschichte nur erfunden hatte, um einen entmutigend banalen Seitensprung zu vertuschen?

Seine Klinik lag auf der anderen Seite der Stadt. Und soweit Barbara wusste, wohnten auf der Via San Giorgio keine Freunde von ihm, und Hausbesuche machte er nie. Vorstellbar war höchstens, dass er nahe der Praxis seiner Frau geparkt hatte; allerdings lag die zehn Gehminuten von hier, und auf der ganzen Welt gab es keinen einzigen Grund, warum dieser allseits bekannte Bewegungsmuffel so weit laufen sollte.

Sie spähte ins Innere des Wagens, auf der Suche nach Indizien. Die Leinenjacke, die Davide heute Morgen getragen hatte, war nicht zu sehen, ebenso wenig die helle Aktentasche, die ihm seine Mutter letztes Jahr zu Weihnachten geschenkt hatte. Ansonsten war der Innenraum so trostlos nichtssagend wie bei allen 5er-BMWs.

Was tun? Ihn anrufen? Um diese Zeit telefonierten sie sonst nie. Hätte ihn das nicht alarmiert?

Aber vielleicht verlieh sie wieder einmal höchst normalen Vorgängen eine übertriebene Bedeutung und Davide aß mit dem Leiter des Gesundheitsamts oder einem Lieferanten in einem schnuckeligen Innenstadtrestaurant zu Mittag. Ihres Wissens nahm er zwar nie repräsentative Aufgaben wahr, aber was sprach dagegen, dass das nicht doch einmal vorkam?

Theoretisch jedenfalls.

Sehr theoretisch.

Bis zu ihrem nächsten Termin war es noch fast eine Stunde. Sie beschloss, solange hier, an die hintere Autotür gelehnt, zu warten. Ihr Ehemann würde hoffentlich jeden Moment auftauchen, hoffentlich allerdings nicht außer Atem von einer horizontalen Sportstunde im Appartement einer aufreizenden Kollegin.

Nach nicht einmal fünf Minuten trat er aus der Glastür eines kleinen Hauses, nur fünfzig Meter entfernt.

Er war tatsächlich außer Atem.

Barbara brauchte ein paar Sekunden, ehe sie ihn wiedererkannte. Ohne Krawatte, mit hochgekrempelten Ärmeln, die Haare noch feucht vom Duschen. In der Rechten hielt er seine Jacke, in der Linken seine Babolat-Tennistasche, ein Relikt aus den wunderbaren Zeiten, als die WHO-Indikatoren ihm noch keine rein sitzende Lebensweise bescheinigten.

Sie schaute über den Kopf ihres Ehemanns hinweg und las, was gleichermaßen absolut überraschend auf dem Schild über der Tür stand: A.L.A.M. – ACCADEMIA LUCCHESE DI ARTI MARZIALI – Kampfsport.

Als Davide sie sah, konnte er ein Zusammenzucken offenbar gerade noch unterdrücken. Barbara erinnerte das an ruckelnde Übergänge in alten Filmen. Davide näherte sich dem Auto mit lockerer Lässigkeit, die einzige anerkennenswerte Nebenwirkung seiner unglaublichen Müdigkeit.

»Schatz«, sagte er, während er die Tasche auf dem Kofferraum abstellte, »kann ich dir das alles bei einem Happen zu essen erklären?«

Im erstbesten Restaurant bestellte er Safranreis mit Zucchini und Putenschnitzel. Barbara sagte nichts.

»Der Trainer hat mir erklärt, dass ich meine Proteinreserven nach der Stunde wiederauffüllen muss«, rechtfertigte Davide sich.

»Trainer für was?«

»Thaiboxen. Er scheint mir kompetent. Darum befolge ich seine Ernährungsratschläge. Makronährstoff ist kein Ausschlusskriterium, wie du siehst.«

»Was zum Teufel tust du beim Thaiboxen?«

»Das Übliche. Matte. Kniebeugen. Ausfallschritte. Ein wenig Seil. Burpees. Verteidigungs- und Angriffstechniken. Gerade. Haken. Tritte. So was.«

»Anders gefragt: Wie bist du auf die Idee verfallen, einen Kurs in Thaiboxen zu besuchen?«

»Warum? Hast du nicht immer gesagt, ich könnte ruhig ein paar Kilo abnehmen?«

»Mit Boxen?«

»Genau. Das ist ein sehr intensiver Sport, und ich habe offiziell Übergewicht. Und bestimmt erinnerst du dich, dass eine sitzende Lebensweise den Gehirnzellen schadet.«

»Ach ja, ich vergaß, ein Faustschlag gilt allgemein als Wundermittel für gesundere Gehirnzellen.«

»Ach komm. Du glaubst doch nicht, dass wir uns da drinnen die ganze Zeit prügeln. Es geht um ein bisschen Bewegung.«

»Und warum machst du das nicht anderswo? Bei deiner Klinik um die Ecke gibt es ein Fitnessstudio.«

»Da sind doch nur Frauen. Da gibt es nur Kurse für dicke ... für übergewichtige Frauen.«

»Und seit wann läuft das schon so?«

»So seit drei Wochen.«

»Du kannst Kampfsport nicht ausstehen.«

»Wann hab ich das gesagt?«

»Heißt das, dass du demnächst kämpfen willst?«

»Ich denke gar nicht dran.«

»Und warum willst du es dann lernen?«

Davide zog den Kopf ein und schaute sich wie Hilfe suchend um. Barbara kam er wie einer ihrer kleinen Patienten vor, dem sie einen Aussprachefehler, von dem er nicht lassen wollte, schonend vor Augen führte.

»Schatz«, sagte sie. »Sag mir bitte, dass all das nichts mit dem zu tun hat, was du mir neulich von Lenci erzählt hast.«

»Was denn?«

»Die Drohungen. Das ganze Zeug mit dem Korkenzieher und so.«

»Ach was. Das ist Schnee von gestern.«

Die Kellnerin brachte einen Teller, Davide nahm die Gabel und senkte die Zinken in das dampfende, sämige Risotto.«

»Umso besser«, sagte Barbara. »Entschuldigung, ich bin wohl noch immer etwas verwirrt.«

»Verwirrt?«, fragte er und steckte sich einen heißen Bissen in den Mund. »Und wieso?«

»Wegen der ganzen Neuigkeiten.«

»Die da wären?«

»Tja, erst mal dein neuer ... Freund«, sagte sie. »Und jetzt das Boxen. Hat er gesagt, du sollst lernen, dich zu prügeln?«

»Ich hab dir gerade erklärt, dass ich mich nicht prügele.«

»Gut. Ich habe nämlich einen sanftmütigen, guten Mann geheiratet, der jede Form von Gewalt zutiefst verabscheut.«

»Und genau das bin ich.«

»Wie heißt Diego weiter?«

»Keine Ahnung.«

»Aber er hat doch wohl einen Nachnamen?«

»Vielleicht sogar mehrere, aber ich kenne sie nicht.«

»Und wie alt ist er?«

»Ich weiß es nicht. Dreißig?«

»Und was arbeitet er? Darüber werdet ihr doch geredet haben.«

»Ich glaube nicht, dass man das, was er tut, Arbeit nennen kann.«

Barbara schaute ihn verblüfft an.

»Jedenfalls verstehe ich immer noch nicht, was ihr bei euren Treffen genau macht.«

Davide strich sich mit dem Daumen über die Augenbraue.

In Davides Körpersprache hieß das: Gute Frage.

16

»HALLO?«

»Hallo Davide. Stör ich? Bist du in der Klinik?«

»Nein, im Auto. Gerade von zu Hause losgefahren.«

»Sorry, dass ich mich erst jetzt melde, aber in der Kanzlei ging es die letzten drei Wochen drunter und drüber.«

»Kein Problem. Hast du was rausgefunden?«

»Ja. Aber ich sage es dir nur unter einer Bedingung, es muss unter uns bleiben und darf das klitzekleine bisschen Luft zwischen meinem Mund und deinem Ohr nicht verlassen. Auch wenn wir am Handy sind und es ein wenig mehr Luft ist, das Bild also unscharf. Die Bedingung ist trotzdem bindend.«

»Wem soll ich es schon erzählen.«

»Das weiß ich nicht, und das ist mir auch egal. Du musst mir versprechen, dass du die Klappe hältst. Ein Freund von mir ist bei der Staatsanwaltschaft Modena und hat sich die anhängigen Verfahren gegen deinen Nachbarn einmal angeguckt. Aber denk dran, bestimmte Daten dürfen ohne Zustimmung der betroffenen Person nicht in Umlauf gebracht werden.«

»Und wer ist die betroffene Person?«

»Dein Nachbar.«

»Ein ehrbarer Bürger hat also nicht das Recht, zu erfahren, ob der Typ im Nachbarhaus ein Serienvergewaltiger oder so was ist?«

»Eigentlich nicht. Das nennt sich Recht auf Privatsphäre. Damit möchte der Gesetzgeber den Schaden begrenzen, der dem Ruf

Dritter durch Verbreitung bestimmter Daten zugefügt werden könnte.«

»Und der Schaden, den Dritte mir zufügen könnten?«

»Davide, das ist ein komplexes Thema, und momentan fehlt mir dafür ein wenig die Zeit. Ganz abgesehen davon, dass sich das Problem in unserem Fall gar nicht stellt.«

»Hä?«

»Weil Lenci nicht vorbestraft und keinerlei Strafverfahren gegen ihn anhängig ist.«

»Das kann nicht sein.«

»Aber es ist so. Wahrscheinlich hat er gelogen. Oder du hast ihn falsch verstanden.«

»Was gibt es daran falsch zu verstehen, wenn er mir sagt, dass er einen abstechen wollte?«

»Vielleicht hat er einen Spaß gemacht. Oder wollte dir Angst einjagen.«

»Das hat ja prima geklappt.«

»Das merke ich. Also lassen wir die Sache am besten auf sich beruhen und verfolgen weiter unsere Strategie.«

»Nein. Das hat doch keinen Sinn. Der Typ hat zugegeben, dass er einen Saufkumpan umbringen wollte, ich bin mir sicher, dass er nicht lügt. Gilt die geradezu zwanghafte Straffreiheit in diesem gottverdammten Land etwa schon für missbräuchliche Luftröhrenschnitte?«

»Komm, hör auf, so schlimm ist es auch wieder nicht. Wenn Lenci tatsächlich fast einen umgebracht hätte, wäre er mit beinah hundertprozentiger Sicherheit vor Gericht gelandet. Ich hab mal die Skandalpresse aus Modena der letzten zehn Jahre durchgeschaut, es gab wirklich einen Streit in einer Bar, der mit einer Halsverletzung endete. Und wie dein Nachbar gesagt hat, vor vier Jahren. Das Problem ist nur, es gibt keinen Prozess, niemand wurde dafür verurteilt.«

»Wie kann das sein?«

»Ich weiß es nicht.«

»Vielleicht hat das Opfer die Anzeige zurückgezogen?«

»Bei solchen Straftaten braucht es keine Anzeige. Man nennt das ›Verfolgungszwang‹, und das gilt für fast jede Körperverletzung.«

»Was könnte dann dahinterstecken?«

»Keine Ahnung. Ich denke weiterhin, es war schlicht und ergreifend Einschüchterung. Kein angenehmer Gedanke, ich geb's zu, aber immer noch beruhigender, als wenn bei dir gegenüber ein Psychopath wohnen würde.«

»Nein. Er hat nicht gelogen. Das hätte ich gemerkt.«

»Okay. Dann hätte ich noch eine andere These, allerdings ein wenig aus der Luft gegriffen.«

»Wieso?«

»Weil sie unsere Ausgangsfrage nicht löst.«

»Sag schon.«

»Bei so schweren Verbrechen gibt es nur eine Möglichkeit, einen Prozess zu umgehen: Schuldunfähigkeit.«

»Und das ist bei Lenci der Fall?«

»Eben nicht. Das gilt beispielsweise für unter Vierzehnjährige oder wenn festgestellt wird, dass du bei Begehung der Tat unfähig warst, das Unrecht der Tat einzusehen oder nach dieser Einsicht zu handeln. Aber unser ehrenwerter Herr fällt wohl unter keine der beiden Kategorien.«

»Mit berechtigten Zweifeln hinsichtlich Nummer zwei.«

»Nicht mal das. Auch wenn dein Nachbar deiner Meinung nach ein gewalttätiger Bekloppter sein könnte, es gibt kein gerichtliches Gutachten, das das offiziell bestätigen würde. Das habe ich überprüft.«

»Das heißt?«

»Tja, wir müssen wohl davon ausgehen, dass er dir schlicht

und ergreifend drohen wollte. Unser Freund wollte dir zu verstehen geben, dass er gefährlich und reizbar ist und du den Bogen nicht überspannen solltest. Und schlau wie er ist, hat er die Warnung mit einem tatsächlichen Vorfall garniert, den du im Internet oder durch simples Herumfragen verifizieren könntest.«

»Okay, bis hierhin kann ich dir folgen.«

»Lenci konnte allerdings nicht damit rechnen, dass wir seinen Strafregisterauszug einsehen können, der unerklärlicherweise und nicht sehr folgerichtig blütenweiß rein ist. Tun wir einmal so, als ob dich dein sechster Sinn nicht trügt und Lenci die Wahrheit gesagt hat: Er wurde in einen Streit verwickelt, und ein armes Schwein ist dabei fast draufgegangen. Dann bleibt immer noch die Ungereimtheit, dass er angeblich zwei Jahre gekriegt hat, obwohl es in Wirklichkeit, so viel wissen wir fast sicher, nicht einmal einen Prozess gab. Überlegen wir doch mal: Warum sollte ein Unschuldiger behaupten, eine so schändliche Tat begangen zu haben?«

»Ich weiß es einfach nicht.«

»Weil er daraus einen Vorteil zieht, und zwar einen ganz erheblichen.«

»Das wird es wohl sein.«

»Dann nehmen wir doch mal an, dass in Wahrheit nicht er der Angreifer war, sondern ein anderer, den dein Nachbar decken wollte und den er da bis heute nicht reinziehen will.«

»Und wer?«

»Das darfst du mich nicht fragen. Vielleicht ein großes Tier aus der lokalen Unterwelt? Das ist nichts als reine Spekulation. Nehmen wir also an, Lenci wollte ihn decken, für eine Gegenleistung natürlich. Ich wiederhole, das ist nur reine Spekulation. Doch ich frage mich: Von wem hat dein Nachbar das Geld, um ein Lokal zu eröffnen? Hat er ein Leben lang gespart? Hatte er eine Lebensversicherung? Hat er seine alten Eltern geschröpft?«

»Schwer zu sagen.«

»Und wenn er stattdessen ein hübsches Sümmchen bekommen hätte, weil er einem wichtigen Freund den Arsch gerettet hat?«

»Eine interessante Theorie.«

»Nicht so interessant, wie es scheint. Denn das erklärt noch nicht, wie der fragliche Freund einen Prozess vermeiden konnte.«

»Das meintest du mit der ungelösten Ausgangsfrage?«

»Genau.«

»Aber wie finden wir das heraus?«

»Ich werd mal ein paar Freunde löchern.«

»Danke. Auch wenn ich nicht weiß, was als Nachbar schlimmer wäre, ein verrückter Messerstecher oder ein Gangster.«

»Tja. Ich sag dir Bescheid, sobald ich was Neues weiß. Dann sehen wir weiter, aber das dauert ein paar Wochen. Das ist momentan alles, was ich für dich tun kann.«

»Das ist doch schon sehr viel. Ich bin dir zu ewigem Dank verpflichtet.«

»Das will ich meinen.«

»Du bist der Größte.«

»Das kannst du wohl laut sagen.«

17

An diesem Morgen kletterte Tommaso früher als gewöhnlich auf Lencis Eiche. Er hatte Giovanni noch gar nicht von Francesca erzählt, und heute schien der richtige Tag dafür.

Er setzte sich rittlings auf das eine Brett und schaute gen Osten. Venus hatte sich schon in den Strahlen der aufgehenden Sonne aufgelöst.

Wenn Wachstum die Anhäufung von Komplikationen bedeutete, dachte er, war es fast Ironie des Schicksals, dass er sich als leidenschaftlicher Astronom in einen dilettantischen Geologen verwandeln musste, der sich mit der eigenen trostlosen Problemschichtung beschäftigte. Und was war das Schlimmste an der Sedimentierung? Dass er den tektonischen Hauptimpuls in der unsinnigen Orografie seiner Problemfelder zweifellos dem Mädchen zuschreiben musste, in das er verliebt war.

Warum hatte sie ihn an diesem verdammten Abend bloß umarmt?

Die Menschen suchten oder ertrugen Berührungen und schufen damit so viele potenzielle Missverständnisse, wie es Sterne und Planeten gab: Sinn-Himmelskörper im eisigen kosmischen Nichts der Fehlinterpretationen.

Keuchendes Klettern riss ihn aus seinen Gedanken. Giovannis Oberkörper erschien am Stammende: Tommaso reichte ihm die Hand, um ihm hochzuhelfen, er wollte das übliche Ritual aus Begrüßung und Vorgeplänkel rasch hinter sich bringen. Normalerweise redeten sie über Comics, Horrorfilme, Sneaker, Spiele für PC und Playstation. Vor ein paar Tagen hatte Tommaso geäußert, wo es seiner Ansicht nach die beste Pizza und das beste Eis in Lucca gab, und Giovanni hatte eine kleine Pizzeria an Georges Terrace und eine Eisdiele am Southside Drive in Perth genannt. Schon vor einiger Zeit war Tommaso aufgefallen, dass Giovanni in australischer Geschichte, Kultur und Topomonastik sehr beschlagen war, aber Englisch eher radebrechte. Und Giovanni hatte zugegeben, dass er die italienische Community zu selten verlassen hatte, um seinen Akzent wirklich auszumerzen.

Er ließ sich auf dem anderen Brett nieder und blickte Tommaso mit würdevoll betrübtem Blick an.

Nach einigen langen Seufzern sagte er, er werde ab Ende der Woche als Kellner auf dem Summer Festival arbeiten. Tommaso und er würden sich wohl nicht mehr so oft sehen können.

Es folgte ein kurzes, ernstes Schweigen. Tommaso nickte mehrmals kurz, zerknirscht und zustimmend.

Auch das noch, dachte er, wandte den Blick ab und ließ ihn langsam über die einsam daliegende, stille Via Tofanelli schweifen.

Vor ihrem Eingangstor war jemand.

Ein muskulöser Mann mit weißer Kappe, blauer kurzer Hose und T-Shirt in selber Farbe. Tommaso erkannte ihn sofort. Er hatte ihn und seine Mutter in dem Restaurant an der Viale Puccini aus einer Situation befreit, die am Ende noch hätte unangenehm werden können.

Was machte er hier?

Offensichtlich überlegte er, ob er klingeln sollte. Plötzlich drehte er sich zur Eiche um, als hätten die Blicke der Jungen die Fotodiode eines hochsensiblen Körperalarmsystems aktiviert.

Er schaute in ihre Richtung, sah sie und hob eine Hand.

Tommaso hob ebenfalls die Hand.

Der Mann überquerte die Straße und blieb einige Schritte vorm Lattenzaun stehen.

»Guten Morgen«, sagte er. »Ein idealer Morgen für eine Unterhaltung in vier Meter Höhe. Wie geht's?«

»Gut«, antwortete Tommaso.

»Du wohnst dort, oder?«, fragte er und deutete mit dem Daumen auf die gegenüberliegende Straßenseite.

»Da haben Sie recht.«

»Nichts da Sie, Diego. Wem gehört das Teleskop auf dem Balkon?«

»Mir.«

»Ein AstroMaster?«

Tommaso zog die Augenbrauen hoch.

»Nein«, sagte er, »ein NexStar.«

»Mit Computersteuerung?«

»Ja.«

»Worauf ist es ausgerichtet?«

»Auf einen Kometen. Den C/2015 ER_{61} PANSTARRS. Er ist nur wenige Wochen zu sehen.«

Diego nickte und schaute zum Himmel.

»Weißt du, dass das Leben auf der Erde durch den Zusammenprall mit einem Kometen entstanden sein soll?«

Tommasos Gesicht leuchtete.

»Klar«, sagte er, »die Panspermie von Arrhenius. Der Kern der herabstürzenden Kometen könnte Pilze und andere organische Moleküle enthalten haben: Aminosäuren, Nukleinsäuren, Vitamine, Zucker und Fettsäuren.«

Er warf Giovanni einen kurzen, schuldbewussten Blick zu, der Theogonie der Aborigines waren Ansätze, die das Rätsel des Lebens mit dem hartnäckigen, evolutionären Impuls von Phospholipid-Mizellen oder Archaeen erklärten, höchstwahrscheinlich fremd.

»Glaubst du, es gibt noch anderswo Leben?«, fragte Diego.

Tommaso schüttelte den Kopf.

Jetzt zog Diego die Augenbrauen hoch.

»Du meinst also, all diese Kometen im Universum verbreiten ihre Lebenssporen ohne Sinn und Zweck?«, fragte er.

»Ich befürchte ja.«

Der Mann blickte erneut zum Himmel.

»Welche Verschwendung«, sagte er. »So viel Raum, und keiner weiß, wofür.«

»Ach«, sagte Tommaso, »das ist nicht gesagt. Ich glaube, dass der Mensch das Universum spätestens in fünf Milliarden Jahren, wenn die Sonne erloschen ist, bis in den letzten Winkel erobert hat. Und weil die Zahl der Menschen dann ins Unermessliche gestiegen ist, wird der Raum sozusagen benötigt.«

Diego blickte ihn aufmerksam an.

»Das fasziniert dich ja richtig.«

»Ja«, gab Tommaso zu.

Diego senkte den Blick bis zur Unterkante des Lattenzauns, als müsse er genauer über diese Aussichten nachdenken.

Eine Weile sagte niemand etwas.

»Als ich so alt war wie ihr, habe ich eine Erzählung von Asimov gelesen«, brach Diego das Schweigen. »Habt ihr schon mal was von ihm gelesen?«

Tommaso und Giovanni schüttelten emphatisch und überraschend unisono den Kopf.

»Okay, jedenfalls bezieht er sich darin auf den zweiten Hauptsatz der Thermodynamik. Habt ihr davon gehört?«

Tommaso nickte.

»Dann weißt du vielleicht, dass der sogenannte Entropiesatz wohl das Ende des Universums durch Hitzetod bedeutet. Da ein geschlossenes System keine unendliche Ausdehnung zulässt, kommt der Kosmos zunehmend aus dem Gleichgewicht. Am

Ende wird jeder energetische Prozess unmöglich und alles Leben, die höchste Verkörperung dieser Prozesse, ausgelöscht.«

Tommaso runzelte die Stirn, als hätte er nachlässigerweise bei seinen triumphalen Besiedlungsszenarien des Alls die Thermodynamik völlig außer Acht gelassen.

»Die einzige Lösung laut Asimov«, fuhr Diego fort, »liegt im wissenschaftlichen Fortschritt, dank dem der Mensch schließlich ein neues Universum erschaffen kann.«

Er breitete theatralisch die Arme aus.

»Das endgültige Ende kommt ja erst in fünfzehn Milliarden Jahren. So lange bleibt der Menschheit also noch, um sich zu etwas Gottähnlichem weiterzuentwickeln.«

Erneut folgte ein langes Schweigen, das von einem zwitschernden Rotkehlchen in Riccis Garten kaum gestört wurde.

Tommaso kniff wiederholt die Augen zusammen, als würde er die zeitlichen Parameter der möglichen kollektiven Gottwerdung vor dem Hintergrund von Asimovs prognostizierter Frist berechnen. Fünfzehn Milliarden Jahre. War das viel? Oder wenig?

Diego senkte leicht den Kopf. Unter dem Schirm seiner Kappe schien er zu lächeln, es konnte aber auch nur ein Schattenspiel im Morgenlicht sein.

»Meinst du, dein Vater ist schon auf?«, fragte er.

18

ALS BARBARA DIE AUGEN AUFSCHLUG, war es schon acht. Die entgegengesetzten, beidseitig unbekannten Sechs-Uhr-Gedankenspiele fielen heute aus. Davide war erst spät und erschöpft nach Hause gekommen. Eigentlich schon am Ende seiner Schicht, wurde er noch zu einer Notoperation gerufen. Die Hirnblutung eines Dreizehnjährigen zu stillen, der aus dem zweiten Stock gestürzt war, hatte ihm alle Energie abverlangt.

Und wie stets, wenn Davide nach einem neurochirurgischen Marathon nach Hause kam, hatte Barbara einen Gutteil der Nacht seinen Atem überwacht. Manche Ärzte bezogen aus der Rettung eines Patienten eine beneidenswerte Kraft, als bestätige das ihre Aufnahme in den Kreis der Halbgötter, die Lebensgeister einhauchen oder hebräische Glyphen auf Lehmstatuetten ritzen. Aber Davide war danach so ausgelaugt, als hätte ihm die Lebensverlängerung des Armen auf dem OP-Tisch einen erheblichen Teil seiner eigenen Lebenszeit gekostet. Vor Kurzem hatte sie etwas über *karoshi* gelesen, das um sich greifende Sterben von Heerscharen überarbeiteter Großstadtjapaner, und seitdem forschte sie bei jeder Heimkehr in Davides Gesicht nach Anzeichen übermäßiger Müdigkeit.

Leise stieg sie aus dem Bett und schlich barfuß zu Tommasos Zimmer. Dass er nicht da war, überraschte sie nicht. Bestimmt war er mit seinem neuen Freund im Garten, der noch ein größerer Frühaufsteher war als er. Den enormen Jetlag nach der Rückkehr von der anderen Erdhalbkugel hatte Giovanni mittlerweile wohl verdaut, aber als Ausgleich befolgte er jetzt vermutlich irgendeine strenge Andachtsvorschrift. Barbara betrat das Zimmer, ging zum Fenster, spähte durch die Läden und sah die beiden auf dem Bretterboden sitzen.

Auf der Straße, am Fuß des Baums, stand ein Mann.

Tommaso hörte ihm zu und sagte manchmal etwas.

Kaum eine Sekunde später erkannte Barbara den Mann.

Sie kehrte ins Schlafzimmer zurück, zog sich ein Top über und ging hinunter in die Küche, um das Gespräch aus einer besseren Perspektive zu beobachten. Mit offensichtlich ungerechtfertigter Anspannung (der Mann, der so freundlich mit ihrem Sohn sprach, hatte beide immerhin vor einem besoffenen Idioten gerettet) verfolgte sie jede Bewegung, als Tommaso plötzlich etwas aus der Tasche zog und es in Richtung Eingangstor hielt.

Ich wusste es, dachte Barbara.

Das Warnlicht an der Metallsäule blinkte. Langsam glitt das Tor auf.

Fred Feuerstein, der die Kühle der Veranda genoss, hob den Kopf.

Barbara schüttelte den ihren.

Der Mann verabschiedete sich von den Jungen mit einem kurzen Griff an die Kappe, dann schritt er durch das Tor und lief lässig, ein großes Tier am oberen Ende der Nahrungskette eines kleinen Ökosystems, durch den Garten.

Liebevoll verfluchte Barbara ihren Sohn.

Scheiße, dachte sie. Musste er zu aller Welt so freundlich sein? Konnte er seine verdammte Veranlagung zur affektiven Empathie nicht einmal bremsen? Konnte er den Typ nicht einfach klingeln lassen? Hatte seine Mutter etwa kein Recht, nicht aufzumachen?

Sie blickte auf ihre nackten Beine.

Konnte er ihr nicht wenigstens genug Zeit lassen, um sich etwas anzuziehen?

Sie trat ans Fenster und dachte fieberhaft nach. Immerhin müsste der Mann eine gepanzerte Tür einschlagen.

Und einen fuchsteufelswilden Jack Russell überwältigen.

Sie ging zur Haustür und spähte durch den Spion.

Mittlerweile hatte der Mann die Veranda erreicht und streichelte Fred Feuerstein. Freds Aggressionsanfälle (die man eigentlich auch nur dank titanischer Anstrengungen aller Vorstellungskräfte so bezeichnen konnte) beschränkten sich rigoros auf den halbjährlichen Tierarztbesuch. Normalerweise zeigte er seine Ablehnung nur durch mehrfaches Kopfschütteln, Zucken der Schnauze, tollpatschiges Zähnefletschen und ein leises Knurren, das eher wie ein brummender Kühlschrank klang.

Wenn sie und diesen Mann die Brutalität eines Haustiers trennen sollte, dachte Barbara, konnte sie wohl nur ins Schlafzimmer hochgehen, den dösenden Epaminondas von der Kommode nehmen, ihn durchs Fenster genau auf den Eindringling schleudern und abwarten, was passierte, wenn ein soziopathischer, gewalttätiger Kater auf dem Kopf eines psychisch identisch strukturierten Menschen landete.

Noch immer strich der Mann nicht besonders kraftvoll über Fred Feuersteins Kopf, eher mit dem Arpeggio eines Amateur-Lautenspielers. Sein Gesicht war unter der Kappe nicht zu sehen. Barbara konnte nicht erkennen, ob er die Berührung genoss oder sich bei einem theoretischen Angreifer einschmeicheln wollte.

Sehr theoretisch, dachte Barbara.

Der Mann streichelte Fred ein letztes Mal, dann erklomm er die restlichen Stufen.

Er klopfte diskret an der Tür.

Tommaso hatte ihm wahrscheinlich gesagt, dass sein Vater normalerweise um diese Zeit in der Küche war. Da Davide genetisch bedingt zum Dickwerden neigte, frühstückte er, gemäß den hormonellen Grundlagen der Chronobiologie, möglichst nie später als neun. Seine Mutter, die keine Gewichtsprobleme hatte, lümmelte dagegen, wenn sie vormittags nicht arbeitete, gern länger im Bett. Tommaso hatte ihm das aus legitimen und theoretisch philanthropischen Gründen bestimmt erzählt, damit er nicht an der Gegensprechanlage klingelte, sondern sich, um niemanden zu stören, durch leises Klopfen bemerkbar machte.

Nur leider hatten sie und ihr Mann unvorhergesehenerweise die Rollen getauscht.

Sie trat an die Tür und öffnete sie ein wenig.

Der Spalt wurde sofort von Brust und Gesicht des Mannes verdunkelt.

Diego richtete sich mit der Rechten nochmals die Kappe und räusperte sich.

»Guten Morgen«, sagte er. »Entschuldigen Sie bitte, dass ich einfach so vor Ihrer Tür stehe, aber Ihr Sohn sagte, dass ich besser nicht klingele, um Sie nicht zu wecken.«

Wie bewundernswert vorhersehbar Tommaso doch war.

Barbara hatte noch Zeit, sich zu fragen, ob der Vorfall mit dem Joint das einzige Mal bleiben würde, bei dem sie an ihrem Sohn eine überraschend abschüssige Seite erkennen konnte.

Langsam drängte sich ihr der Verdacht auf, ja.

Langsam befürchtete sie es geradezu.

»Ich bin ein Freund von Davide«, erklärte der Mann.

»Ich weiß«, sagte Barbara.

Sie hatte sich das Gesicht nicht gewaschen, die Haare nur zu einem bedrohlich lockeren Knoten zusammengefasst, aber das war ihr egal. Sie würde aus jeder Pore Feindseligkeit ausstrahlen, und wenn man maßlose Feindseligkeit verströmen wollte, war makellose Schönheit überflüssig.

»Mein Mann schläft«, sagte sie. »Er musste gestern Abend

noch einen Jungen operieren, der vom Balkon gestürzt war, und ist spät nach Hause gekommen.«

Wozu erzählte sie das alles überhaupt? War der Hang ihres Sohns, überflüssige Details auszubreiten, etwa erblich bedingt?

»Ich verstehe«, sagte der Mann.

Er streckte ihr die Rechte entgegen.

»Entschuldigung, ich habe mich noch gar nicht vorgestellt«, sagte er. »Diego.«

Barbara umklammerte mit beiden Händen die halb offene Tür. Dahinter verbarg sie ihre nackten Beine und die bequeme Culotte, die sie gern im Haus trug. Sie reichte dem Mann die Hand und drückte sie wenig begeistert.

»Ich weiß, wie Sie heißen«, sagte sie.

»Und Sie? Wie heißen Sie?«

»Barbara. Hat mein Mann das nicht gesagt?«

»Doch, natürlich.«

Einige Sekunden beobachteten sie sich gegenseitig. Diegos T-Shirt roch leicht nach Pflanzen und Schmieröl, als hätte er am frühen Morgen eine Heckenschere instand gesetzt.

»Und was hat er Ihnen noch erzählt?«, fragte Barbara, ohne eigentlich zu wissen, warum.

»In welcher Hinsicht?«

»Hinsichtlich uns, unserer Familie.«

Diego zuckte mit den Schultern.

»Sein Sohn dort oben auf dem Baum ist schüchtern, lernbegierig und begeistert sich für Astronomie«, sagte er und drehte sich drei Viertel zu Lencis Vorgarten um. »Und Sie sind seine Frau, liebenswert, Veganerin und Logopädin.«

»Liebenswert?«

»Das hat er gesagt.«

»Okay, aber glauben Sie nicht, ›liebenswert‹ heißt immer und unter allen Umständen liebenswert.«

»Natürlich nicht. Aber darf ich Sie fragen, warum Sie offenbar etwas gegen mich haben, obwohl Sie mich kaum kennen?«

»Sagen wir, ich habe schon genug gehört.«

»Und das wäre?«

»Ihre Theorien.«

»Theorien? Welche?«

Einen Moment war Barbara verunsichert. Erst jetzt bemerkte sie, dass ihr rechtes Bein fast vollständig hinter der Tür hervorschaute. Der Mann hatte einen kurzen Blick auf den elfenbeinfarbenen Schlüpfer geworfen, der an ihrem weißen, nackten Schenkel aufblitzte.

»Ich habe den Eindruck«, sagte sie, »dass Sie meinem Mann einreden wollen, dass ... dass ... dass Gewalt nicht per se schlecht ist.«

Diego schlug die Augen nieder. Bestimmt, dachte Barbara, würde er sie gleich daran erinnern, dass die peinliche Situation, in die Tommaso und sie vor einem Monat geraten waren, durch wohldosierte Gewalt beendet worden war.

»Davide hat mir gesagt, dass Sie sich seit fast fünf Jahren vegan ernähren«, sagte der Mann hingegen.

»Ja.«

»Und wieso, wenn ich fragen darf?«

»Wieso interessiert Sie das?«

»Reine Neugier.«

»Ich wüsste nicht, was Sie das angeht.«

»Oh! Sie müssen es mir nicht erzählen.«

Barbara runzelte die Stirn und atmete tief durch, ohne Diego aus den Augen zu lassen.

»Also, es gibt mehrere Gründe«, sagte sie schließlich. »Tierliebe, Gesundheitsschädigung durch Proteine und gesättigte Fettsäuren.«

»Das sind doch zwei erstklassige Gründe.«

»Hinzu kommt die ganze Problematik der Massentierhaltung«, fuhr sie schroff fort. »Verschwendung von Wasserressourcen, Grundwasserverschmutzung. Auf siebzig Prozent der landwirtschaftlichen Flächen werden statt Lebensmitteln verschiedenste Tierfutter angebaut. Ganz zu schweigen von den Treibhausgasen, die Hunderte Millionen Tiere ausstoßen.«

Sie hatte, bemerkte sie, einen unangemessen pädagogischen Ton angeschlagen, wie blöd von ihr, ihre Vorstellungen einem Unbekannten zu erklären, der bestimmt kein Interesse daran hatte, das Thema zu vertiefen.

»Das sind alles erstklassige Gründe«, sagte der Mann jedoch. »Und wenn Sie sich nur für einen entscheiden müssten? Umweltschutz? Die eigene Gesundheit? Oder der Tierschutz?«

Barbara schaute kurz und beinah ungewollt zu Fred Feuerstein, der die Unterhaltung vom warmen Holzboden der Veranda aus verfolgte.

»Tierschutz, richtig?«, sagte der Mann.

»Und wenn schon.«

Diego schob die Kappe ein klein wenig aus der Stirn.

»Wissen Sie, dass das menschliche Gehirn einen entscheidenden evolutionären Schub erhielt, als wir eines Tages nicht mehr nur Pflanzen und Wurzeln, sondern auch Fleisch aßen? Wir wären heute nicht, wer wir sind, wenn wir uns nicht seit geraumer Zeit von anderen Lebewesen ernähren würden.«

Ein wirklich ungewöhnliches Gesicht, das sie da vor sich hatte, stellte Barbara erneut fest.

»Jagen ist etwas ganz anderes als Beeren und Pilze sammeln«, fuhr Diego fort. »Weil unsere Vorfahren für die Antilopen- oder Hasenjagd zu langsam waren, mussten sie sich Einkreisungsstrategien, Wurfwaffen, Fallen ausdenken. Durch keine andere Alltagsherausforderung hat sich unser Gehirn derart weiterentwickelt.«

Er legte eine Hand auf den Türrahmen.

»Wenn der Mensch seit den Anfängen der Evolution bis heute nicht Milliarden von Tieren getötet hätte, um sich von ihrem Fleisch zu ernähren, hätte er nie die notwendigen Ressourcen für seine ausgefeilten wissenschaftlichen und philosophischen Theorien gehabt, die ihn ausmachen, auch nicht für bewundernswerte Spekulationen zu einer Ethik der Gewaltfreiheit.«

Barbara atmete langsam durch die Nase aus.

»Und was soll das beweisen?«, fragte sie.

»Nichts«, antwortete er. »Außer vielleicht, dass man manchmal durch überraschende Wege ans Ziel kommt.«

Barbara warf einen feindseligen Blick auf die linke Hand am Türrahmen, als wollte sie den Mann auffordern, sie wegzunehmen.

Diego gehorchte.

»Ein wirklich interessantes Gespräch«, sagte sie, schloss die Tür um einige Zentimeter und beugte sich zum verbleibenden Türspalt vor, als zöge jemand in entgegengesetzter Richtung an ihr. »Aber leider habe ich zu tun. Ich richte meinem Mann aus, dass Sie hier waren.«

»Danke, ich fand es auch sehr angenehm ...«

Ehe der Mann den Satz beenden konnte, hatte Barbara die Tür endgültig zugemacht.

Als Davide eine Stunde später herunterkam, saß sie an der Kücheninsel und schlürfte Sojamilch. Auf dem Tisch standen drei Glasbehälter, darin Malz, Zichorienextrakt und Haferkleie, die Barbara in die Milch rührte. Davide hatte den Verdacht, dass seine Frau damit den unerträglichen Geschmack von Sojamilch übertünchen wollte.

»Dein Freund war vorhin hier«, sagte sie.

»Mein Freund? Wer?«

»Dein neuer Lehrmeister. Musstest du ihm unbedingt sagen, wo wir wohnen?«

»Ich hab ihm das nicht gesagt, ehrlich.«

»Und was wollte er dann hier? Um acht Uhr morgens?«

»Keine Ahnung. Was gibt es zum Frühstück?«

»Frühstück? Du frühstückst um diese Zeit?«

»Ich hab Hunger.«

»Roggenbrot.«

»Hervorragend.«

Barbara erhob sich. Davide schaute ihr auf den Hintern und fragte sich, ob sie Diego im Schlüpfer geöffnet hatte. Sie nahm das Brot aus dem Schrank, schnitt zwei Scheiben ab, bestrich sie mit Marmelade und trat zu ihrem Mann, um ihm eine Tasse Gerstenkaffee einzugießen.

»Er ist nicht der Typ für Verabredungen«, sagte Davide. »Er glaubt nicht an das Konzept von Zeit. Er will sich nichts unterwerfen, was nicht existiert.«

Barbara hielt inne, die Kanne in der Hand.

»Was existiert nicht?«

»Die Zeit. Also, als Abfolge von Augenblicken.«

Barbara stellte die Kanne auf den Tisch.

»Was ist denn das für ein Blödsinn?«

»Einen Eckpfeiler der Allgemeinen Relativitätstheorie würde ich nicht gerade Blödsinn nennen.«

»Ah ja, verstehe. Da besucht man ein bisschen die Abendschule, hört unverständliches Zeug und schließt daraus, dass man morgens um zwei bei anderen vor der Tür stehen darf.«

»Ich dachte, um acht?«

»Okay, offensichtlich ist er nicht blöd«, sagte Barbara, »aber was weißt du sonst über ihn? Womit verdient er sein Geld? Ist er das schwarze Schaf einer angesehenen Familie? Hat er auch einen Nachnamen? Eine Herkunft? Ist er Waise? Verheiratet? Vater?«

Davide nahm ein Marmeladenbrot und biss ab. Er kaute bedächtig auf dem Roggenbrot – wieso nannte sie das überhaupt Brot? –, das mit einer gleichmäßigen Schicht biologischer Zwetschgenkonfitüre bestrichen war. OHNE ZUCKERZUSATZ las er auf dem Glas. Heftig nickend verarbeitete er die Information und hoffte, dass ihm sein armes, noch schlafverwirrtes und missgünstiges Gehirn eine glaubhafte Erklärung liefern würde, warum er seiner Frau diese Informationen so lange vorenthalten hatte.

»Also?«, bedrängte sie ihn. »Er arbeitet nicht wirklich, hast du gesagt, aber von irgendwas wird er wohl leben. Was macht er? Bestimmt etwas Halblegales, oder? Inkassoeintreiber? Bezahlter Schläger?«

»Nein«, sagte Davide, wenn er schon auspackte, wollte er mit dem Unwahrscheinlichsten anfangen.

Er blickte seine Frau eindringlich an.

»Er ist eine Art Mönch.«

19

MEIN WIRKLICHER NAME IST UNWICHTIG, auch, wo ich geboren und aufgewachsen bin. Jedenfalls nicht weit von hier.

Meine Eltern sind gestorben, als ich vierzehn war, aber nicht mal der hartnäckigste Optimist würde ihre Ehe friedlich nennen. Sie stritten ständig. Möglicherweise auch, als meine Mutter die Kontrolle über das Auto verlor und sie in einer eisigen Januarnacht von einer Autobahnbrücke stürzten. Papas Leichnam fand man im Flussbett. Meine Mutter wurde, noch lebend, von der Strömung mitgerissen, sie hatte beide Arme gebrochen und konnte sich nicht ans Ufer ziehen. Ihren Leichnam entdeckte man zwei Tage später zehn Kilometer flussabwärts.

Mein Vater litt unter chronischer Nozizeption des Gehörs, einer beruflich bedingten Schwerhörigkeit. Zweiundzwanzig Jahre hatte er zum Flughafenbodenpersonal gehört. Schädlicher als der Lärm, sagten die Ärzte, sei für die empfindlichen Nerven der Hörschnecke der Druck der Düsenantriebe gewesen. Mit zweiundfünfzig ging er in den vorzeitigen Ruhestand, die restlichen drei Jahre seines Lebens machte er das meiner Mutter zur Hölle. Wenn er sich aufregte, bemühte er sich, nicht laut zu werden. Meine Mutter und er hatten eine unausgesprochene Vereinbarung: Bei Streitereien durfte man eine bestimmte Dezibelzahl nicht überschreiten, damit meine Mutter nicht im Vorteil war und den Streit kurzerhand durch Kreischen beendete, was das empfindliche

Trommelfell meines Papas aus dem Gleichgewicht gebracht hätte. Meine gesamte Kindheit erlebte ich also höchst eigenartige Auseinandersetzungen, bei denen wüstes Geschrei und Gebrüll durch eine surreale Inszenierung ersetzt wurde: Flüstern, finstere Blicke, übermäßige Gestik, übertriebene Mimik.

Ein oder zwei Mal wurden sie sogar handgreiflich. Natürlich fing mein Vater an. Allerdings halte ich ihm zugute, dass es sicher schwer ist, sich abzureagieren, wenn man dabei unterhalb einer gewissen Lautstärke bleiben muss. Mama hielt sich sogar noch an die Vereinbarung, als er sie schlug, bei jedem Schlag stieß sie leise, gedämpfte Schreie aus. Papa war wahnsinnig eifersüchtig. Während er auf sie einschlug, beschuldigte er sie, etwas mit einem Kollegen in dem Immobilienbüro zu haben, wo sie arbeitete.

Ich war schockiert, als ich sah, wie er sie schlug, versuchte aber nicht, ihn zu stoppen. Er war zu stark, zu wütend und kaum bereit, schnell zur Vernunft zu kommen. Das sagte ich mir jedenfalls, um meine Untätigkeit zu rechtfertigen. Doch in Wahrheit war ein Teil von mir von der physischen Gewalt, ihrer rohen Kraft und quasi kultischen Macht fasziniert. Ich war auch schockiert, weil ich bis dahin noch nie eine Prügelei gesehen hatte. Vielleicht wollte meine Mutter den psychischen Folgen der häuslichen Streitereien etwas entgegensetzen, jedenfalls kontrollierte sie genau, was ich im Fernsehen guckte; bis zu meinem zwölften Lebensjahr hatte ich weder eine Rauferei noch ein Duell mit Hieb- oder Schusswaffen gesehen. Jeder Film, jede Fernsehsendung wurde zuvor einer strengen Zensur unterzogen. Logischerweise interessierte mich das Fernsehen bald nicht mehr, übrigens eins der wenigen Vermächtnisse meiner unruhigen Kindheit, über die ich mich nicht beklagen kann.

Natürlich gab es in der Schule manchmal Rangeleien, doch da stand ich wie bei der tragischen häuslichen Pantomime unbeteiligt daneben. Und zwischen einem Streit unter Kindern und einer

Schlägerei unter Erwachsenen besteht klarerweise eine Kluft wie zwischen Pollenbestäubung und Pornofilm.

Nach dem Tod meiner Eltern kam ich zu einem Onkel mütterlicherseits, einer Familie mit zwei Kindern. Die kleine Elisa war erst vier, Rocco schon sechzehn und auf dem besten Weg zum Kriminellen: Er erschlich sich durch kleine Hilfsarbeiten das Vertrauen von Nachbarn, stahl ihnen Geld und Kleinigkeiten, dealte am Liceo mit Haschisch, klaute in Geschäften. Was er einnahm, gab er fast alles in einer chinesischen Spielhölle in der Nähe des Stadions wieder aus.

Seine Eltern hatten keinen blassen Schimmer. Rocco besuchte die katholische Jugendfreizeit im Viertel, brachte erstklassige Schulzeugnisse nach Hause, in seinem Zimmer standen Bücher, Comics und Romane. Außerdem beherrschte er jede Menge Zaubertricks, besonders mit Spielkarten und Münzen. Dass er Spaß daran hatte, andere zu täuschen, verhehlte er kaum. Er wolle klug und böse sein, sagte er und bezog sich auf Puschkins bekannten Aphorismus, dass ein Mensch gut sein könne, auch wenn er dumm sei, ein böser aber unbedingt klug sein müsse. Ich schenkte seiner Selbstbezichtigung keine Beachtung. Rocco wollte sich nur einreden, dass man in dieser gefährlichen Welt die Ecken und Kanten seines Charakters so früh wie möglich kennen müsse, um sich bei Bedarf daran festhalten zu können. Er mochte mich sofort: Er kartografierte stets begierig Härte und Rauheit menschlicher Erfahrung, und ich hatte seinem Intellekt mein ganzes familiäres, in einer spektakulären Tragödie gipfelndes Traumatabündel zu Füßen gelegt. Doch er schlug mir nie vor, bei seinen Geschäften mitzumachen, er verlangte nur, dass ich absolutes Stillschweigen bewahrte. Von Rocco lernte ich viel über Wut und Gewalt und wie man beide einsetzt, um seine Ziele zu erreichen. Eines Nachts wurde er von mehreren Chinesen angegriffen, Handlanger aus der Spielhölle, in die er ging. Sie verprügelten ihn nach allen Regeln der asiatischen Kampfkunst, die es wunderbar versteht, dem Gegner so methodisch und fantasiereich Schmerzen zuzufügen, als gäbe es keinen Groll. Sie schlugen auf seine Schulterblätter, auf die Stelle knapp über dem Zwerchfell, zwischen wahre und falsche Rippen, auf die Musikantenknochen am Ellenbogen, Schienbeine und Fußknöchel. Gesicht, Hände und Weichteile fassten sie nicht an, so hinterließen sie kaum sichtbare Spuren und vermieden durch einen zu kräftigen Schlag verursachte innere Blutungen und gefährliche Fragen. Sie beschränkten sich auf scheinbar vernachlässigbare, regelmäßige, kleine Blutergüsse an leicht kaschierbaren Stellen. Doch in den folgenden zwölf Stunden synchronisierten sich die Torturpunkte zu einer brennenden, diffusen Schmerzbahn, die Rocco die ganze Nacht gequält über die Vielfalt von Qual und Leid nachdenken ließ.

Eine ganze Woche war er vor Schmerzen wie betäubt. Am Samstagabend lieh er sich von seinen Haschischlieferanten, zwei Puertoricanern, Geld und versprach ihnen, dafür die nächsten sechs Monate umsonst zu arbeiten. Dann begab er sich zur Spielhölle, um das Problem mit seinen Gläubigern zu klären. Danach hielt er mir einen hilflosen Vortrag über die Eitelkeit der Rache, die eher vergeblich sei, weder körperlichen noch seelischen Schmerz könne sie rückgängig machen, nur die Demütigung für einen kurzen Moment lindern, doch werde das Gefühl der Erleichterung sehr schnell durch die Furcht vor der absehbaren Vergeltung getrübt.

Einige Monate später hörte ich, wie sich Onkel und Tante über die Ermittlungen zum Tod meiner Eltern unterhielten. Bestürzt erfuhr ich, dass der Unfallhergang weniger auf verhängnisvolle Ablenkung oder Schicksal, vielmehr auf einen wahnwitzig beabsichtigten Flug über die Leitplanken schließen ließ.

Zwei Zeugen sagten aus, das Auto habe nahe der Kurve beschleunigt und auf die Begrenzung zugehalten. Da bei der Autopsie Herz- oder Hirnschlag ausgeschlossen wurden, hatte meine

Mutter also ziemlich sicher beschlossen, ihr Unglück möglichst rasch zu beenden. Mein Onkel saß in der kleinen Küche, Ellenbogen auf dem Tisch, den Kopf zwischen den Händen, und stimmte eine verzweifelte und sonderbar spiegelbildliche Elegie auf die Rache an: Was seine Schwester ihrem Mann angetan habe, sei nichts als die verdammte Strafe für die Schuld, die er in der gesamten Ehe auf sich geladen habe.

Ich nahm das zur Kenntnis.

Doch im selben Moment entdeckte ich, auf der Treppe stehend, die Arme dicht am Körper, innerlich zerrissen, das leuchtende, perfekte Bindeglied zwischen Roccos Worten und der ruchlosen Entscheidung meiner Mutter.

Rache war nicht gut.

Gewalt war sinnlos. Wut vielleicht auch.

Aber die Rache hatte mich meiner Eltern beraubt.

Wie konnte ich das je vergessen.

Anfang Dezember wurde Rocco mit fünf Gramm Gras erwischt und kam als Dealer vor Gericht. Einer Gefängnisstrafe entkam er nur, weil er noch minderjährig war; vernünftigerweise nahm er an, dass seine Komplizen, würde er ihre Namen nennen, aufklärerische Theorien über die Sinnlosigkeit von Rache kaum goutiert hätten. Ohne mildernde Umstände anzuführen, stellte er sich der wankelmütigen Härte des italienischen Rechts.

Sein Vater wandte sich an einen bekannten Anwalt und erklärte dann Rocco, er würde ihn nur aus dem Schlamassel holen, um ihn mit erheblich Schlimmerem zu konfrontieren: umfangreichen elterlichen Sanktionen. Die Verteidigungsstrategie aus makellosem Führungszeugnis, tadelloser Schullaufbahn und psychiatrischem Gutachten, das eine Mischung aus Unreife und Aufmerksamkeitsheischerei postulierte, sowie einem fiebrigen Vortrag über fehlende Moralvorstellungen und westlichen Werteverfall war so schamlos, dass sie dem Gericht glaubwürdig schien. Rocco bekam sechs Monate auf Bewährung. Die väterlichen Drohungen wurden zu eisigem Groll zurückgestuft, den mein Onkel monatelang hegte, und die Bitterkeit meiner Tante, durch Angst vor juristischen Folgen bereits erheblich abgemildert, löste sich endgültig in heißen Tränen der Erleichterung auf, als sie hörte, dass ihr Ältester nicht einen einzigen Tag in der Jugendvollzugsanstalt verbringen musste.

Roccos mephistophelische Abwege veränderten sich durch den Vorfall nicht im Geringsten. Er wurde nur erheblich vorsichtiger. Einen Gutteil des Tages erzählte er mir, auf welche Weise er seine Drogengeschäfte besser geheim halten würde.

Seine Probleme brachten mir ungeahnte Vorteile. Der Vaterinstinkt meines Onkels, durch Wut und Enttäuschung halbiert, bahnte sich schnell einen Weg zum Neffen, dem kleinen, düsteren Waisenknaben, der nie Fernsehen schaute. Ich genoss, wenn man mir nach guten Schularbeiten zufrieden auf die Schulter klopfte, und auch die kleinen Extrabelohnungen wie die Verdoppelung des wöchentlichen Taschengelds oder samstags eine halbe Stunde länger Ausgang. Mein Onkel leitete einen großen Supermarkt, und kaum war ich sechzehn, stellte er mich als Sommeraushilfe ein. Er gab mir ein altes Moped, mit dem ich Einkäufe für Senioren im Viertel auslieferte. Zwei Jahre später setzte er mich, ehe ich den Führerschein hatte, in einen Panda, womit sich mein Wirkungskreis auf andere Viertel und das umliegende Land erweiterte.

Rocco besuchte mittlerweile die Universität und transferierte seine magmatischen Theorien und einträglichen Aktivitäten in eine Großstadt im Norden. Als er wegging, vertraute er mir seine kleine Schwester an, schenkte mir ein gezinktes Kartenspiel und bot mir seinen Posten als lokaler Dealer für leichte Drogen an.

Ich musste nicht zweimal überlegen. Nicht dass ich meine Kuriereinnahmen hätte unbedingt aufbessern müssen, aber ich spürte das Bedürfnis, meine dunkle Seite zu kultivieren.

Roccos heroische Verschwiegenheit gegenüber Richtern und Ermittlern hatte ihm so viel Autorität verliehen, dass er bei seinen puertoricanischen Lieferanten jetzt ein gutes Wort für mich einlegen konnte. Kurz vor seiner Abreise stellte er mich den beiden Brüdern oder Cousins vor, die den Drogenhandel in der Gegend kontrollierten. Zwei pockennarbige, ebenso magere wie kräftige Zwanzigjährige mit der typischen Lässigkeit gewohnheitsmäßiger Haschischkonsumenten und einem Anflug von Verfolgungswahn. Als ich sie informierte, dass mein Einsatz zeitlich streng begrenzt sei, widersprachen sie nicht.

Aber auch das Dealen konnte die Hummeln nicht aus den seidigen Nestern meines latenten Wahnsinns vertreiben. Noch immer konnte ich meiner Mutter nicht vergeben, dass sie sich und meinen Vater umgebracht hatte; meinen Vater hasste ich, weil er ihr keine andere Wahl gelassen hatte.

Meine Kunden waren meistens Jugendliche aus gutem Hause, Fünfzehnjährige mit angesagtem Haarschnitt, die endlich locker genug sein wollten, um der Banknachbarin ihre Liebe zu gestehen. Sie verhandelten nie über den Preis, zogen nur das Geld aus dem Designerportemonnaie, das ihnen die Großeltern zur Firmung oder Versetzung geschenkt hatten.

Nach einem Monat meldete ich mich für einen Kung-Fu-Kurs an.

Ein halbes Jahr später fragte ich die Puertoricaner, ob sie mich nicht mit dem Crack- und Kokainverkauf in Vierteln beauftragen wollten, die der Utopie aufgeklärter Stadtplaner kaum entsprachen. Ich wollte mich mit wenig vertrauenserweckenden Leuten auseinandersetzen, die viel Geld und Skrupel im umgekehrt proportionalen Verhältnis besaßen, und an ihnen mein neues Auftreten als harter Junge mit wachsendem Bizeps austesten. Ich wollte zur Welt aus Ex-Häftlingen, Auftragskillern, verfeindeten Banden, Junkies im Endstadium und hoffnungslosen Alkoholikern, kurz gesagt, zum ganzen geistesgestörten Abschaum gehören, der die Nachtseite der großstädtischen Zivilisation beschmutzt. Doch ich begegnete jungen Uniabsolventen mit Tod's, Cavalli-Jeans und Motorola StarTAC-Handy, die angesichts der Qual einer vorgezeichneten tristen Karriere im Familienunternehmen Erleichterung suchten und deren Gewaltvorstellungen darin gipfelten, auf dem Rücksitz von Papas Mercedes die Nippel ihrer Freundin zu malträtieren.

Ich begann, in den von meinem beruflichen Trabanten erleuchteten Gesichtern nach Zeichen der Wut zu suchen. Die Arbeit als Kurier ist dafür geradezu perfekt. Nirgendwo lässt sich einfacher ein Vorwand zum Streiten finden als im dichten Stadtverkehr. Das Auto ist Gegenstand obszöner Verehrung, hervorragender Katalysator archaischer Triebe, Symbol einer Entmenschlichung, die sich schon seit Jahrhunderten vollzieht. Am Steuer, in der Zwickmühle zwischen drängendem Machtinstinkt und Metallskelett, verlässt der Mensch die konventionellen Grenzen und erobert jeden Zentimeter der Straße. Ein beinah rauschhafter Zustand.

Ich fuhr zu dicht auf. Kleine Angriffe im Schatten des Straßenverkehrs: leichte Stöße mit begrenztem Schaden. Ich sprang aus dem Auto, beschimpfte und beschuldigte, hoffte, auf die bebende Entrüstung hormongesteuerter junger Männer zu treffen, aber mir schlugen nur vernünftige Reaktionen von Menschen entgegen, die im Namen der Heiligen Mutter Versicherung bereit waren zu Verständnis und Vergebung. Ich gab mich geschlagen, lenkte ein, bot an, den Schaden auf der Stelle bar zu begleichen, ich sei Autohändler, sagte ich, damit meine Kostenschätzung eigentlich unannehmbar war. Ich hinterließ meine Handynummer, zahlte lächerliche Summen, hoffte, jemand würde anrufen und den Restbetrag einfordern, damit ich wenigstens die Reste meiner abgewürgten Wut ausleben konnte. Aber es rief nie jemand an.

Ich hatte noch immer nichts verstanden.

Meine quälende Besessenheit von der Gewalt steigerte sich langsam zu toxischer Rachsucht. In beängstigenden Halbwachzuständen malte ich mir Foltermethoden für die unbekannten Täter furchtbarer Verbrechen aus, von denen ich in der Zeitung las. Einen Kinderschänder hängte ich an den Füßen auf und entzündete unter ihm ein Feuer. Einem Gattenmörder sprühte ich Salzsäure in die Augen. Einem Seniorentrickdieb zerhämmerte ich die Finger. Ich streute Hundefutter auf den Schwanz eines Vergewaltigers und überließ ihn dann gefesselt und mit gespreizten Beinen einem hungrigen Dobermann.

Tagsüber sagte ich mir immer wieder, dass Rache keine Lösung sei und es schlimm mit mir enden würde, wenn ich nicht lernte, meine Wut zu regulieren.

Ich las Bücher über das Folterhandwerk.

Eines Abends geriet ich mit dem Rausschmeißer eines Lapdance-Clubs in Streit, weil ich einen Gast mit Pillen versorgt hatte. Der Typ packte mich am T-Shirt, zerrte mich auf den Parkplatz, und groß und massig, wie er war, hielt er blitzschnelle, unkontrollierte, brutale Gewaltausbrüche für die beste Kampfmethode.

Als Erstes beschimpfte er mich: Schwanzlutscher, die klassischen Anspielungen auf meine Herkunft, mein Vater Zuhälter, meine Mutter eine Hure.

Ich schwieg, vollauf damit beschäftigt, Art und Intensität meiner Reaktionen zu berechnen. Nach dem verbalen Vorgeplänkel, Vorspiel zu seiner eigenen Erregung, stürzte sich der Typ auf mich, ohne auch nur sein Gesicht zu schützen. Meine auffällig definierten Armmuskeln hielt er wohl für die ausgemergelten Blutgefäße eines Süchtigen im Endstadium. Er wollte mir eine Gerade versetzen, aber wendig, wie ich war, wich ich seitlich aus und verpasste ihm einen Kinnhaken. Von meiner schnellen Reaktion überrascht, geriet er ins Wanken. Ich hätte noch mal zuschlagen, ihn zu Boden strecken und die Auseinandersetzung mitfühlend beenden können, aber ich wollte es genauer wissen.

Wollte mehr über ihn und über mich erfahren.

Erst wich er zurück, die Hände vorm Gesicht, die pathetische Parodie einer Deckung, die er im Fernsehen gesehen hatte. Dann kam er vorsichtig näher. Hätte er gewusst, wen er vor sich hatte, hätte er die einzig richtige Vorsichtsmaßnahme ergriffen: schnellstens die Beine in die Hand nehmen und losrennen.

Diesmal wartete ich seinen Schlag nicht ab. Ich ließ ihn einen Moment zappeln, dann schlug ich ohne Hast zu, schnell, links und rechts, Rippen brachen, Weichteile wurden geprellt. Nach fünf Minuten war er in Schweiß und Verzweiflung gebadet. Den linken Wangenknochen zierte ein riesiger Bluterguss. Schließlich versenkte ich die Linke in seiner Leber und zerschlug ihm mit dem Ellenbogen eine Augenhöhle.

Er kippte, fiel auf ein Knie, schnappte nach Luft.

Ich ließ den Arm sinken, schob mich zwischen Kniefall und Laternenlicht. Nun stand ich über ihm, ein Konzentrat aus Schatten und Gewalt, Verkörperung von Mars, Odin oder einem anderen Kriegsgott, der wie ich Nachspiele ohne furchtbare, blutige Gewalt verachtete.

Er flehte mich an, aufzuhören.

›Es reicht‹, sagte er. ›Bitte.‹

Als Antwort trat ich ihm gegen die Brust, er stürzte der Länge nach zu Boden. Mit beiden Händen griff er sich ans Herz, die Komödie eines Liebeskranken.

Ich setzte mich rittlings auf ihn, mit dem Hintern auf den Solarplexus, blockierte mit den Knien seine Arme. Die Linke legte ich ihm auf den Mund.

Die Worte kamen von allein.

›Weißt du, was dein Problem ist?‹, sagte ich. ›Du setzt deine innere KRAFT schlecht ein. Die KRAFT hat sich deiner bemächtigt und dich in eine Gefahr verwandelt.‹

Er murmelte etwas.

›Es ist nur eine Frage der Zeit, bis du jemandem etwas wirklich Schlimmes antust‹, fuhr ich fort. ›Aber ich werde das verhindern. Wenn ich mit dir fertig bin, wirst du deine KRAFT nicht mehr missbrauchen. Ich mache dich zu einem anderen Menschen.‹

Ich steckte Zeige- und Mittelfinger in seine Nasenlöcher, beugte mich zu ihm hinunter und blickte ihn unverwandt an.

›Und am besten fange ich hier mit der Veränderung an.‹

Hilflos im Joch meines manischen Blicks und seiner bestürzten Ungläubigkeit gefangen, versuchte er nicht mal, sich unter mir herauszuwinden.

Eigentlich wollte ich ihm die Nasenlöcher mit einem Ruck zerreißen. Aus dem zerfetzten, adernreichen Nasengewebe wäre das Blut nur so herausgespritzt. Er wäre für immer entstellt gewesen. Nicht mal der größte Star der Nasenchirurgie hätte ihn wiederherstellen können.

Aber da passierte etwas.

Ich schwankte.

Mich beschlich der Verdacht, dass ich selbst von meiner KRAFT beherrscht wurde und nicht umgekehrt.

Dass die Rachsucht überhandnahm.

Er spürte mein Zögern, den unvermeidlichen Spannungsabfall in den Beugemuskeln der Finger. Eine Träne der Erleichterung oder Dankbarkeit quoll aus seinem linken Auge.

Ich nahm Finger und Hand von seinem Gesicht und wischte, ohne ihn einen Moment aus den Augen zu lassen, Mittel- und Zeigefinger sehr bedächtig an seinem Hemd ab.

Dann erhob ich mich und verschwand in der Nacht.

Am nächsten Tag informierte ich die puertoricanischen Pusher, dass ich dummerweise einem Rausschmeißer auf die Füße getreten sei und für eine Weile von der Bildfläche verschwinden müsse. Das hielten sie für keine schlechte Idee.

Onkel und Tante sagte ich, ich würde mir ein paar Monate die Welt ansehen. Mittlerweile trug ich im Supermarkt mehr Verantwortung, kein Angestellter bezweifelte mehr, dass ich zum Nachfolger auserkoren würde, doch mein Onkel stimmte ohne Weiteres zu. Zweiundzwanzig sei das richtige Alter, um die Fühler aus dem Nest zu strecken, sagte er und überwies mir am nächsten Tag achttausend Euro. Ich solle bloß nicht wiederkommen, ehe ich sie ausgegeben hätte. Offensichtlich wusste er nicht, dass ich mit meinen nächtlichen Aktivitäten mindestens das Vierfache angehäuft hatte.

Aber das Problem war nicht das Geld.

Ich nahm einen Flug nach Mexiko-Stadt, wo ich mich bei den mittelamerikanischen Drogenbossen einführen wollte. Ich wollte Menschen kennenlernen, deren Gefährlichkeit in unseren Breitengraden undenkbar ist.

Ich hatte den Atlantik erst halb überquert, als ich merkte, was für eine unglaublich blöde Idee das war. Ich entschloss mich, Mittelamerika ohne konkrete Pläne zu bereisen. Eines Tages ging ich im Urwald zufällig hinter einer Touristengruppe her. Der Tempel vor uns, erklärte der Reiseführer, sei der aztekischen Frühlingsgottheit Xipe Totec gewidmet. Der Name bedeute ›Unser geschundener Herr‹. Der Gottheit wurden furchtbare Opfer dargebracht. Unter nasalen Gesängen an die kalten Sterne hatten die Priester Gefangene bei lebendigem Leibe gehäutet und sich ihre Haut übergestreift. Eine blonde, dicke Touristin, wie eine Tropenforscherin gekleidet, schlug die Hand vor den Mund, als wollte sie verhindern, dass ihr angesichts der fragwürdigen Kleidervorschriften mesoamerikanischer Priester Laute der Enttäuschung entfuhren. Bei ihrem Anblick fragte ich mich, wie es sich wohl anfühlte, jemanden bei lebendigem Leib zu häuten.

Ich dachte an das Martyrium des heiligen Bartholomäus, an die Philosophin Hypatia aus Alexandria, die von fanatischen Christen mit nackten Händen in Stücke gerissen wurde. Ich dachte an den venezianischen Offizier Marcantonio Bragadin, der die Festung Famagosta fast ein Jahr lang gegen die Ottomanen verteidigt hatte, als man ihm fürchterlicherweise Nase und Ohren abschnitt und ihn lebendig häutete. Ich dachte an die Folter in Nordkorea, bei den Kiowa oder Lakota, an die Gräueltaten japanischer Soldaten im Chinesisch-Japanischen Krieg 1937. Ich dachte, dass alle Tyrannen der Geschichte den Sinn der immensen KRAFT missverstanden hatten.

Am nächsten Tag verließ ich Mexiko. Ich besuchte Chile, Brasilien und Argentinien. Ich überquerte den Pazifik, um Vietnam und Kambodscha zu sehen. Ich wollte alle Regionen der Welt bereisen, in denen Diktatoren herrschten, eine Art Pilgerreise entlang der Heiligtümer des internationalen Despotismus. Doch als ich in Peking vor Maos Mausoleum stand, erkannte ich, dass das Vorhaben noch unrealistischer war als die bescheuerte Partnerschaft mit mexikanischen Drogenhändlern.

Auf dem Rückweg machte ich halt in Moskau und besichtigte den Kreml, fuhr nach Minsk und besah mir den Palast der Unabhängigkeit, dann nahm ich ein Flugzeug nach Kiew und zahlte tausendzweihundert Rubel für die Besichtigung der Sperrzone zwischen Prypjat und dem Atomkraftwerk. Ich wollte den letzten sowjetischen Diktatoren der Geschichte die Ehre erweisen: Putin, Lukaschenko, dem Reaktorblock vier in Tschernobyl.

Die letzten Wochen verbrachte ich in Bukarest, Berlin, München, Wien und Madrid.

Meinem Onkel hatte ich gesagt, ich würde ein paar Monate wegbleiben. Als ich nach Italien zurückkehrte, waren daraus fast neunzehn geworden.

Zehn Tage später wurde ich vierundzwanzig.

Ich war Zigtausende Kilometer gereist, um die undurchsichtigsten, gefährlichsten Typen der halben Welt kennenzulernen. In Salvador de Bahia prügelte ich mich mit einem lokalen Capoeira-Meister. Erst als wir uns anschließend in einer Strandbar zuprosteten, erfuhr ich, dass er erst zwölf war. Nach einem Hundekampf in Buenos Aires verpasste mir ein Zwerg einen Messerstich in die Wade. In Vientiane biss mir eine Prostituierte ein Stück Ohr ab, weil ich mit gerissenem Kondom weitergevögelt hatte. Doch genauso wenig wie in zahlreichen anderen Situationen hatte ich je das Gefühl, den Kontakt zu meiner KRAFT zu verlieren oder die des Angreifers nicht mehr zu spüren. Meinen Henkersanwärter und mich verband bewusst oder unbewusst die archaische, brodelnde Essenz, die die übrige Welt vergebens versucht, unter der Grabplatte der Zivilisation zu begraben.

Mein Onkel lobte meine Sparsamkeit. Das Geld, hatte er angenommen, würde höchstens für vier Monate reichen. Ich hätte, log ich, in vielen Städten Jobs angenommen.

Außerdem sagte ich ihm, ich wolle mich an der Uni einschreiben; er bestärkte mich unerwartet eifrig. Er erzählte mir, dass kurz nach meiner Abreise vor knapp zwei Jahren drei große, bedrohliche Typen im Supermarkt aufgetaucht seien und der, der sich am wenigsten als Neandertaler gebärdete, nach mir gefragt habe.

Er habe gedacht, wenn er ihnen die Wahrheit sage, bliebe ihnen wohl nichts anderes übrig, als abzuziehen.

Er hatte recht.

Mein Onkel trat einen Schritt näher und legte mir die Hand auf die Schulter. Er habe den Eindruck, sagte er, dass zwei Jahre nicht ausreichten, um sich den Forderungen solcher Typen zu entziehen, doch nach weiteren fünf Jahren wäre der Graben wohl tief genug, um darin alles zu begraben, was ich bei meiner Abreise zurückgelassen habe.

›Du bist ein anderer Mensch geworden, oder?‹, fragte er mich mit tiefem Blick in die Augen.

›Ja‹, antwortete ich.

Rocco hatte sein Wirtschaftsstudium abgeschlossen und arbeitete nun in Mailand. Mein Onkel stellte nur eine Bedingung: dass ich ihn nicht aufsuchte. Vielleicht sah er in mir das unbewusste Reagens der überraschenden kriminellen Entwicklung seines Sohns und befürchtete eine analoge Reaktivität, sollten wir uns wiedertreffen. Oder er befürchtete, dass mich die fürchterlichen Verfolger früher oder später aufspüren würden, und wollte nicht, dass Rocco unglücklicherweise für fremde Schulden bürgen musste. Damit zeigte er die atavistische Umsicht israelischer Mütter, die während der besonders menschenverachtenden Periode des Palästinenserkonflikts ihre Kinder in verschiedenen Bussen zur Schule schickten, um sie im Fall eines Anschlags nicht alle zu verlieren.

Ich ging nach Pisa und studierte Biologie. Meinen Abschluss machte ich mit einem Jahr Verspätung, dann arbeitete ich eine Weile in einem Unternehmen, das Naturprodukte zertifizierte. Drei Jahre später zog ich nach Lucca.

Einige Monate konnte ich noch von den paar Tausendern leben, die von meinen früheren illegalen Einnahmen übrig geblieben waren, dann fand ich Arbeit in einem Tiernahrungsgeschäft. Meinen Eltern hatte ich noch immer nicht verziehen, manchmal dachte ich immer noch unvermittelt daran, wie es sich anfühlen würde, jemanden bei lebendigem Leibe zu häuten. Noch immer besaß ich die besondere, mittlerweile vielleicht sogar noch verfeinerte Begabung, Laster und Gewalt in Winkeln der Stadt aufzuspüren, wo man sie am wenigsten erwartete, es war, als führte mich ein krächzender intrakranieller Geigerzähler unweigerlich an die dreckigsten, gefährlichsten Orte der städtischen Gegenwelt. An einem Herbsttag schlenderte ich, von toten Blättern umweht, durch die Vororte und stand plötzlich, ohne recht zu wissen, wie ich dort hingekommen war, vor einem Tor. Seltsam aufgeregt, klopfte ich, ich wollte wissen, ob mich meine unbegründete, unerwartete Gewissheit, dass sich dort etwas unglaublich Gefährliches befand, nicht trog.

Es öffnete mir ein Mann in den Fünfzigern, mit geschorenem Kopf und in der befremdlichen Uniform eines chinesischen Gewehrschützen. Er wirkte so entspannt, als hätte er gerade eine befriedigende Sitzung mit erotischen Praktiken hinter sich.

Er bat mich herein.

Wir unterhielten uns bei einem Tee.

Hier würde ich nicht finden, was immer ich suchte, sagte er, es sei denn, ich hätte es dabei. Es habe keinen Sinn, verstehen zu wollen, was die Welt im Innersten zusammenhalte, ehe man nicht wisse, mit welchem Fuß man zuerst aufsteht. Die theologischen Tugenden Glaube, Liebe, Hoffnung hätten einen guten Rhythmus, auch sei das Alte Testament meist recht spannend, doch der rote Faden fehle. Er sagte, Zen könne mir nicht helfen, zu verstehen, wer ich sei, solange ich nicht verstanden hätte, was Zen sei, obwohl er die Reihenfolge der beiden Annahmen vielleicht auch verdreht habe. Man müsse kein Genie sein, um zu erkennen, dass mich weder Spontaneität, Einfachheit, Demut, Freude, Heiterkeit oder endloses Mitgefühl für alle Erscheinungen des Lebens zu ihm geführt hätten, noch die Eigenschaften, die aus einer beständigen, strengen Praxis erwachsen. Aber wie eine alte Zen-Weisheit sage: ›Eine Meile ostwärts zu gehen heißt, eine Meile westwärts zu gehen‹, und was ihn betreffe, fehle ihm der Orientierungssinn, um zu wissen, wo zum Teufel er gelandet sei, geschweige denn jemand anders. Er sagte noch einiges mehr, was teils noch seltsamer war, und als ich ihn verließ, dachte ich, dass es nicht schlecht wäre, wiederzukommen.

Also ging ich am nächsten Tag wieder hin. Ich setzte mich auf ein rundes Kissen, zusammen mit anderen, die ich nicht kannte, saß still, zählte meine Atemzüge und versuchte, mich nicht zu fragen, ob das je zu etwas führen würde.

Die Langeweile wurde zu meiner ständigen, lästigen Begleiterin, ein dunkler, tiefer, unebener Stollen, durch den man hindurchglitt und jedes Mal ein Stück Haut aufgab.

Ende November zog ich dorthin.

Seitdem sind vier Jahre vergangen.

Zen macht aus dir keinen Menschenfreund mit ewigem Idiotenlächeln im Gesicht. Zen ist die Laufmasche in dem Strumpf, der die Kameralinse trübt, die rund um die Uhr auf deine Realität gerichtet ist. Und irgendwann kannst du die Augen nicht mehr von dem leuchtenden Loch abwenden, weil du das furchtbare, berauschende Gefühl hast, jede Falte in deinem alten, müden Gesicht des tausendjährigen Wanderers spiegle sich darin. Du interessierst dich plötzlich nicht mehr für dein Spiegelbild. Und das ist gut so, weil du nun anderswo hinblicken kannst. Und wenn du das tatsächlich tust, wenn es dir gelingt, deine Aufmerksamkeit so lange abzuwenden, bis du begreifst, dass es noch anderes gibt als dein Gesicht, deinen Körper, deinen Charakter, deine Arbeit, deine Freunde und die unbedeutende Zeitspanne, die dir zufällig beschieden ist, dann wirst du eines Tages vielleicht etwas Besseres erblicken.

Und wenn du es erblickst, breitet sich ein leuchtendes, staunendes und nunmehr ewiges Idiotenlächeln auf deinem Gesicht aus.

Und was du erblickst, ähnelt dem grotesken, wackligen, heulenden, geschundenen Antlitz deines authentischen Selbst.

20

TOMMASO WAR ERST ELF JAHRE ALT, als sein Vater ihm anvertraute, dass die ungewöhnlich hohe Zahl an Hunden und Katzen im Haus nicht nur der elterlichen Tierliebe (genauer gesagt, der mütterlichen, die dann in einem eklatanten veganen Radikalismus kulminierte), sondern vor allem der Gesundheitsförderung ihres ersten und einzigen Sohnes geschuldet war. Sein Immunsystem, so Davide, werde durch den Kontakt seiner Mund- und Nasenschleimhaut mit Speichel- und Epithelpartikeln von Hund und Katzen gestärkt und das mütterliche Gewissen – durch eine bestimmte unterlassene Hilfeleistung bei seiner Geburt belastet – im selben Verhältnis entlastet. Nähere Erläuterungen zur unterlassenen Hilfeleistung verschob er dabei auf eine eher unbestimmte Zukunft.

Laut belastbarer Studien, ergänzte er, führe das Zusammenleben mit Haustieren außerdem zu einem höheren Oxytocinspiegel und der hohe plasmatische Hormonspiegel werde mit einem erhöhten psychophysischen Wohlbefinden assoziiert.

Davide dachte an eben diese Haustiere, an Tommaso und sein eigenes psychophysisches Wohlbefinden, als er sich mit kleinen Schritten dem dunkelblauen Kombi näherte. Seit ihm die Kfz-Zulassung dank eines armseligen Obolus von acht Euro und neunzig Cent offenbart hatte, wem der Focus gehörte, der ihn an jenem Abend vor drei Jahren verfolgt hatte, setzte er sein Wohlbefinden, so sein Gefühl, aufs Spiel.

Es war Diegos Idee gewesen.

»Geh und guck ihn dir einfach an«, hatte er gesagt. »Schau dem Mann ins Gesicht, der dir einen solchen Schrecken eingejagt hat. Schau, wo er wohnt, was er arbeitet, ob er wirklich so furchterregend und gefährlich ist, wie du seit Jahren denkst. Schau dem Mann in die Augen. Er hat dich mit deinen eigenen Grenzen konfrontiert. Du wirst ihm vielleicht dankbar sein. Solche Momente, sozusagen ein Persönlichkeits-Check-up, sind in Wahrheit unbezahlbar, wenn du heil davonkommst.«

Der Focus parkte auf der Via Borgo Giannotti, nahe einem kleinen Zeitungskiosk, den ein matter, träger Sommernachmittag umsurrte.

AT 802 VM, las Davide.

Das war das Nummernschild.

Fahrzeughalter war ein Gianmaria Orlandini, siebenundzwanzig Jahre alt, ledig. Er bewohnte allein eine Wohnung in der Via Sercambi, arbeitete aber auf der anderen Stadtseite.

Genau in diesem Kiosk.

Ein paar Schritte vor dem Auto blieb Davide stehen, versuchte, einen Plan zu fassen, aber sein Gehirn wollte ihn weiterhin ablenken, präsentierte ihm Bilder von Katzen, Hund und Sohn, noch dazu mehrere Nahaufnahmen, auf denen Barbara ungezwungen ihre häusliche Nacktheit deklinierte. Wahrscheinlich sollte er endlich einsehen, dass es Vergnüglicheres und Produktiveres gab als an längst vergangenen, vernachlässigbaren Verkehrsfragen zu rühren.

Wie lange hatte er schon nicht mehr mit seiner Frau geschlafen?

Mindestens einen Monat, dachte er wehmütig.

Vom Ast einer Eiche auf der anderen Straßenseite lugte ein großes Eichhörnchen herüber. Es drückte mit den Pfötchen einen trockenen Brotkanten an die Brust. Als es merkte, dass es beobachtet wurde, verschwand es mit arttypischer, bebender Aufgeregtheit im Laub.

Davide fragte sich, wie ein Eichhörnchen mitten in der Stadt überhaupt Nahrung fand. Wie konnte es genug Vorräte anlegen, um die langen Wintermonate zu überstehen?

Er hatte keine Ahnung.

Am nächsten Morgen sollte er sich wohl kurz dem Hungertod eines städtischen Nagetierchens widmen, um ihm ein paar zusätzliche heldenhafte urbane Überlebensmonate zu gewähren.

Er blickte gen Süden. Aus der majestätischen Dächerkrause der Straße erhob sich der Guinigiturm.

Er warf einen Blick auf die Uhr, kurz nach drei. Zeit zu handeln.

Langsam näherte er sich dem Kiosk und fragte sich, nicht zum ersten Mal, wie sein Peiniger wohl aussah.

Am Abend zuvor hatte er über das Facebook-Profil seiner Frau versucht, mehr über ihn zu erfahren, hatte aber als einzigen Gianmaria Orlandini nur einen alten Notar aus Capannori aufgestöbert.

Was erwartete er?

Sein Mann war siebenundzwanzig Jahre alt. Das hieß Fitnessstudio, Alkoholexzesse, Diskothekenschlägereien, Rucksackreisen, leicht zu erobernde Mädchen, Testosteron am Höhepunkt.

Wer stand im Kiosk?

Ein anonymer Hater wie Millionen andere? Ein besitzergreifender, kräftiger Typ mit einer Stalking-Anzeige? Ein Glatzkopf?

Runder Kopf, kurz geschorene Haare, Stierblick, breite Schultern? Wer riskierte eine Strafanzeige, weil ein Tollpatsch an der Ampel mangelhaftes Reaktionsvermögen bewies?

Davide blieb hinter dem Ständer mit den ausländischen Zeitungen stehen und beugte sich seitwärts, um ins Innere zu lugen.

In dem kleinen Kabuff hinter den ausgelegten Zeitschriften

stand ein magerer, junger Mann mit Brille und ordnete Papiere in eine Mappe. Als er den Eindringling bemerkte, hob er den Kopf.

»Guten Tag«, sagte Davide und machte einen Schritt zur Seite.

»Hallo«, antwortete der Mann und wandte sich wieder seinen Blättern zu.

Sichtbar unschlüssig trat Davide in den einladenden Schatten des Kiosks und näherte sich dem Tresen, hinter dem der Mann, eingerahmt von der großen Öffnung, noch immer Unterlagen kontrollierte und katalogisierte. Während er so tat, als suche er nach einer Zeitschrift, studierte er den Typ gegenüber.

Er war unglaublich mager.

Fast unterernährt.

Auf keinen Fall wirkte er wie jemand, der nachts fremde Leute provozierte. So ein Hänfling würde doch nicht durch die Gegend fahren und unvorhersehbare Reaktionen provozieren.

Brille aus schwarzem Polycarbonat, Leinenhemd, am Hals ein Silberkettchen, gelocktes Haar, Segelohren.

Am linken Handgelenk baumelte ein Kordelarmband.

Fast das Stereotyp von einem, der in den Lesesälen alter Bibliotheken Inkunabeln studierte.

Wäre er in jener Nacht aus dem Auto gestiegen, ging es Davide durch den Kopf, hätte er ihn seelenruhig an einem Ohr packen (so unangemessen abduziert, war es dafür wie gemacht), ihn mit dem Stethoskop an einen Pfahl binden und sich schließlich mit ein paar Arschtritten verabschieden können.

Nein, sagte er sich. Das ist nicht der, den ich suche.

Aber wie konnte er sichergehen?

Er fischte zwischen den ausgelegten Heften eine Gebrauchtwagenzeitschrift hervor.

»Gehört dir der Focus, der vor dem Kiosk parkt?«, fragte er, lässig blätternd.

Der junge Mann hob erneut den Kopf, diesmal leicht alarmiert. Eine dunkle Locke fiel ihm wie eine zarte Cedille in die Stirn.

»Ja«, antwortete er. »Wieso?«

»Ich überlege gerade, ob ich meinem Cousin genau so ein Auto abkaufen soll«, sagte Davide. »Selbes Modell, selbes Alter. Was hältst du davon?«

»Wovon?«

»Von dem Wagen. Wie fährt er? Macht er Probleme?«

Der Mann dachte eine Weile nach.

»Nein«, antwortete er dann. »Beim Beschleunigen qualmt er ein bisschen, aber der Mechaniker sagt, das macht nichts.«

»Wie lange hast du ihn schon?«

»Fünf oder sechs Jahre.«

»Ein Gebrauchtwagen?«

»Ja.«

»Verbraucht er viel?«

»Eigentlich nicht.«

»Als ich jung war, hatte ich einen Fiesta«, sagte Davide. »Gutes Auto, auch wenn die Lichtmaschine manchmal Ärger gemacht hat. Angeblich typisch Ford, hab ich gehört. Wie viel Kilometer hat er drauf?«

»Ungefähr zweihundertsechzigtausend.«

»Bist du der Einzige, der das Auto fährt?«

»Ja«, sagte er. »Wieso?«

Davide legte die Zeitschrift zurück. In der letzten Nacht hatte er kaum geschlafen, aber in Gegenwart seines früheren Peinigers fühlte er sich sehr klar und entspannt.

»Weil Autos komische Wesen sind«, murmelte er, den Blick auf sein Gegenüber geheftet. »Wie ein animistischer Fetisch setzen sie seltsame Impulse in Gang und verleiben sie sich ein. Wenn du einem dein Auto leihst und es dann wieder fährst, machst du plötzlich Sachen, die du nie von dir gedacht hättest.«

Der Mann steckte den Zeigefinger in den Hemdkragen.

»Zum Beispiel?«

Davide zuckte die Schultern.

»Sich um einen Parkplatz oder die Vorfahrt prügeln, einen armen Typen verfolgen, der an der Ampel zu spät losfährt.«

Der Mann öffnete langsam den Mund.

»Sachen, auf die jemand wie du im Traum nicht käme«, fuhr Davide fort. »Stimmt's?«

Keine Antwort.

Davide legte die Hände auf den oberen Rand der Auslage und beugte sich vor.

»Stimmt's?«

Der Mann nickte langsam.

»Sehr gut«, sagte Davide. »Sei besser vorsichtig, es gibt nämlich Leute, die du dir nicht einmal vorstellen willst. Die haben ein so entspanntes Verhältnis zu ihrer schlimmsten Seite, dass einem einfach nur der Mund offen steht.«

Mit diesen Worten wandte sich Davide um und entfernte sich mit kleinen Schritten.

Doch dann drehte er sich noch einmal um, um eine letzte, düstere Warnung auszustoßen, aber ihm fiel keine ein. In der Nacht hatte er lange verschiedene lapidar hingeworfene oder autoritär vorgebrachte Bemerkungen erwogen, aber er erinnerte sich an keine einzige mehr.

Mit sichtbarem Unbehagen kratzte er sich an der Stirn, ging endgültig und begab sich zum Auto.

Er stieg ein, er hatte nur zehn Minuten gebraucht. Er nahm die Brille ab, legte sie auf den Beifahrersitz, atmete tief durch, entspannte die Muskeln und drückte Zeige- und Mittelfinger leicht gegen die Halsschlagader. Er kontrollierte die Sekunden auf der Armbanduhr und zählte die Schläge.

Neunundneunzig.

Normal, sagte er sich, nach dem Spaziergang zum Auto. Nach der unerhörten Richtung, die er der Unterhaltung eben gegeben hatte.

Er hob die Hand und wiederholte das Ganze.

Siebenundachtzig.

Gut, sagte er sich und schloss die Augen, um die letzten Reste an Adrenalin und Schuldgefühlen abfließen zu lassen.

21

ZU DEN GEFÄHRLICHSTEN MENSCHEN, die mir je begegnet sind, gehörte eine sechzigjährige Kellnerin in einem Restaurant zwischen Faenza und Forlì. Ein Meter fünfzig groß und wohl nur knapp fünfundvierzig Kilo schwer. Aber keiner traute sich, ihr ernsthaft zu widersprechen. Jeder verstand sofort, dass sie, obwohl völlig klar im Kopf, jeden vernünftigen Einwand ad acta legen würde, wenn sie dir aus irgendeinem Grund die Eier abschneiden wollte. Leute wie sie wissen instinktiv, dass du dich dem, was so tief in dir wurzelt, nicht widersetzen kannst, denn früher oder später kommt unweigerlich der Tag, an dem du der Verlockung, egal auf welcher theoretischen Säule sich dein Widerwille gründet, nicht widerstehen kannst. Verlockung, genau. Das ist das richtige Wort. Was Gewalt so verlockend macht, ist nämlich, dass sich damit Probleme scheinbar schnell und endgültig aus dem Weg räumen lassen. Denk mal an den Selbstmord. Oder Menschen töten ihre Kinder oder Ehepartner, um das Problem ihrer tödlichen Krankheit aus der Welt zu schaffen. Die tückische, so geschickt euphemistische Euthanasie will eine Fehlerreihe durch den allerschlimmsten Fehler von allen beheben. Welche Fehler, fragst du? Du bist Arzt, wenn du es nicht weißt. Die Fehler können jedenfalls einen gesunden, lebensfrohen Menschen allmählich dazu bewegen, sich in ein Krankenhausbett zu legen, wo eine summende Gemeinschaft aus Ärzten und seinen Liebsten darüber entscheidet, wann und wie man ihn am besten ins ewige Nichts befördert. Wir haben vergessen, wer wir eigentlich sind. Ein greiser Cheyenne ahnt Wochen im Voraus, dass er bald sterben wird. Er zieht sich in die Wälder oder die Wüste zurück, um mit dem Wesen, das ihm diese Ahnung geschickt hat, Kontakt aufzunehmen, aber vorher hat er genügend Zeit, seine emotionale Bilanz abzuschließen und sein bisschen Hab und Gut an seine Kinder zu verteilen. Und solche Menschen haben wir einst Wilde genannt. Wie lange schon haben wir in den Industrieländern keine echte Beziehung zur Natur mehr? Wir führen unseren Hund im Park Gassi, schnuppern an den Geranien auf dem Balkon, verbringen ein paar Wochen im Jahr am Meer, in den Bergen oder spazieren auf Holzstegen um die Plitvicer Seen. Das ist kurz gesagt unser jährlicher Durchschnittskontakt mit der Schöpfung. Die restliche Zeit verbringen wir zwischen Zuhause, Büro, Fitnessstudio oder mit dem Hintern auf dem Autositz. Doch ein oder zwei Mal im Leben taucht, bei einem Waldspaziergang, aus den Tiefen der intrazellulären Erinnerung plötzlich der gespenstische Widerhall eines sehr alten Selbst auf, das nackt über einen Pfad läuft, im zeitlosen Wald verborgen, mit einem Faustkeil in der Hand. Manche Verbindungen prägen uns so tief, dass man sie nicht auflösen kann. Wieso werden sonst bestimmte Instinkte geweckt, wenn wir ein Pferd zureiten, einen Fluss betrachten oder eine Felswand erklimmen? Warum taufen wir unsere Söhne noch immer wie längst vergangene Helden? Friedrich, Alexander, Maximilian, Konstantin, Julius, Louis, Ludwig. Je nach Etymologie oder symbolischem Substrat verknüpfen wir mit dem Namen subtile Erwartung. Wenn wir unsere Erwartungen allerdings nicht durch ein psychisches Korrektiv ergänzen, können sie unsere Nachkommen ziemlich missverstehen.

Wie etwa John Wayne Bobbitt.

Erinnerst du dich noch an Bobbitt? Sein Vater wollte ihm bestimmt die Kraft und Kühnheit mitgeben, die er mit dem Schauspieler verband, aber das Ergebnis war ein vollkommen missverstandener Machismo, der Bobbitt wenig Glück gebracht hat.

Welche Ironie des Schicksals. Du nennst deinen Sohn nach einer mythenstiftenden Figur des modernen Amerika, aber er wird weltweit bekannt, weil er seine Frau vergewaltigt, die ihm daraufhin den Schwanz abschneidet, mit dem Auto die Flucht ergreift und das unrechtmäßig erworbene Gut aus dem Fenster schmeißt. Seine Frau wird zur reaktionären Heldin der feministischen Bewegung, wegen geistiger Verwirrung freigesprochen und gründet schließlich einen Verein gegen häusliche Gewalt. Der arme Bobbitt dagegen wird zum Inbegriff des Machoarschlochs, das nicht mal durch furchtbare mittelalterliche Folter dazulernt, denn schon kurze Zeit später wird er wegen Vergewaltigung einer anderen Frau festgenommen. Das Problem unseres John ist, dass er nie gelernt hat, die innere KRAFT seiner Frau anzuerkennen und zu respektieren. Wahrscheinlich gehört er zu denen, die andere nur fürchten oder respektieren, wenn sie die KRAFT deutlich zur Schau stellen; Polizisten, Soldaten, Kriminelle. Er selbst war ein paar Jahre bei den Marines, von denen er sich vermutlich weniger eine langfristige berufliche Perspektive versprach als vielmehr die institutionelle Anerkennung seiner soziopathischen Persönlichkeit. Der Widerspruch zwischen den Erwartungen, die sein Name weckt, und seiner armseligen, trostlosen Persönlichkeit hat sein Leben in ein gigantisches *koan* verwandelt.

Weißt du, was ein *koan* ist, Doktor? Eine paradoxe, unlösbare Frage, die im Zen-Buddhismus das Denken des Schülers lähmt und ihm seine Grenzen aufzeigen soll. Der Widerspruch zwischen dem Streben nach Männlichkeit und der deprimierenden Erkenntnis, sie nicht anders ausleben zu können als durch den sexuellen Missbrauch seiner Frau, hat in Bobbitts Gehirn sicher zu einem ständigen Kurzschluss geführt.

Pai-Chang hat gesagt, wer sich auf die Suche nach der eigenen wahren Natur begibt, reitet einen Ochsen auf der Suche nach einem Ochsen. Und ich füge hinzu: Der Ochse muss erst noch gezähmt werden.

Die Schwierigkeit besteht darin, nicht getötet zu werden. Man muss sich auf einem tonnenschweren Muskelpaket mit jederzeit entfesselbaren Impulsen fest im Sattel halten.

Vertrau mir, Doktor. Lerne, deine KRAFT zu reiten, oder du wirst es bereuen.

Lerne, sie zu zähmen, und sie wird dich weiter tragen, als du dir vorstellen kannst.

TEIL DREI

22

IN DIESER NACHT HATTE BARBARA einen seltsamen Traum.

Vollkommen nackt, befand sie sich in einem unbekannten Raum: ein großes, kahles, aseptisches Rechteck.

Vor ihr standen, so ungeordnet wie ein in Auflösung begriffenes Heer, fünfzig oder sechzig Menschen.

Oder noch mehr.

Alles Männer.

Auch nackt.

Weil der Raum im vagen Halbschatten lag, konnte Barbara die Männer erst nicht erkennen. Doch dann gewöhnten sich ihre Augen an das schwache Licht, das durch ein kleines Oberfenster an der Wand hereinfiel und seltsam glitschig auf drei oder vier vorstehenden Männerbäuchen flackerte.

Plötzlich erkannte sie ihren Vater.

Sein Bauch stand so prominent vor, dass Barbara den Penis nicht sehen konnte. Die anderen Männer schienen jünger, manche fast noch Kinder.

Plötzlich wusste sie, wer sie waren.

Ganz vorne erkannte sie den Jura-Erstsemesterstudenten und den Juwelierssohn aus Massarosa, ihre ersten offiziellen Freunde. Für den Jungen dahinter, einen Klassenkameraden aus dem Liceo, hatte sie im letzten Schuljahr eine überraschende, verspätete Schwärmerei entwickelt, der Junge daneben war der erste, den sie, mit vierzehn, angefasst hatte, im Schatten eines hundertjährigen Baums im Botanischen Garten von Lucca. Dann stand da ein Kollege ihres Vaters, ebenso mit Wampe; zu ihm hatte sie mit etwas über zwanzig eine seltsame, uneingestandene, gegenseitige Anziehung gespürt. Sie sah den französischen Studenten, den sie im ersten Pädagogikjahr beim Erasmusprogramm in Barcelona kennengelernt hatte, inmitten der furunkulösen Jungen aus halb Italien, die sich am Strand von Camaiore abwechselnd in sie verknallt hatten. Dahinter erkannte sie den Bademeister vom Abruzzen-Ausflug im August, als sie siebzehn war. Den bleichgesichtigen Querflötenlehrer, nächtlicher Jazzclub-Star von Versilia, und den spindeldürren Intellektuellen, der in der Bibliothek die Tageszeitungen las, Held einer lahmenden Flirt-Hypothese: als sie für Entwicklungspsychologie lernte, warfen sie sich zwei Monate lang Blicke zu. Sie entdeckte den Vater eines kleinen Patienten mit atypischem Schlucken, der ihr wochenlang Blumen geschickt hatte, und zig Unbekannte, kurze Zwischenspiele aus Zügen oder Wartesälen, die sie diskret umworben hatten.

Ihre Augen blickten in ihre.

Die Augen von Menschen, die sie geliebt oder einfach nur begehrt hatten.

Sie bewegten sich vorwärts, umkreisten sie.

Aber sie hatte keine Angst.

Sie wusste, warum sie dort waren.

Was sie vorhatten.

Sie würden sie vor dem Schrecklichen beschützen, das gleich kam.

Später verließ sie gemeinsam mit ihrem Ehemann das Haus.

Davide begleitete sie gern beim Samstagseinkauf. Er wusste, dass es sich um eine Ausnahme handelte, und hatte wenig dagegen einzuwenden, sich öffentlich ein kleines Verdienst anzuheften, das er auf der Habenseite der mehrjährigen Geschäftsbilanz des Unternehmens Ehe verbuchen konnte, dessen Gesellschafter er war.

Sie hielten in der Via del Prete, am NaturaSì. Barbara grüßte die Kassiererin, griff sich einen Einkaufswagen und lief eilig und zielsicher, eine erfahrene Kundin, durch die Gänge. Sie nahm, was sie brauchte, und legte es je nach Verdienst, nach Grundnahrungs- und Genussmitteln getrennt, in den Wagen: In der hintersten Ecke stapelten sich Vollkornnudeln, Venere-Reis, Gerste, Hirse, Couscous, Hirsemilch, Reis- und Kokosmilch, Linsen, schwarze Kichererbsen und Spargelbohnen, Agar-Agar, Nori-Algen, Seitan, Tempeh, Rosinen, Haferflocken, lösbarer Gerstenkaffee, vegetarischer Käse auf Basis von irgendwas, Leinsamenöl, gesalzene Pistazien und zwei Packungen Orangensaft. Gegenüber ruckelten, vereinzelt und verstoßen, ein holländischer Schokoladenvla und Kichererbsenriegel hin und her. Ebenso fasziniert wie vage eingeschüchtert von der Standhaftigkeit seiner Frau angesichts des einladenden Produktregenbogens in den Regalen, trottete Davide hinterher.

»Den lösbaren Zichorienkaffee nehmen wir nicht?«, fragte er und zeigte auf das Regal mit Pulverkaffee.

»Besser nicht. Bei der Hitze wird er zu einem Klumpen, durch den du nicht mal mit dem Skalpell kommst. Die letzte Dose hab ich gerade weggeschmissen, sie war noch halb voll.«

Zehn Minuten später verstauten sie die Einkäufe im Kofferraum. Als Barbara auf dem Beifahrersitz Platz nehmen wollte, hielt Davide sie auf.

»Fahr du«, sagte er.

Leicht misstrauisch blickte sie ihn an.

»Mir tut die Schulter weh«, rechtfertigte er sich. »Hartes Training gestern Morgen.«

Sichtbar aufgeregt setzte sich Barbara auf die linke Seite. Sie hatte eine Schwäche für den BMW, für das elegante Ineinanderfließen von Konkavität und Wölbung, das glottale Brummen der sechs Zylinder, die maßlose Beschleunigung. Sie parkte aus und fädelte sich mühelos in die Bundesstraße 12 ein.

»Fahren wir zur Piazza Napoleone?«, fragte Davide. »Ich muss noch eine Konzertkarte kaufen.«

»Ach, gut, dass du mich erinnerst, ich brauche auch noch zwei.«

»Für wen?«

»Stefano und Lucia können nicht, also waren zwei Karten übrig. Darum hab ich Tommaso gesagt, er kann ruhig noch Freunde mitbringen, und er wollte gern vier einladen.«

»Und wer kommt nun mit?«

»Auf jeden Fall Anna und Giorgio. Und wenn ich es recht verstanden habe, Marco und Francesca Callipo.«

»Sehr gut.«

»Ich glaube, Tommaso ist in Francesca verknallt.«

»Wieso?«

»Als er mit ihr telefoniert hat, schien er mir ein bisschen zu aufgeregt. Und als sie Ja gesagt hat, war er den ganzen Nachmittag aufgekratzt.«

»Und wie geht es dir damit?«

»Ich bin fast so aufgekratzt wie er.«

Auf der Bühne standen zwei Techniker und starrten zu den Scheinwerfern, die an den gegenüberliegenden Seiten der Piazza aufgehängt waren. Sie schüttelten die Köpfe, als hätten sie den Sinn einer rätselhaften Verkabelung vergessen, und wollten die Sache regeln, ehe jemand ihr unverzeihliches Unwissen bemerkte.

Davide und Barbara gingen zum Tickethäuschen, ein Fertigbauteil aus Kunststoff und Metall, dessen grobe Baustellenästhetik den Palazzo Ducale aus dem 16. Jahrhundert dahinter pervertierte. Drinnen am Schalter hielt eine junge Mitarbeiterin einem

Mann, einer Frau und einem kleinen Jungen eine Predigt. Alle vier standen über den Tresen gebeugt wie Biologen über eine Bakterienkultur. Anhand eines mehrfarbigen Faltblatts erklärte die Mitarbeiterin die Sitzverteilung auf der VIP-Tribüne. In einem syntaktisch rudimentären Deutsch, das durch einen maßlosen Gebrauch florentinischer postvokalischer Frikative ebenso entstellt wie geölt wurde. Alle zehn Sekunden schnellte das Wort »VIP« hervor. Vermutlich wiederholte sie es so oft, dachte Davide, um ihren Kunden jeden Restzweifel an ihrer sozialen Herkunft zu nehmen. Nach einer weiteren Minute gegenseitigen Unverständnisses löste sich die Versammlung auf: Das Paar zahlte die Tickets, nahm das Faltblatt und trat, den blonden, unentwegt hüpfenden Jungen an der Hand, auf die Piazza Napoleone.

Die Mitarbeiterin legte die Arme auf den Schalter und machte ein erschöpftes, niedergeschlagenes Gesicht. Als Barbara, die alle Facetten des toskanischen Tonfalls beherrschte und sich stets zum Helfen berufen fühlte, ihr Anliegen vorbrachte, betonte sie, wohl um die junge Frau nach der harten Prüfung des Deutschen aufzumuntern, die typischen Phoneme ihrer Heimat. Davide wurde also Zeuge einer tadellosen Zusammenkunft auf Florentisch: Während die Mitarbeiterin mit begeistertem, sehr markantem Einschlag sprach, klang Barbaras Florentinisch gedämpfter, aber fehlerfrei. Als die Tickets ausgehändigt waren, verabschiedeten sich beide mit dem sehnsüchtigen Stolz von Exilantinnen in fremden Gefilden.

Sie kehrten ins Sonnenlicht zurück und überquerten, Händchen haltend, die Piazza in entgegengesetzter Richtung.

Die Streben der VIP-Tribüne waren mit einer breiten Stoffbahn verhängt, darauf Fotos und Namen der internationalen Gäste.

Davide fiel das Riesenfoto in der Tribünenmitte auf: Neil Tennant und Chris Lowe, die Pet Shop Boys.

Barbara bezeichnete sich seit jeher als Fan der allerersten Stunde, aber ihr Ehemann hielt das für eine unglaubwürdige Selbstauskunft. Im Ausweis stand schwarz auf weiß, dass seine Frau zur Zeit von »West End Girls« erst acht Jahre alt war. Konnte man in diesem Alter schon für Synth Pop schwärmen? Barbara behauptete, ja.

Unweit der Tribüne, am Eingang zu einem kleinen weißen Zelt, standen drei Leute und unterhielten sich.

Sie erkannten Massimo Lenci sofort.

Er trug Sonnenbrille und seine übliche Uniform: ausgeblichenes Muscleshirt, Badeshorts und Clogs.

Ihr erster, durch die gemeinsame Verachtung synchronisierter Impuls war, auf dem Absatz kehrtzumachen. Babara hatte den Eindruck, die Aktivierung jeder Muskelfaser ihres Mannes wahrzunehmen. Einige Sekunden verharrten sie im Schatten des Denkmals von Maria Luisa von Spanien, eine Fleischstatue unter einer Marmorstatue. Da wandte der Junge, der in schwarzer Hose und elegantem weißem Jackett neben Massimo stand, den Kopf.

Es war Giovanni.

Er hatte die Haare geschnitten. Sein Anblick erleichterte Barbara förmlich, sie hob den Arm, deutete ein Winken an, murmelte ein tonloses »Hallo«.

Der Junge blickte sie an, ein wenig verwirrt, als würde er seine Nachbarn in einer anderen Umgebung als Garten oder Veranda nicht erkennen. Er hob die Hand und winkte zurück.

Jetzt bemerkte Massimo sie auch.

Stirnrunzelnd betrachtete er sie und redete unterdessen weiter mit dem dritten Mann, einem großen, mageren Typ in Hawaiihemd, Zigarette in der Hand.

Davide und Barbara gingen weiter.

In nicht einmal zehn Sekunden waren sie in Hörweite.

»Hallo Giovanni«, sagte Davide.

»Hallo«, antwortete Giovanni schüchtern.

»Guten Tag«, sagte Massimo, dann zeigte er, mit Blick zu seinem Freund, auf beide.

»Carlos«, sagte er, »darf ich dir meine Nachbarn vorstellen? Barbara, die schöne Frau hier, ist Logopädin. Und Davide, ihr Ehemann, Neurochirurg am Campo di Marte.«

Carlos begrüßte sie mit bedächtigem Nicken und starrte sie dabei an, als wollte er ihre Gesichtszüge einer fernen, längst vergessenen Erinnerung entreißen. Erst jetzt bemerkte Davide, dass er einen Schnurbart trug. Neben einer dunklen Gesichtsfarbe besaß er unerhört schwarzes Haar und zeigte ein vorsichtiges, keineswegs unverschämtes Interesse für die Beine seiner Frau.

Massimo legte ihm eine Hand auf die Schulter.

»Weißt du, was ein Chirurg macht, Carlos?«, fragte er.

Carlos schaute ihn an, als habe er nicht den leisesten Schimmer.

»Schneiden. Abtrennen und Wegnehmen.«

Carlos' Blick wanderte blitzschnell von Massimo zu Davide.

»Dafür werden Chirurgen bezahlt«, fuhr Lenci fort. »Sie schneiden in Haut, Gewebe, Knochen. Kein Wunder, dass Doktor Ricci mich vom Wirtschaftsleben der Stadt abgeschnitten hat. Das ist sein Job: Schneiden und Wegnehmen.«

»Wann hören Sie endlich mit dem Blödsinn auf?«, fragte Barbara.

Massimo schaute sie beinah beleidigt an.

»Ich sage nur die Wahrheit, ob's Ihnen gefällt oder nicht. Hat Ihr Mann Ihnen nicht gesagt, dass ich mich mit Gelegenheitsjobs über Wasser halten muss?«

Er nahm die linke Hand von Carlos' Schulter und legte die Rechte auf die seines Sohns.

»Zum Glück hilft mir Giovanni, er arbeitet als Kellner auf dem Festival. Das wollte er unbedingt. Er soll doch mal seine Ferien genießen, habe ich gesagt, aber er wollte nicht auf mich hören.«

Giovanni senkte den Blick.

»Ich kann mir kaum vorstellen, dass Sie sich von etwas überzeugen lassen, von dem Sie nicht sowieso überzeugt sind«, sagte Barbara.

»Was wollen Sie damit sagen?«, zischte Massimo.

»Nichts. Nichts eigentlich.«

»Denken Sie etwa, ich nutze meinen Sohn aus? Ist es das, was Sie sagen wollen?«

»Nein.«

»Doch, genau das«, gab er zurück, mit bedrohlich bebender Stimme.

»Denken Sie, was Sie wollen«, sagte Barbara und registrierte keineswegs erleichtert, dass ihr Ehemann absolut untätig blieb.

Massimo nahm die Hand von Giovannis Schulter und machte einen Schritt auf sie zu.

Carlos packte seinen Arm, um ihn zurückzuhalten, aber er schüttelte ihn ab und kam mit so langsamen Schritten näher, als wollte er der Wut Zeit geben, sich selbst zu nähren, und auf den Gesichtern der anderen ihren Widerhall genießen.

Barbara hatte ausreichend Zeit, sich zu fragen, was ihr einen größeren Schrecken einjagte, Lencis Näherkommen oder die vollkommene Reaktionslosigkeit ihres Mannes. Ihre Hände waren noch immer ineinander verflochten: Normalerweise war Davides Hand lebhaft, beredt, bebte vor Mikrosignalen, vermutlich damit sie das unschätzbare berufliche Instrument nicht zu stark drückte, doch jetzt lag sie kalt und tot in ihrer.

Er drückte nicht ihre Handfläche, um Unbehagen zu bekunden.

Er bedeutete ihr nicht mit einem kurzen Ruck, es gut sein zu lassen.

Massimo kam immer näher, Davide erstarrte zur Salzsäure.

»Ich habe euch so satt«, sagte Lenci.

Jetzt rührte sich Davide.

Seine Linke schnellte hoch, packte Lenci am Hals.

Er würgte einen Laut hervor.

Seine Augen schienen aus den Höhlen zu springen. Die Halssehnen waren gespannt wie Zugseile. Lenci erstarrte vor Erstaunen. Die ersten Sekunden war er so verblüfft, dass er nicht einmal versuchte, sich aus dem Griff zu befreien.

Carlos hob eine Augenbraue, einzige messbare Reaktion seines Erstaunens.

»Weißt du, auf was ich hier mit Daumen und Mittelfinger drücke?«, fragte Davide sehr leise. »Wohl kaum. Man nennt das Sinus caroticus. Ein hochinteressanter Punkt, weißt du das? Wenn ich noch ein wenig fester drücke, sorgt der Vagusnerv für einen steigenden Acetylcholinspiegel und der Blutdruck stürzt ab. Du weißt wahrscheinlich, was passiert, wenn der Blutdruck zu schnell abfällt. Du kippst auf der Stelle um.«

Massimo hob eine Hand und griff nach Davides Handgelenk. Er versuchte, sich zu befreien, gab aber auf, als er merkte, dass sich der Druck noch erhöhte und die Grenze erreichte, wo sein Nervensystem ihn zur Lösung der Notlage in Ohnmacht fallen lassen würde.

»Warum wohl wendet ein sonst so sanfter Mann wie ich seine Medizinkenntnisse plötzlich auf so unangemessene Weise an?«, fragte Davide.

Barbara drückte verzweifelt seine rechte Hand, die unausgesprochenen Mahnungen an Ehefrauen von Chirurgen, Musikern und Malern ignorierend.

Davide beachtete es nicht.

»Oder soll ich es anders formulieren?«, fragte er. »Warum nutze ich auf einmal mir zur Verfügung stehende Informationen, um dir etwas anzutun, und pfeife auf moralische Verpflichtungen und hippokratischen Eid?«

Davide zog seine Hand aus der seiner Frau und trat einen Schritt auf seinen Gegner zu.

»Die Antwort ist ganz einfach. Weil ich mich verändert habe. Ich bin ein anderer geworden.«

Beide standen sich jetzt frontal gegenüber, die Gesichter nur durch Davides gebeugten Arm getrennt.

»Und du darfst dich ruhig geschmeichelt fühlen«, flüsterte er beinahe, »denn das ist dein Verdienst.«

Giovanni schwelgte mit geschlossenen Augen in der virtuellen Heiterkeit eines fernen Aborigines-Paradieses.

»Und jetzt kommt die entscheidende Information«, fuhr Davide fort. »Nämlich, wie wir aus dieser peinlichen Situation wieder herauskommen. Gleich lasse ich deinen Sinus caroticus los. Ich werde den Griff sacht lösen und meinen Arm senken. Und da ist es wohl ein Gebot der Höflichkeit, dass du gewissermaßen aus Dankbarkeit bleibst, wo du bist, oder höchstens zurückweichst. Die Entscheidung überlasse ich dir. Meine Frau und ich werden dann gehen. Eine Unterhaltung einfach so abzubrechen, ist ein wenig unerzogen, aber ich fürchte, keiner ist momentan in der richtigen Stimmung dafür. Außerdem liegen unsere Einkäufe im Auto. Verderbliches Zeug, und es ist ziemlich warm heute.«

Davide reckte langsam den Hals so weit vor, dass sein Gesicht nur noch eine Handbreit von Massimos entfernt war.

»Und wenn du vorhast, mich anzugreifen, sobald ich den Griff lockere, wirst du umgehend merken, wie tiefgreifend die Veränderung ist, zu der du beigetragen hast. Wenn du glaubst, dass ich Angst habe, mich zu prügeln, oder dir als angesehener Arzt vor so vielen Zeugen keine reinhauen würde, kriegst du zu spüren, wie gefährlich Illusionen sein können.«

Barbara bemerkte, dass sie mit offenem Mund dastand.

»Der Moment der Entscheidung ist gekommen«, sagte Davide.

Er ließ los, senkte den Arm und blieb stehen, wo er war, ohne Lenci aus den Augen zu lassen.

Der schien unentschieden, was er tun sollte. Seine Unsicherheit hielt mehrere Sekunden an. Dann hob er die rechte Hand und führte sie mit zermürbender Langsamkeit zu einem nicht näher definierten Punkt zwischen seinem und Davides Gesicht.

Alle mussten sich jetzt fragen, was als Nächstes kommen würde. Sogar Giovanni hatte die Augen wieder geöffnet und verfolgte mit leerem Blick die aufwärts strebende väterliche Hand.

Endlich landete sie am schmerzenden Hals ihres Besitzers. Massimo massierte sich die Kehle, tastete sie mit seltsamer Sorgfalt ab, als wollte er sich vergewissern, dass der Vagusnerv noch an seinem anatomischen Platz saß.

Er wich einen Schritt zurück.

Davide streckte den rechten Arm seiner Frau hin und wartete, dass sie seine Hand ergriff.

Sie gehorchte.

Beide drehten sich um, um zum Auto zurückzugehen.

Barbara konnte sich nur mit Mühe dem entspannten Gang ihres Mannes anpassen.

Wieder fuhr sie. Ungewohnt vorsichtig allerdings, als fürchtete sie, durch eine allzu frohgemute Fahrt erneut die kalte Wut zu wecken, die sich bei Davide gerade gelegt hatte.

Er sagte kein einziges Wort.

Barbara nutzte die Gelegenheit mehrerer Ampeln, um zu ihm hinüberzuschielen. Sie fragte sich, ob es sich bei der nachdenklichen Stille ihres Mannes um die rituelle Selbstgeißelung eines gutmütigen, friedfertigen Menschen handelte, der Opfer eines unerklärlichen affektiven Kurzschlusses geworden war.

Nein, sagte sie sich. Das war etwas anderes. Sie suchte nach dem passenden Wort, was sie noch langsamer fahren ließ, strapazierte ihr Erinnerungsvermögen bis aufs Äußerste, und da nahm das Objekt ihrer Begierde vor der Einfahrt, unter dem wirbelnden Blinklicht als donnerndem »Heureka«, plötzlich Form an. Noch einmal forschte sie in Davides Gesicht, und da war es, das richtige Wort, mit Ausrufezeichen, ganz klar im Spiel aus Licht und Dunkel: Erleuchtung.

Sie stellte den Motor aus und holte tief Luft.

»Was zum Teufel war los, Davide?«, fragte sie und drehte sich langsam zu ihrem Ehemann um.

»Du hast deinen Nachbarn am Hals gepackt«, präzisierte sie.

»Du hast ihm gedroht«, fuhr Barbara fort. »Du hast von einer Prügelei gesprochen, davon, einem anderen Menschen etwas anzutun.«

»Ich weiß«, gab er schließlich zu. »Ich hatte keine Wahl.«

»Natürlich hattest du die.«

»Er wollte dich angreifen.«

»Das ist nicht wahr.«

»Und ob.«

»Wir hätten ihn besänftigen oder vernünftig reden können.«

»Reden?«, fragte Davide und wandte sich langsam zu seiner Frau um. »Reden?«, wiederholte er. »Mit dem? Wir hatten keine Wahl, Barbara. Wir hatten bei dem noch nie eine Wahl.«

»Dann hätten wir abhauen können. Oder lauthals schreien. Es war helllichter Tag, jemand hätte uns geholfen.«

Davide riss die Augen auf.

»Jemand? Warum hätte das jemand tun sollen? Ich habe dir geholfen. Ich. Ich bin dein Ehemann. Es ist meine Pflicht, dich zu beschützen.«

»Und wenn er plötzlich ein Messer gezückt hätte?«

»Wie denn? Er war praktisch in Badehose.«

»Was ist das denn für eine Scheißantwort?«

»Er ist nicht der Messertyp, meinte ich.«

»Ach ja, stimmt: er bevorzugt Korkenzieher.«

Barbara schüttelte den Kopf.

»Es geht nicht um das Messer, Davide. Aber du kannst auf eine Provokation nicht so reagieren. Das will ich nicht. Egal, was dir dein psychopathischer Freund eintrichtert. Wir leben im einundzwanzigsten Jahrhundert, nicht im Mittelalter. Ich will nicht, dass mein Ehemann rumläuft und Leuten bei Problemen an die Gurgel geht.«

Davide lachte seltsam auf. Barbara schaute ihn entgeistert an, als lege der ungewohnte Klang, den sie wahrnahm, den nicht gerade beruhigenden Gedanken nahe, dass sich ihr Mann vollkommen gewandelt hatte.

»Ich habe nicht vor, Leuten in Zukunft bei Problemen an die Gurgel zu gehen«, sagte Davide. »Solange es andere Möglichkeiten gibt.«

Barbara starrte ihn an, noch ratloser, offenbar wollte ihr Mann seine beispielhafte Sanftheit einmotten, ins Regal legen und sehr viel seltener hervorholen.

»Und den Vortrag, den du ihm gehalten hast?«, fragte sie. »Sinus caroticus und so? Woher hast du das?«

Davide antwortete so leise, dass sie nichts verstand.

»Hä? Was hast du gesagt?«

Er schlug die Augen nieder.

»Ich hatte mich vorbereitet.«

»Vorbereitet? Wie? Was soll das heißen?«

»Ich hab es wie Diego gemacht.«

»Das heißt?«

Davide hob vage die Hand.

»Weißt du noch, was er zu dem Typen im Mercatino del Pesce gesagt hat?«, fragte er. »Als er ihm das Messer zwischen die Eier gepflanzt und ihm empfohlen hat, in Zukunft besser auf Zehenspitzen zu gehen? Ich hab Diego gefragt, wie er drauf gekommen ist, und es war gar nicht spontan. Er hatte sich das schon länger so ausgemalt. Und nur auf den richtigen Moment gewartet.«

Barbara schüttelte erneut den Kopf.

»Womit wohl endgültig bewiesen wäre, dass der Typ vollkommen durchgeknallt ist. Oder was für Beweise brauchst du noch?«, sagte sie.

Eine Sekunde später bahnte sich ein Gedanke flugs den Weg zu ihr.

»Warte«, sagte sie zu ihrem Mann. »Warte eine Sekunde. Woher weißt du, was Diego gesagt hat, wenn du erst danach gekommen bist?«

Davide sank tiefer in den Ledersitz und schloss die Augen.

»Ich war da«, sagte er. »Ich war von Anfang an da.«

»Wie?«

Davide beugte sich vor, stützte die Ellenbogen auf das Armaturenbrett und nahm den Kopf zwischen die Hände.

»Ich war da, ich habe gesehen, wie meine Frau und mein Sohn von einem Besoffenen belästigt wurden. Aber ich habe keinen Finger gerührt. Vor lauter Angst war ich wie versteinert. Ich habe mich wie ein Wurm in einer Touristengruppe versteckt.«

»Ich ... ich versteh nicht.«

»Das ist doch sonnenklar. Ich bin ein Feigling, Barbara.«

Barbara entfuhr ein Stöhnen.

»Ich schäme mich. Ich schäme mich in Grund und Boden.«

Barbara legte ihm eine Hand aufs Knie, mehr aus Mitleid denn aus Ratlosigkeit.

»Ich wollte es nicht sehen«, fuhr Davide fort. »Aber ich kann nicht mehr so tun, als ob es Dinge nicht gibt, nur weil sie mich anwidern.«

Er drehte sich zu ihr um und blickte sie unverwandt an.

»Wie dumm muss man sein, um zu glauben, dass einen keiner

anrührt, nur weil man das für ganz und gar unmöglich hält«, sagte er. »Weil du dir alle Mühe gibst, ein guter Vater und Ehemann zu sein. Weil du jedem gegenüber sanftmütig und verständnisvoll bist.«

Er legte seine Hand auf Barbaras.

»Du weißt sehr gut, dass ich zwischen der wunderbaren Gedankenwelt, die uns zu dem macht, was wir sind, und vulgärer, voreiliger Gewalt immer einen himmelweiten Unterschied gesehen habe. Aber jetzt weiß ich, dass es reinste Zeitverschwendung war, sich über die Aggressivität von anderen zu wundern. Es gibt nur einen Weg, diesen banalen Wahnsinn, der immer wieder hochkommt, zu durchbrechen, Barbara. Wir müssen uns so akzeptieren, wie wir sind. Ich hatte einfach Angst, der zu sein, der ich bin.«

Wieder schüttelte Barbara den Kopf.

»Nein«, sagte sie. »Das bist du nicht.«

»Doch.«

Sie öffnete den Mund, doch ehe sie etwas erwidern konnte, öffnete sich die Haustür. Tommasos Oberkörper erschien im Türspalt. Er blickte zu seinen Eltern und forschte fragend in ihren Gesichtern.

Barbara zeigte einen beruhigenden, erhobenen Daumen. Tommaso zuckte die Schultern und schloss die Tür.

Barbara drehte sich noch einmal zu ihrem Ehemann um. Davide, der sich beim Anblick seines Sohns sofort aufrecht hingesetzt hatte, hielt ihrem Blick mit geradem Rücken stand, jeden Einwand würde er prompt zurückweisen.

Einen Augenblick war sich Barbara ihrer Argumente nicht mehr so sicher.

Aber sie musste ein Zeichen setzen. Die Hierarchie wiederherstellen. Was konnte sie sagen?

»Heute trägst du die Einkäufe rein«, forderte sie ihn auf.

23

Er starrte eine Weile in die Dunkelheit, zwang sich, sich nicht zu bewegen.

Weitere zehn Minuten wartete er noch, als er plötzlich das leichte Schnarchen von der anderen Bettseite hörte. Da stand er auf und nahm seine Kleidung vom Stuhl.

Dass Barbara mitten in der Nacht aufwachte, war unwahrscheinlich, er würde einfach sagen, in der Klinik habe es einen Notfall gegeben. Er betrachtete sie aus der Nähe. Sie lag auf der Seite, die Arme ins Nirgendwo gestreckt. Vorsichtig streichelte er über ihre Finger.

Ein Blick auf den Wecker.

Zwanzig nach zwölf.

Er verließ das Schlafzimmer, zog sich ohne Hast im Badezimmer an, nahm die Kontaktlinsenpackung aus dem Kosmetikschrank und setzte sich welche ein.

Es war noch Zeit.

Eigentlich hatte er ziemlich schnell erkannt, dass die Sonnenterrasse auf dem Dach sinnlos war. Niemand in der Familie war fanatischer Anhänger von Ganzkörperbräune, Hydromassagen oder Grillpartys mit Freunden. (Im Übrigen tendierten Letztere durch Barbaras Übertritt zu den Veganern gegen null.) Das Schicksal des Whirlpools war geradezu emblematisch: Im ersten Sommer hatte sich Barbara noch ausgemalt, wie sie eng umschlungen mit Tommaso das hypnotisierende Kollern genießen würde, doch kaum hatte sie die Hydromassage in Gang gesetzt, schrie das ohnehin misstrauische Kind vor Schreck hysterisch auf.

Doch eine laue Sommernacht verleiht sogar architektonischem Firlefanz von zweifelhaftem Nutzen Bedeutung. Davide nahm einen Plastikstuhl vom Stapel in der Ecke, schob ihn nah ans Geländer und setzte sich.

Er legte den Kopf zurück, über ihm leuchteten die kalten Sterne.

Wo war der Große Bär? Der Kleine Wagen? Kassiopeia?

Er fand sie nur mit Mühe. Tommaso hatte ihm die wichtigsten Sternbilder erklärt, aber ihn interessierten an der Astronomie höchstens die anekdotischen Auffälligkeiten, wie sie populärwissenschaftliche Monatshefte verbreiteten: Auf dem Neptun regnet es Diamanten. Auf dem Mars erhebt sich ein mehr als fünfundzwanzig Kilometer hoher Berg. Der Saturn hat eine so geringe Dichte, dass er auf dem Wasser schwimmen würde. In unserem Sonnensystem geht die Sonne nur auf der Venus im Westen auf.

Solche kurzen Schnipsel verflocht Tommaso schon länger mit komplizierteren Betrachtungen zur Natur des Universums, da ihm das prinzipielle väterliche Desinteresse an dem Thema nicht entgangen war.

Tommaso besaß eine ganz eigene, begeisterte Art, Dinge zu erklären. Er wäre ein ausgezeichneter Lehrer, dachte Davide und hoffte, er würde sich für den Beruf entscheiden. Wie sein Vater unterstützte er jede Neigung seines Sohns abseits der Medizin, vielleicht aus Angst, eine möglicherweise bescheidene Karriere des Sohns würde im Rückblick auf die eigene zurückfallen, das heißt, die Leute würden die ausgebliebene Weitergabe der väterlichen Begabung einem genetischen Mangel zuschreiben. Außerdem sollte Tommaso eines Tages keinesfalls der erbärmlichen Versuchung erliegen, ihm unbedingt die Haltlosigkeit seiner medizinischen Ansichten beweisen zu müssen.

Der Himmel war an den Rändern der Milchstraße jetzt schieferfarben.

Beim Vater-Sohn-Konflikt musste er immer an den katalanischen Dichter und Lehrer Pedro Bach-y-Rita denken. Er hatte 1959 einen verheerenden Hirnschlag erlitten, der zu Aphasie und halbseitiger Lähmung führte. Da das übliche Rehabilitationsprogramm keine Wirkung zeigte, entschloss sich sein Ältester, George, der Psychiater war, ihn einer sozusagen intuitiven Behandlung zu unterziehen. Sein einziger Anhaltspunkt, schrieb er später, war die Art und Weise, wie Kinder sich die Welt erobern. Als Erstes brachte er seinem Vater wieder das Krabbeln bei. Die Nachbarn kritisierten ihn scharf: Einen Lehrer zu zwingen, sich wie ein Tier durch den häuslichen Garten zu bewegen, sei unschicklich. Aber George vertraute seinem Gefühl. Er animierte seinen Vater als Nächstes zu ersten Laufversuchen, mit den Händen an der Wand. Und rollte, wenn er saß, Murmeln über den Boden, nach denen er greifen sollte. Monatelang ging George nach dieser Didaktik vor, und am Ende überstieg das Ergebnis alle Erwartungen bei Weitem: Gut ein Jahr nach dem Schlaganfall kehrte Pedro an das City College in New York zurück.

Als Pedro einige Jahre später an einem Herzinfarkt starb, ergab die Autopsie, dass seine wiedererlangten motorischen und kognitiven Fähigkeiten jeder biologischen Grundlage entbehrten: Das Gehirn war großteils noch immer eine vollkommen nutzlose, schwammige Masse. Aber die verbliebenen Hirnressourcen hatten die Verluste durch Georges geduldige Anstrengungen wieder wettgemacht. Das galt in der Wissenschaft bis dahin als undenkbar, der Fall läutete eine entscheidende Wende in der Medizingeschichte ein.

Mit der Zeit war Davide zur Überzeugung gelangt, dass sich die Vater-Sohn-Rollen an einem bestimmten Punkt ihres holprigen Weges umkehrten. George war die Aufgabe zugefallen, seinen Vater von Grund auf neu zu erziehen, ihm hingegen die weitaus undankbarere Mission, den väterlichen Überzeugungen im Wesentlichen zu widersprechen.

Er dachte an die Vaterfigur, die er wohl sicher erfolglos versucht hatte zu verkörpern.

Er dachte an all die Väter und Söhne der Welt, deren hoch entwickeltes Gehirn von Liebe und Feindseligkeit geprägt war. An das Dilemma der Männlichkeit, unterschwellige Feindseligkeit, inneren Groll. Den schweigsamen Code unversöhnlicher Paralleluniversen.

Als Davide vor einem Jahr an einem Weiterbildungskurs am Hammersmith Hospital in London teilgenommen hatte, hatte er miterlebt, wie jemand aus dem Koma erwachte. Der junge Statistiker war Opfer eines an Absurdität kaum zu überbietenden Unfalls geworden. Eine fehlerhafte Drohne war auf sein Auto gestürzt, der Innenspiegel hatte seinen Kopf durchbohrt. Wenige Minuten vor dem Unfall hatte er erfahren, dass seine Frau im dritten Monat schwanger war. Fast dreiundzwanzig Wochen lag er im Koma, wachte aber exakt in dem Moment auf, als sein Kind das Licht der Welt erblickte, so als hätte das kleine Gehirn seines Sohnes seines zur Ordnung gerufen und seinem getrübten Restbewusstsein befohlen, aus dem auf unbestimmte Zeit verlängerten Schlaf zu erwachen und sich um seinen hilflosen Nachwuchs zu kümmern.

Ob es zwischen ihm und Tommaso je eine ähnlich übersinnliche Verbindung gegeben hatte, eine Gemeinschaft im Geiste jenseits aller Rivalität? Was lernte sein Sohn von ihm? An was sollte er sich einmal erinnern?

Davide zuckte mit den Schultern und spürte einen leichten Stich im linken Trapezius. Seit einer Woche ließ ihn der Trainer bis zur Erschöpfung am Boxsack trainieren, seine Muskeln schmerzten ununterbrochen.

Er stand auf und massierte sich den Nacken.

Dann wandte er sich zur Treppe.

Um Punkt ein Uhr stieg er in den BMW. Er fuhr aus der Einfahrt, kurz hinter der Metallsäule erkannte er den dunklen Schatten.

Er hielt, Diego öffnete die Beifahrertür, grüßte mit einem Nicken und nahm Platz.

»Bist du bereit?«, fragte er.

»Und ob. Wohin fahren wir?«

»Lido di Camaiore.«

Davide bog in die Via Savonarola ein und achtete bei der Weiterfahrt darauf, das Gaspedal nicht zu weit durchzutreten. Wenn sie im Auto unterwegs waren, fragte er sich jedes Mal, wieso ein Ex-Schläger, ein nur bedingt reumütiger Drogendealer, für den das Gesetz nur ein abstraktes Prinzip neben anderen war, sich Sorgen machte, weil jemand die zulässige Höchstgeschwindigkeit um zwei Stundenkilometer überschritt.

Was Diego wohl in Lido di Camaiore wollte? Davide befürchtete, er wollte seine neue Achtsamkeit einem Crashtest unterziehen. Nichts würde allerdings an das grandiose, furchtbare Pathos seiner Hand am Hals seines Nachbarn heranreichen, auch wenn er das gedanklich noch gar nicht richtig durchgegangen war. Was hatten ihm die fünf Minuten rauschhafter, hitziger Wahnsinn gebracht?

Ihm fiel nichts ein, nur einer dieser Zen-Sätze, die mit ihrer augenscheinlich konfusen Aporie benebelte Gehirne wachrütteln sollen:

Richtig und Falsch sind Weidestricke für Esel.

Da erinnerte er sich an das Konzert. Er kramte im Türfach.

»Morgen Abend spielen die Pet Shop Boys«, sagte er. »Auf der Piazza Napoleone.«

»Und?«

»Hier, nimm«, sagte Davide und reichte Diego die Eintrittskarte.

»Für mich?«

»Morgen ist Barbaras Geburtstag, wir haben ein paar Freunde zum Konzert eingeladen.«

»Ich bin kein Freund deiner Frau.«

»Wohl wahr. Aber vom Ehemann, das reicht.«

»Ist sie einverstanden?«

»Sie weiß es nicht. Ich hab ihr nicht gesagt, dass die Karte für dich ist.«

»Nicht gerade sehr loyal.«

»Stimmt. Ich setze ganz auf ihre melancholische Stimmung in Anbetracht dieses weltbewegenden Meilensteins, und kurz bevor es losgeht, mache ich euch einfach miteinander bekannt.«

»Wir kennen uns schon.«

»Wir gehen besser auf Reset.«

»Und um welchen epochalen Meilenstein geht es?«

»Sie wird vierzig.«

»Ist es so wichtig, dass deine Frau mich gut findet?«

»Nein, aber sie muss dich ja nicht unbedingt furchtbar finden.«

Davide lenkte das Auto durch den aufgekratzten Samstagabendverkehr. Grüppchen junger Leute fuhren von einem Club zum nächsten, zum Meer, dorthin, wo der nächtliche, geheime Sinn aller Dinge auf sie wartete.

Nach zwanzig Minuten erreichten sie Camaiore.

Davide fand einen Parkplatz am Viale Capponi, beinah ein Wunder. Sie liefen ein paar Hundert Meter. Die Nacht war angenehm lau, trunken von seltsamer Sanftheit. Ein junges Paar stieg eine Hoteltreppe hinauf, seine Hand fest auf ihrem Hintern. Es herrschte in dieser Gegend eine seltsame Ruhe, eine ahnungsvolle Stille, die nicht unbedingt bedrohlich war. Davide fragte sich unwillkürlich, was er hier überhaupt machte, mitten in der Nacht, dreißig Kilometer von zu Hause, mit einem Unbekannten, den er gerade als Freund bezeichnet hatte.

Sie betraten den Pinienwald.

Davides innere KRAFT zuckte leicht zusammen. Nur mit Mühe kämpfte sie sich durch einen Haufen irdischer Wünsche. Etwas in ihm wollte lieber wieder ins Bett und dem Atem seiner Frau lauschen.

Was machte er hier überhaupt?

Eigentlich sollte er zu Hause auf seiner Sonnenterrasse sitzen und in den milchigen Kosmos gucken. Auf zweiundvierzig Quadratmetern kostbarem afrikanischen Iroko-Holz, die er gerade erst mit Bedeutung aufgeladen hatte – einer Bedeutung allerdings, die die Sonne im Kompositum verhöhnte. Eigentlich sollte er in den Himmel schauen und voller Spannung auf die spektakuläre Agonie eines unendlich weit entfernten Sterns warten.

Schon in wenigen Stunden würde er mit seinem Sohn in heiterer Küchenatmosphäre schweigend frühstücken. Sie mussten nichts reden, genossen einfach das gegenseitige Desinteresse.

»Hier ist es«, sagte Diego plötzlich und blieb fast genau in der Mitte des Pinienwalds stehen.

»Was suchen wir?«

»Problematische Leute.«

Ungefähr hundert Meter weiter standen drei Personen, Bierflasche in der Hand. Links davon, noch weiter entfernt, redeten zwei junge Männer heftig aufeinander ein.

»Was soll ich machen?«, fragte Davide.

Im Schattenkegel einer erloschenen Straßenlaterne flackerte eine Streichholzflamme über vier weitere Körper.

»Ich gehe jetzt«, sagte Diego. »Du lehnst dich an einen Baum und wartest. Es wird jemand kommen.«

»Wie jemand?«

»Ein Dealer, eine Prostituierte. Ein Junkie, der Geld braucht. Wenn du Glück hast, ein professioneller Dieb.«

»Machst du Witze?«

»Nein.«

»Und wenn keiner kommt? Ein Mann allein, hier an diesem Ort. Ist das nicht irgendwie verdächtig? Jemand könnte mich für einen Zivilbullen halten.«

»Du siehst nicht aus wie ein Zivilbulle.«

»Wie sehe ich denn aus?«

»Wie ein guter Beobachter, was auch stimmt. Die wissen längst, wer wir sind. Spätestens seit wir auf die erste Piniennadel getreten sind.«

»Was soll ich also machen?«

»Warten.«

»Und beim Warten?«

»Du unterdrückst alles.«

»Was soll ich unterdrücken?«

»Jeden Impuls, außer dem sicheren Gefühl, alles unter Kontrolle zu haben.«

»Wenn also einer kommt und mich fragt, ob ich was brauche ...«

»Dann antwortest du. Du bist doch gut erzogen, oder?«

»Und was sage ich?«

»Brauchst du etwas?«

»Nein.«

»Also sagst du *nein*.«

»Und wenn jemand böse Absichten hat?«

»Der merkt gleich, dass er dich gar nicht erst fragen muss, weil er nichts von dir kriegt.«

»Und wie zeige ich ihm das?«

»Das merkt er von allein.«

»Woher weißt du das so genau?«

»Er sieht es, er riecht es. Mit dir ist etwas passiert, das kapiert jeder. Du bist nicht mehr derselbe.«

»Er riecht es?«

»Genau.«

»Erklär's mir genauer. Da kommt also ein Typ mit einem Messer ...«

»Ein Messer? Das ist nicht gesagt.«

»Tun wir so, als ob. Der Typ kommt, quatscht wie üblich herum und zückt plötzlich ein Klappmesser. Kann ich dann nichts weiter tun, als zu hoffen, dass er nicht erkältet ist?«

»So würde ich das jetzt nicht sagen.«

»Ich weiß noch immer nicht, wie ich da heil rauskomme.«

»Du könntest ihm beispielsweise geben, was er will.«

»Das werde ich mir merken. Was noch?«

»Das habe ich schon gesagt.«

»Dann wiederhol es noch mal. Damit ich es wirklich noch weiß, wenn es so weit ist.«

Diego trat einen Schritt näher und drückte ihm, ungefähr in einer Linie mit den Brustwarzen, einen Finger aufs Sternum. Davide hatte in den letzten Wochen fünf Kilo abgenommen und hoffte absurderweise, ihm würde auffallen, wie stark sich dadurch seine beginnende Gynäkomastie zurückgebildet hatte.

»Dort drinnen«, sagte Diego, »gibt es etwas, das immer schon da war. Du wusstest es nur nicht. Jetzt weißt du es. Das ist alles.« Er spreizte die Finger und legte ihm die Hand aufs Herz.

»Dein neues Bewusstsein hat die KRAFT aktiviert. Das war keine langsame Entwicklung, das war auf einmal da. Du bist erleuchtet oder nicht. Du bist verliebt oder nicht. Bereit oder nicht. Jetzt bist du bereit. Deine KRAFT kontrolliert die KRAFT der anderen. Deine Aggressivität respektiert die der anderen. Sie hält sie in Schach und hemmt sie. Wenn wir eines Tages mit unseren tiefsten Instinkten Freundschaft schließen, ändert das alles, denn nichts verbindet uns so stark wie die Gewalt. Das Zeichen unserer Brüderschaft.«

Diegos Hand wanderte von seiner Brust zur Schulter.

Brüderschaft, dachte Davide.

Und plötzlich spürte er, dass das, was sie vorhatten, doch auf festem Fundament stand. Er hatte ja noch Zeit, sagte er sich. Die Schönheit und Süße der Schöpfung konnte er später noch genießen, im Übrigen würde die Süße ihm wohl kaum zu neuen Einsichten verhelfen.

»Bist du bereit?«, fragte Diego.

Davide nickte. Da drehte sich Diego auf dem Absatz um, ging in seinem geschmeidigen, entspannten Gang und verschwand im Schatten des Weges, den sie gekommen waren.

Davide kontrollierte die Uhrzeit.

Ein Uhr sechsunddreißig.

Er lehnte sich an einen Baumstamm, suchte nach einer angemessenen Haltung, blickte nach rechts und links, prägte sich zur besseren Orientierung ein, wo die anderen standen.

Einer der Biertrinker beobachtete ihn. Die beiden anderen setzten sich gleichzeitig, mit derselben gleichmäßigen Bewegung eine identische Baseballkappe auf. Davide war versucht, das aus paranoider Perspektive zu interpretieren. Wohl besser, sagte er sich, es erst gar nicht zu interpretieren.

Die beiden Typen links hatten ihre Position nicht verändert, standen noch immer im Gravitationsfeld des anderen.

Einer der vier unter der Straßenlaterne war verschwunden.

Er wandte den Kopf und sah jemanden durch den Pinienwald rennen.

Er lief in Diegos Richtung. Zwei Sekunden später war er hinter ihm. Mit einem seltsamen Hüpfer versetzte er ihm einen Faustschlag auf die linke Nackenseite.

Diego taumelte, die Linke am Kopf.

Davide riss den Mund auf.

Der Mann beendete fast anmutig den Faustschlag und ging genau hinter Diego in Stellung. Diesmal landete seine Faust, in eindeutiger, perverser Symmetrie, auf der rechten Nackenseite.

Diego ging zu Boden, auf Hände und Knie.

»Hey!«, schrie Davide.

Der Mann drehte sich nicht mal um. Er hatte eine Aufgabe zu erledigen und wenig Zeit. Er holte mit dem rechten Bein aus und trat dem Mann am Boden in die Rippen. Der steckte das mit einem erstickten Stöhnen ein.

Davide rannte los.

»Hör auf!«, schrie er. »Hör auf, du Arschloch!«

Diego fiel seitwärts, der Mann neben ihm drehte sich um.

Davide ging langsamer, blieb schließlich stehen.

Es war der Mann aus dem Cabrio.

Er erkannte das narbenentstellte Gesicht, das ungesunde Weiß im linken Auge wieder.

Mit leicht geneigtem Kopf und ohne offensichtliche Neugier beobachtete der Mann den neuen Gegenspieler.

Dann bewegte er sich langsam seitwärts, den linken Zeigefinger auf Davides Füße gerichtet, als wolle er ihm bedeuten, man könne das Problem als gelöst betrachten, sofern er die Höflichkeit besäße, zu bleiben, wo er war. Dabei ließ er Davide nicht einen einzigen Moment aus den Augen, womit er ausdrücklich anerkannte, welche Gefahr er für ihn darstellte, offensichtlich hatte er seine einschüchternden Fähigkeiten erkannt, deren Realitätsgehalt Davide allerdings lieber nicht überprüfen wollte. Besser war es, die beidseitigen inneren KRÄFTE sorgten für eine Waffenruhe. Als der Mann augenscheinlich annahm, weit genug entfernt zu sein, rannte er blitzschnell zur Westseite des Pinienwalds.

Davide unterdrückte den Instinkt, sich sofort auf seinen

Freund zu stürzen. Zuerst musste er sicherstellen, dass kein anderer Geistesgestörter über ihn herfallen würde, wenn er ihm half.

Er blickte sich rasch um.

Kaum überrascht bemerkte er, dass sich alle verkrümelt hatten. Ziemlich sicher schon nach dem ersten Faustschlag.

Jetzt verlor Davide keine Sekunde mehr. Er lief rasch zu Diego, beugte sich über ihn, drehte ihn vorsichtig um, kontrollierte Atem und Puls, hob das rechte Lid an, das linke und ließ seinen Blick mehrmals flüchtig über die Umgebung schweifen. Er musste nichts sehen, wenn er den Kopf auf Frakturen überprüfte, Hals und Nacken vorsichtig mit Fingergliedern und -kuppen abtastete, in der hoffentlich berechtigten Annahme, dass nichts Schlimmes passiert war.

Auf jeden Fall musste er sofort ins Krankenhaus.

Ja. Er würde seinen Freund auf die Krankenhausliege legen und sich setzen, um die genauere Untersuchung abzuwarten. Erst dann würde er sich mit den vielen Fragen beschäftigen, die ihm auf einmal durch den Kopf schwirrten. Vor allem musste er dringend verstehen, wo Diegos innere KRAFT gewesen war, als die KRAFT, die seine offensichtlich ignorierte, dem Armen ein paar verpasst hatte.

24

BARBARA WACHTE KURZ NACH ZWEI AUF. Das war für sie ungewöhnlich, normalerweise schlief sie spät ein und wachte früh auf, es gab keine physiologischen Notwendigkeiten oder geheimen Sorgen, die sie mitten in der Nacht aufschrecken ließen. Sie brauchte drei oder vier Sekunden, um sich zu orientieren, und noch einmal so lange, bis sie merkte, dass Davide nicht neben ihr lag.

Epaminondas schlief zusammengerollt auf der Kommode.

Wo war ihr Mann? Vielleicht im Bad, dachte sie, aber als sie sich auf die andere Seite lehnte, sah sie, dass Hemd und Hose nicht auf dem Stuhl lagen. War er zu einem Notfall ins Krankenhaus gerufen worden? Das kam vor. Es wunderte sie nicht, dass sie nichts gemerkt hatte. Davide trug nachts einen Piepser am Handgelenk, der ihn diskret alarmierte, im Übrigen hatte Barbara einen so festen Schlaf, dass ihr Ehemann seine Arbeit genauso gut hätte im Schlafzimmer erledigen können, samt Operationsteam und Spotifys Surgeons Soundtrack im Hintergrund.

Doch dann fiel ihr die Brille auf dem Nachttisch auf.

Komisch, dachte sie.

Davide trug Kontaktlinsen wirklich nur bei seinem Boxunterricht. Sonst hatte er noch nie welche eingesetzt.

Sie legte sich wieder hin und versuchte, die summende Wabe aus Angst, die sie geweckt hatte, zum Schweigen zu bringen. Sie wollte gerade gewissen Ängsten, die aus den Ereignissen des gestrigen Vormittags rührten, die Schuld dafür geben, da erkannte sie das wahre Problem.

Es war der 31. Juli.

Ihr Geburtstag.

Seit etwas mehr als zwei Stunden war sie vierzig.

Ihre Jugend war offiziell vorbei. Ihr Leben also, nach einem aristotelisch zwar unzutreffenden, aber allgemein akzeptierten Identitätsprinzip.

Faktisch gesehen war sie tot. Ein Fossil, wenn auch gut erhalten. Ein Meisterwerk der Taxidermie. Ein für immer in einem kryogenen Behälter vergessener Körper. Ihre Seele hatte die zwei Münzen schon in die Hand des Fährmannes gelegt, der sie übersetzen würde.

Sie starrte an die Decke.

Ich bin hier, dachte sie, sterbe Sekunde für Sekunde, und mein Ehemann rettet wer-weiß-wo das Leben von einem Fremden.

25

Noch im Auto öffnete Diego die Augen. Die Rückenlehne war zurückgeklappt, er erblickte den stoffbezogenen Dachhimmel des BMW.

Davide saß neben ihm am Steuer und fluchte mit hingebungsvoller Sturheit.

»Was ist los?«, fragte Diego.

»Ich hab mich verfahren«, antwortete Davide. »Wie soll man sich bei diesen scheiß Einbahnstraßen auch zurechtfinden.«

»Wieso liege ich hier?«

»Kannst du dich nicht erinnern?«

»Was meinst du?«

»Wie fühlst du dich?«

»Ich weiß nicht. Was ist passiert?«

»Ich erklär's dir gleich. Sag mir, wie du heißt.«

»Wie ich heiße?«

»Antworte bitte.«

»Diego.«

»Wie alt bist du?«

»Dreiunddreißig.«

»Und wer bin ich?«

»Davide Ricci. Neurologe. Verheiratet mit Barbara, Logopädin und Tierfreundin. Vater eines Sechzehnjährigen, der an die künftige Besiedlung des Universums glaubt.«

»Schließ die Augen. Kannst du dir mit dem linken Ringfinger an die Nasenspitze fassen?«

»Mit dem Ringfinger ... Halt ... ist das ein neurologischer Test? Hab ich eins auf den Schädel gekriegt?«

»Im Pinienwald ist einer über dich hergefallen, vor ungefähr zehn Minuten. Ich musste dich zum Auto schleppen.«

»Wer?«

»Ein ganz schön kräftiger Typ, mit einer schrecklichen Narbe im Gesicht und einem trüben Auge. Du kennst ihn: An einer Ampel hast du mit ihm gequatscht. Damals, als ich dich verfolgt habe.«

Diego kramte stirnrunzelnd in seinem Gedächtnis.

»Ah ja«, sagte er schließlich. Er hielt sich am Türgriff fest, zog sich langsam hoch, drückte seitlich am Sitz herum, um die Lehne aufzurichten.

»Ich hab irgendwie Kopfschmerzen«, murmelte er.

»Ich bring dich ins Versilia«, sagte Davide. »Es sind nur ein paar Minuten. Falls ich es irgendwann finde. Dort kenne ich wen, dann geht's schneller.«

»Ich brauch kein Krankenhaus.«

»Und ich nicht deine Meinung! Wir machen ein CT und dann gehen wir wieder.«

Diego zog den Kopf ein, keineswegs überzeugt.

»Wer war der Typ?«, fragte Davide.

»Keine Ahnung. Ich hab ihn nur das eine Mal gesehen.«

»Was hat er gegen dich?«

»Woher soll ich das wissen.«

»Das glaub ich dir nicht.«

»Okay, vielleicht hab ich ihm damals ein paar Sachen an den Kopf geworfen.«

»Und das wäre?«

»Weiß nicht mehr genau.«

»Denk nach.«

Diego brachte eine Hand zum Nacken und tastete vorsichtig.

»Er ist ein bisschen zu schnell gefahren«, sagte er. »Ich habe ihn eingeholt und, glaube ich, gesagt, dass nur Arschgesichter ihr Leben und das anderer aufs Spiel setzen, nur um fünf Minuten früher da zu sein.«

»Das war alles?«

»Hmm. Vielleicht auch noch, wieso sich jemand freuen sollte, wenn er fünf Minuten früher da ist, dann müsste der sein Gesicht ja fünf Minuten länger ertragen.«

»Und er?«

»Nichts. Bei Grün ist er weitergefahren.«

»Warum hast du das gesagt?«

»Ich hab's dir doch erklärt, wenn ich im Auto sitze, verändert sich meine Einschätzung von dem, was geht und was nicht.«

»Wie hat er dich bloß gefunden?«

»Keine Ahnung. Aber wenn du dich unbedingt rächen willst, findest du, wen du suchst.«

»Meinst du, er ist uns gefolgt?«

»Möglich. Oder Zufall. Er hat mich gesehen, erkannt und die Gelegenheit genutzt.«

»Und was willst du jetzt machen?«

»War eben nicht die Rede von einem CT?«

»Mit dem Typen. Willst du dich auch rächen?«

»Red keinen Quatsch. Für mich ist die Sache erledigt. Er hat gekriegt, was er wollte, und ich hab mal wieder gelernt, dass schlechte Manieren ihren Preis haben. Heute bezahle ich mit einer Gehirnerschütterung.«

»Wenn du Glück hast.«

Sie erreichten den Platz vorm Versilia. Diego öffnete die Tür, wurde von Schwindel gepackt, fing sich gerade noch rechtzeitig.

»Ich werde schon nicht sterben«, sagte er, als Davide ihn stützte. »Heute jedenfalls noch nicht.«

26

IN DIESER NACHT WACHTE TOMMASO zum zweiten Mal auf. Das war für ihn nichts Neues. Sein Schlaf wurde von Mikroerwachen unterbrochen, er tauchte aus blassen Apnoen auf, trieb im Vorhof des Erwachens und beobachtete das Aufsteigen flüchtiger Ahnungen oder langer, durchdachter Monologe, die er bei Tageslicht zuverlässig als lächerlich oder kindisch abstempeln würde.

Sein Problem war seine animalische Erregbarkeit. Sein Schlaf wurde schon vom Geruch nach frisch gewaschenem Pyjama, dem Lichtstrahl, der durchs Schlüsselloch fiel, oder dem Schwirren von Cochises Ohren gestört. Einmal wurde er wach, weil aus dem Hemd über der Stuhllehne eine Nivea fiel.

Kurz nach Mitternacht hatte ihn schon einmal etwas geweckt, der Holzbelag vom oberen Stockwerk knarrte. Wer war jetzt auf dem Dach?

Er hätte nachschauen sollen, aber eine Minute später war er schon wieder eingeschlafen. Als er das zweite Mal aufwachte, um kurz nach zwei, fühlte er sich wacher, aufmerksamer und aufnahmefähiger denn je.

Er wusste sofort, warum.

Heute hatte seine Mutter Geburtstag.

Und am Abend war das Konzert.

Und Francesca kam mit.

Tommaso litt nicht an Schlaflosigkeit. Aber die paar Sekunden reichten, um zu wissen, dass er bei diesen intensiven Ängsten, gepaart mit inbrünstigen Erwartungen, seine Nachtruhe abhaken konnte.

Was sollte er tun?

Was sollte er in den Stunden bis zum Morgen machen?

Er überlegte.

Auf dem Balkon stand sein Teleskop, die klare Nacht schien wie gerufen dafür. Er besaß den ersten Roman von Palahniuk, dessen paranoide Genialität Matteo so sehr gerühmt hatte. Bei iTunes hatte er gerade »Opposite« heruntergeladen, das sechste Album von Biffy Clyro. Und er musste sich noch zig Gitarren-Tutorials anschauen. Er konnte nicht spielen und wusste nicht mal, ob er es wirklich wollte, aber vor einiger Zeit war er auf die Videos von »Chitarra Facile« gestoßen, und David Carelse hatte ihn fasziniert. Davids Liebenswürdigkeit und Leidenschaftlichkeit hatten seine Neugier geweckt, und er war einem typischen *non sequitur* aufgesessen: Wenn sich Menschen Jahrzehnte mit der Gitarre beschäftigten, dachte er, würden sie liebenswürdig, leidenschaftlich und verführerisch.

Und was war mit ihm? Sein Problem war nicht die Gitarre. Sein Problem war, dass er denken, sagen und machen konnte, was er wollte, aber im Gesicht stets die Maske des tollpatschigen Jugendlichen spürte, der sich nur mühsam aus dem teigigen Treibsand der Kindheit befreite. Oder irrte er sich? Konnten seine ungestümen Emotionen die Membran von Augen, Lippen und Wimpernschlag deflorieren? Als er mit Francesca telefoniert hatte, hatte er unmissverständlich gemerkt, dass sie sich über die Einladung freute. Aber das war sein Problem. Er hatte einfach nie das Gefühl gehabt, liebenswürdig, verführerisch oder leidenschaftlich zu sein. Er war nur ein ganz normaler Jugendlicher, mit demselben Haarschnitt, demselben Gesicht, denselben Klamotten und Gedanken wie zig Millionen andere identische Jugendliche auch. Was an ihm sollte da bitte verführerisch sein? Er hatte keine Ahnung. Aber heute Abend traf er das Mädchen, das er liebte, und musste doch zumindest ein Minimum an Verführungskraft aufbringen können.

Nur hatte er leider keine Ahnung, was das sein sollte, Verführungskraft.

Er schob die Hände zwischen Nacken und Kopfkissen, starrte an die Decke und hoffte inständig, er würde es bis zum Frühstück herausfinden.

27

SEIN EHEMALIGER KOLLEGE hatte keinen Dienst in der Notaufnahme, aber eine Krankenschwester erkannte ihn und schickte sie eiligst in die Neurologie.

Dort arbeitete Doktor Guglielmi, Davides Kollege im ersten Jahr am Campo di Marte. Obwohl es natürlich unwahrscheinlich war, dass er gerade Nachtdienst hatte, hoffte Davide, dass die Sterne ihm endlich günstig gesinnt waren. Doch dann fiel ihm ein, dass Guglielmi eine viel diskutierte Nachtdienstbefreiung erwirkt hatte, was jede Möglichkeit, auf ihn zu treffen, automatisch zunichtemachte.

Diego zeigte langsam eine beunruhigende Trägheit.

Eine junge Ärztin mit Kurzhaarschnitt und ernstem Blick nahm sie in Empfang. Davide hatte das Gefühl, ihr schon einmal begegnet zu sein – und wie ihre zaghaft zusammengezogenen Augenbrauen zeigten, war das Gefühl offensichtlich beidseitig. Wahrscheinlich auf einem Kongress.

Im Aufzug hatte er erwogen, dem diensthabenden Arzt eine stark bearbeitete Version des Vorgefallenen zu präsentieren, aber als er jetzt die misstrauische Miene der Ärztin sah, war ihm sofort klar, dass eine Verletzung durch Faustschläge auf entgegengesetzte Hinterkopfbereiche wohl wie ein Unfall aussehen konnte, es ihm aber an den rhetorischen Fähigkeiten fehlte, einem solchen Gesicht ein glaubhaftes Surrogat zu verabreichen, ohne sich durch eine Riesendummheit zu verraten. Zumindest um zwei Uhr früh.

Er berichtete von dem Überfall, ohne nähere Details zu nennen: »Wir haben uns im Pinienwald die Beine vertreten, als plötzlich ein Typ über meinen Freund hergefallen ist.«

Die Ärztin nickte, kommentarlos. Nur bei seinem Namen zuckte sie leicht zusammen. Leider musste Davide annehmen, dass Doktor Guglielmi ihr von ihm erzählt und dabei von wenig aufbauenden beruflichen Eigenschaften berichtet hatte.

Und da soll man Freunden vertrauen, dachte er.

Diego wurde in die Radiologie gebracht, während er im Wartezimmer Platz nehmen sollte.

Davide setzte sich auf den gepolsterten Stuhl, stützte die Ellenbogen auf die Oberschenkel und nahm das Gesicht zwischen die Hände.

Er war müde und deprimiert. Erst vor wenigen Stunden hatte er sich noch begeistert ausgemalt, wie er seinen Nachbarn zur Räson bringen würde, und jetzt konnte er nur beten, dass sein Freund ohne irreversible Hirnschäden davonkam. Was war ein Gedankengebäude wert, fragte er sich, wenn man am Ende im CT-Sarkophag landete und hoffen musste, nicht bis zur Vernunftbegabung eines Schimpansen regrediert zu sein?

Gewalt war widerlich.

Aber unvermeidbar.

Unbegreiflich.

Aber produktiv.

Niederträchtig.

Aber sie gab einem das Gefühl, lebendig zu sein.

Sie war unmenschlich.

Aber zutiefst und unwiderruflich mit dem Menschsein verbunden.

Wie konnte er dieses gigantische *koan* lösen?

Da stand plötzlich jemand vor ihm. Er hielt das Gesicht noch immer zwischen den Händen, aber bemerkte die veränderten Lichtverhältnisse und kurz darauf die Druckwelle.

Davide hob den Blick und erkannte Doktor Martinelli.

Er stand zwei Schritte von ihm entfernt und starrte ihn an.

Auch er starrte ihn an, genauso verblüfft. Wie er feststellte, verblasste die Verblüffung seines Vorgesetzten schnell, wich Gleichgültigkeit oder ordnete sich anderen Prioritäten unter, doch einen kurzen, furchtbaren Moment lang (ehe ihm sein zerknittertes Poloshirt, sein Dreitagebart und seine allgemeine Apathie aufgefallen waren) hatte er den Eindruck, als ob er schon lange beobachtet würde und das Aufeinandertreffen keinesfalls zufällig mit dem unvorhersehbar unglücklichem Ausgang von Diegos Theorien über Gewalt und Selbstwahrnehmung zusammenfiel.

»Doktor Ricci! Was machen Sie denn hier?«, fragte Martinelli.

Davide hob die Hand und wollte die Brille zurechtrücken, ein unbewusster Versuch, Zeit zu gewinnen. Seine Finger nestelten zwischen Augen und Nase, suchten etwas, was nicht da war.

»Ich warte auf einen Freund«, sagte er. »Er hatte einen Unfall und ist in der Radiologie.«

Martinelli nickte und setzte sich neben ihn. Er stank nach Schweiß, bemerkte Davide. Und nach noch etwas, anscheinend Pisse.

»Und Sie?«, fragte Davide. »Was machen Sie hier?«

Martinelli deutete vage in den Innenbereich der Abteilung.

»Meine Tochter arbeitet in diesem Irrenhaus«, sagte er. »Sie ist auch Neurologin.«

Davide nickte bedächtig. Darum war ihm das Gesicht der Frau so bekannt vorgekommen. Gut möglich, dass er sie auf einem der von ihren Eltern organisierten Empfänge schon einmal gesehen hatte, vor fünfzehn oder zwanzig Jahren: ein mageres Mädchen, etwas wunderlich, mit Stoppelfrisur und Zahnspange.

»Ich habe noch drei«, sagte Martinelli, »und alle verabscheuen mich mit der gleichen rührenden Erbarmungslosigkeit. Außer Laura. Sie verabscheut mich nicht. Sie begnügt sich mit einer gewissen Ungehaltenheit. Weil ich in letzter Zeit kaum schlafen kann, leiste ich ihr hier manchmal Gesellschaft.«

Er lehnte sich nach links und zog einen Umschlag aus der rechten Gesäßtasche.

»Hier«, sagte er und hielt ihn Davide hin. »Nehmen Sie, ich schleppe ihn schon seit Tagen mit mir rum. Ich wollte ihn eigentlich mit der Post schicken. Ich glaube nicht, dass ich noch mal in die Klinik zurückkehre.«

Davide blickte ihn verwirrt an. Dann schaute er auf das, was Martinelli in der Hand hielt. Ein normaler Briefumschlag, sorgfältig verschlossen, auf der Rückseite in Druckbuchstaben sein Name und seine Adresse.

»Wie meinen Sie das, Sie kommen nicht mehr in die Klinik?«, fragte er.

Martinelli schwieg. Es wirkte, als würde er, langsam, demütig und betreten, seine letzten Kräfte zusammensammeln.

»Das ist schwer zu erklären«, murmelte er.

Er hielt inne, starrte auf den dunkelgrünen Kunstharzboden, versuchte, das Furchtbare, was er gleich sagen würde, zu glätten.

»Es bleibt mir nicht mehr viel Zeit«, sagte er. »Es ist von den Hoden ins Gehirn gewandert.«

Davide sperrte den Mund auf. Martinelli hob die Hand, um jeden Kommentar im Ansatz zu ersticken.

»Eine meisterhafte Symbolik, würde ich sagen, wenn etwas an den Hoden beginnt, um dir dann das Hirn auszublasen«, sagte er. »Als würde Gott dich genau durch die Werkzeuge sterben lassen, die dir die eigene Unsterblichkeit vorgaukeln.«

Er reichte Davide den Umschlag. Abwesend griff er danach.

»Da drin stehen einige Anweisungen«, sagte Martinelli. »Kleinigkeiten. Ich möchte, dass Sie sich darum kümmern, sobald Sie von meinem Tod erfahren.«

Durchdringend blickte er Davide an, um ihm ein Zeichen der Zustimmung abzunötigen, aber Davide war zu benommen, um anderes als Benommenheit zu zeigen.

»Es ist kein Testament oder so, keine Sorge«, sagte Martinelli. »Meine Vermögensverhältnisse habe ich längst geregelt. Ich brauche nur einen ehrlichen, vertrauenswürdigen Menschen, dem ich, sagen wir, letzte Details anvertrauen kann.«

»Und das soll ich sein?«

»Genau.«

»Und was soll ich machen?«

»Das steht da drinnen.«

»Aber was?«

»Das werden Sie zu gegebener Zeit erfahren. Sie sollen es auch nicht umsonst machen. Ich habe verfügt, dass Sie zwanzigtausend Euro bekommen. Oder waren es dreißigtausend? Ich weiß es nicht mal mehr.«

Davide zog den Kopf ein.

»Ich will auf keinen Fall etwas von Ihrem Tod haben.«

»Sie werden auf jeden Fall etwas davon haben.«

»Wie meinen Sie das?«

»Es spricht alles dafür, dass Sie mein Nachfolger werden, tun Sie doch nicht so, als ob Sie das nicht wüssten.«

»Das ist doch jetzt nicht das Thema.«

»Oh, meinen Sie, ich sollte mich nicht für Dinge interessieren, die meinen vorzeitigen Tod voraussetzen?«

»Jedenfalls ist das nicht der Punkt.«

»Sondern?«

»Ich kann Ihnen nichts versprechen, was gegen meine Prinzipien verstoßen könnte.«

»Aber Sie wissen ja gar nicht, worum es geht.«

»Eben. In welche Richtung geht es denn?«

Martinelli seufzte ungehalten.

»Okay«, zischte er, verschränkte die Arme und starrte auf die gegenüberliegende Wand.

»Ich möchte für mein Begräbnis einen peinlich pompösen Sarg«, sagte er. »Fichte mit Einlegearbeiten und Verzierungen aus Massivgold. Dann möchte ich darin verbrannt werden. Die Zerstörung von einem so teuren Gegenstand kurz nach dem Kauf ist wohl als Metapher für das menschliche Streben eindeutig.«

Davide runzelte die Stirn.

»Meine Asche soll an den Hängen des Hekla verstreut werden«, sagte Martinelli. »Wissen Sie, wo das ist?«

»Nein.«

»Auf Island. Der Vulkan hat Leifs zu seinem Opus 52 inspiriert. Haben Sie es schon mal gehört?«

»Ich glaube nicht.«

»Mein ewiges Leben möchte ich auf einem noch aktiven Vulkan verbringen. Island führt seit Jahrzehnten den Weltfriedensindex an, ich werde als Toter also den Frieden finden, der mir im Leben nicht vergönnt war. Außerdem gehört Island zu den wenigen Ländern, die meine Kinder noch nicht mit meinem Geld bereist haben. Sie bevorzugen kunstreiche Städte und tropische Länder, und dafür kann ich sie noch nicht mal tadeln. Doch jetzt können sie sich über einen hübschen Ausflug in die Kälte freuen. Denn sie werden meine Asche an den Hängen des Hekla verstreuen.«

Am Eingang tauchte jemand auf. Davide drehte den Kopf, es war die Ärztin.

»Und wegen meiner Beerdigungsfeier sollen keine Loblieder auf den Herrn zum Himmel aufsteigen«, fuhr Martinelli fort. »Er wird mich sowieso zu sich nehmen, ob ich nun unter gerührtem Schweigen oder dem Geträller eines unfähigen Chors vor ihm erscheine. Gott bewahre. Ich war 1969 in Paris, als Karajan zum ersten Mal das Orchestre de Paris dirigierte. Zwei Jahre später habe ich in Tel Aviv Bernstein gehört. Ich habe Zubin Mehta in New York und James Levine in Boston erlebt und war bei Bob Dylans letztem Konzert im San-Siro-Stadion. Und wenn ich eins auf dem Weg ins Himmelreich nicht will, ist das der schiefe Gesang von zwanzig Frustrierten, die auf meine Kosten die letzten Funken ihrer Träume von Ruhm und Reichtum genießen.«

»Jetzt ist genug, Papa«, sagte die Ärztin.

Martinelli wandte den Kopf.

»Oh, da ist ja meine Kleine«, sagte er. »Mach doch nicht so ein Gesicht, mein Schatz. Du musst nicht mit nach Island.«

»Bitte hören Sie einfach nicht auf das, was mein Vater sagt«, erklärte sie Davide. »Begreiflicherweise ist es für ihn gerade ziemlich schwer.«

Davide nickte, etwas anderes fiel ihm nicht ein.

»Gehen wir dort hinüber«, sagte sie. »Lassen wir Doktor Ricci in Ruhe. Er hatte einen schweren Tag.«

Martinelli schüttelte den Kopf.

»Erst muss er mir versprechen, dass er meinen letzten Willen in die Tat umsetzt«, sagte er. »Er ist loyal. Ich vertraue ihm.«

»Dafür sorgt doch der Notar, Papa.«

»Nein«, sagte Martinelli und schüttelte den Kopf wie ein stures Kind. »Der ist der Cousin von deiner Mutter. Die halten zusammen.«

»Mama respektiert deinen letzten Willen bestimmt. Ihr habt doch darüber gesprochen.«

»Eben nicht. Deine Mutter tut nur so, als ob sie auf mich hört. Sie würde kein einziges ihrer Kinder auf einen isländischen Vulkan schicken, geschweige denn alle vier.«

»Vier? Ich dachte, ich muss nicht mit.«

»Alle drei.«

»Ich beaufsichtige alles, ich sorge dafür, dass alles nach deinen Wünschen abläuft.«

»Du? Was kannst du schon machen? Nein, es muss jemand sein, an den deine Mutter nicht rankommt.«

»Okay«, schaltete sich Davide ein. »Ich mach es.«

Es folgte ein Moment der Stille.

Nach der vorangegangenen typisch familiär konnotierten Diskussion erhielt der Ausruf eine seltsam feierliche Färbung.

Der Primar blickte Davide dankbar an. Die Ärztin warf ihm einen nicht minder dankbaren Blick zu und ermunterte ihren Vater dann mit langsamen Bewegungen der Finger, als wolle sie eine streunende Katze ködern, sich zu erheben, und führte ihn aus dem Wartezimmer.

Davide schaute ihnen nach.

Dann beugte er sich vor und legte die Hände auf die Haare.

Mein Gott, was für ein Tag, dachte er.

Und jetzt? Was kam als Nächstes?

Die Worte des Arztes wirbelten ihm durch den Kopf. Von den Hoden ins Gehirn, hatte er gesagt. Sprach also die Krankheit aus ihm? Stammten die Wahnvorstellungen, Fallstricke, Sabotageaktionen, Streiche der letzten Monate aus der Waffenkammer seines metastasierten Gehirns? Hatte er sich die ganze Zeit bis zur Weißglut über einen armen, alten Kranken geärgert?

Wer sind die Menschen, die wir hassen? Und die, vor denen wir höllische Angst haben?

Davide richtete sich auf. Er musste sich ausruhen. Er lehnte den Kopf an die Wand und schloss die Augen.

Als er aufwachte, lag das Wartezimmer in schüchternem Halbschatten. Er blickte auf die Uhr.

Drei Uhr vierzig.

Wer hatte das Licht gelöscht?

In der Ecke gegenüber der Stuhlreihe war jemand. Im Halbdunkel saß ein Mann mit verschränkten Armen.

Davide stand auf. Er spürte am Hals einen Stich. Er hatte, den Kopf an die Wand gelehnt, über eine Stunde geschlafen, ihm tat alles weh.

Er näherte sich dem Schatten in der Ecke.

Höchstwahrscheinlich Doktor Martinelli. Er döste, den Kopf auf der Brust, und schnarchte leise. Vermutlich hatte er sich verabschieden wollen, gesehen, dass er schlief, und aufmerksamerweise das Licht ausgeschaltet. Oder er wollte selber schlafen.

Davide streckte einen Arm vor und berührte ihn an der Schulter. Es war Zeit, wegen ihm Traurigkeit zu empfinden.

Er setzte sich auf den Stuhl neben ihn und verschränkte wie er die Arme, als wollte er durch die Nachahmung der Haltung seine furchtbare Realität durchdringen.

Spiegelneuronen. Posturales Echo. Die Physiologie der komplizierten Empathie.

Reglos saß er da, mit geneigtem Kopf, Mimesis des Mannes, den er bewundert, dann verabscheut und schließlich stur missverstanden hatte, und spürte die einzige Form der Nähe, die er je zu ihm empfinden würde: die Trauer um sein Ende.

Er ließ den Abend nochmals Revue passieren, schnaubte kurz durch die Nase. Er hatte das Haus verlassen, um seine neuen Gewissheiten einem Crashtest zu unterziehen, aber hatte sich am Ende in seiner gewohnten Rolle wiedergefunden: geduldiger Zuhörer, Hoffnungsspender und Tröster.

Zehn Minuten später erhob er sich.

Er musste wissen, wie es Diego ging. Außerdem hatte er nicht vergessen, dass ihn nach dieser langen Nacht eine Prüfung erwartete, die noch weit schlimmer war, gegenüber der Prügeleien und langsame Todeskämpfe rein gar nichts waren.

Heute war Barbaras vierzigster Geburtstag, und in wenigen Stunden sollte er ihr liebevoll bei einem Kummer beistehen, den er respektierte, aber nicht verstand.

Wer sind die Menschen, die wir lieben, wirklich?

Sicher war nur, dass er sich ausschlafen musste, wenn er diese Nacht unbeschadet überstehen wollte. Er verließ das Wartezimmer und betrat eilig die Neurologie; er musste sich erkundigen und dann noch ein paar Stunden Schlaf bekommen, ehe der lange, komplizierte Tag noch einmal von Neuem begann.

28

Mittags assen sie in Pietrasanta, im »Sementis«. Einen derart extremen Veganismus kannten Barbaras Eltern nicht, und sie machten aus ihrer Verblüffung keinen Hehl. Insbesondere Signora Grazia, die in ihrer Jugend Köchin gewesen war und köstliche Tordelli und Rovelline zubereitete (auch ihre fabelhafte Garmugia hatte einen festen Platz in Davides sensorischem Gedächtnis), ließ keine Gelegenheit aus, um gegen ihre Tochter zu sticheln.

»Was ist das für Zeug, mein Schatz?«, fragte sie und stocherte mit der Gabel zwischen Cashewkäse und Avocadosauce einer Maistortilla herum. Sie saßen im gemütlichen, kleinen Innenhof des Restaurants.

»Warum probierst du nicht einfach, Mama? Dann weißt du, ob es dir schmeckt oder nicht«, sagte Barbara.

»Oh, es ist bestimmt vorzüglich. Ich wollte nur wissen, was es ist.«

»Ich weiß nicht, welche Füllung du hast. Du hast bestellt.«

»Die Kellnerin hat sich nicht sehr klar ausgedrückt.«

»Du hattest eine Karte. Warum hast du nicht reingeschaut? Bei den angegebenen Zutaten fehlt eigentlich nur noch eine genaue Molekülspektroskopie.«

»Du musst nicht sarkastisch werden.«

»Es ist fermentierte Cashewcreme, Oma«, sagte Tommaso. »Wirklich lecker.«

Barbaras Vater Emanuele hatte Ravioli mit Algensauce bestellt und blickte ungläubig auf seinen Teller. Es schien, als bekäme sein metaphysischer Skeptizismus bezüglich der Frage, ob irgendwelche Unfähigen tatsächlich Ravioli ohne Eier oder Ricotta herstellen konnten, gerade einen Sprung.

Davides Eltern hatten am Morgen angerufen, als er noch schlief, und gratuliert. Sie waren im Haus eines befreundeten Paars auf Korsika. Da sie den Sommer über ziemlich viel unterwegs waren, hatten sie mit Barbara noch nie Geburtstag gefeiert, aber Davide sah das eher locker. Auch Lucia hatte um kurz vor elf von sich hören lassen. Die unvernünftige Schwester reiste für eine internationale Hotelkette um die halbe Welt und war gerade in Kenia gelandet.

Nach dem Mittagessen trennten sie sich. Tommaso erwartete man am Strand, er nahm den Bus nach Marina di Pietrasanta. Die anderen kehrten in zwei Autos in die Stadt zurück.

Im Rückspiegel kontrollierte Davide den Fahrstil seines Schwiegervaters. Vor einigen Jahren hatte Emanuele beim Osteressen beiläufig den Verdacht geäußert, er habe blitzartig eine zerebelläre Ataxie erlitten. Davide war mit ihm über die Stadtmauer spaziert und hatte mindestens fünf unterschiedliche Romberg-Tests gemacht, konnte aber sowohl Schäden an Enzephalon als auch Kleinhirn ausschließen.

Es war nicht das erste Mal gewesen, dass sein Schwiegervater bei sich Hirnschäden anhand vernachlässigbarer Symptome diagnostiziert hatte. Dass er Hypochonder war, schloss Davide aus, eher vermutete er, dass er es unlogisch fand, nicht von der angesehenen Kompetenz eines Verwandten zu profitieren, und sich verpflichtet fühlte, von Zeit zu Zeit an Störungen zu leiden, die in sein Fachgebiet fielen. Eine andere These, die der ersten entgegengesetzt, aber durch Emanueles terminologische Präzision gestützt wurde, beruhte auf dem Verdacht, dass er an seinen beruflichen

Fähigkeiten zweifelte und ihn mit eingebildeten, immer exotischeren Leiden auf die Probe stellte. Mittlerweile wartete Davide nur darauf, dass sein Schwiegervater ihm seine Angst anvertraute, am Cotard-Syndrom oder Prosopagnosie zu leiden. In letzter Zeit sprach er häufig vom Ende der Welt und trug ausschließlich Jogginganzüge. Davide konnte nicht mehr ausschließen, dass die gesundheitlichen Sorgen, die Acetatanzüge und die apokalyptischen Fixierungen Symptome eines langsamen, aber stetigen kognitiven Abbaus waren. Darum behielt er seinen Schwiegervater beharrlich im Auge, redete mit ihm, hörte zu, und wahrscheinlich war es genau das, was er wollte.

Kurz nach drei traf sich Barbara mit einer Freundin auf einen Kaffee. Davide nutzte die Gelegenheit, zum Telefon zu greifen und sich im Versilia nach Diego zu erkundigen. Eigentlich hatte er sich früher melden wollen, war aber erst um elf Uhr aufgewacht. Er hatte es gerade noch geschafft, seiner Frau zu gratulieren (die wie erwartet noch mürrischer war als bei vorigen Geburtstagen), eine vernünftige Entschuldigung für seine nächtliche Abwesenheit zu finden, zu duschen und nach Pietrasanta zu eilen.

Der diensthabende Arzt bestätigte, was ihm schon die Nachtärztin in Kürze mitgeteilt hatte: Die Untersuchungen deuteten auf keine ernsthaften Verletzungen hin, Diego habe daher die Klinik kurz vor Mittag verlassen können. Gott sei Dank, dachte Davide allem ontologischen Misstrauen zum Trotz. Er überlegte lange, ob er Diego auf dem Handy anrufen sollte, sagte sich aber schließlich, dass er sicher Ruhe brauchte und nicht gestört werden wollte.

Um zwanzig Uhr machten sie sich zu Fuß zur Piazza Napoleone auf. Sie spazierten über die Via della Formica bis zum Bahnübergang. Tommaso war unruhig, eine für ihn ungewöhnliche Unruhe, die nicht wirklich zu ihm passen wollte und ihn zu beschäftigen schien. Mehr als darunter zu leiden, erkundete er wohl das Rätselhafte der Emotion an sich. Davide versuchte, sich das Bangen vor seiner ersten Verabredung in Erinnerung zu rufen, wusste aber nicht genau zu sagen, wo und mit wem das gewesen war. Zählte die flüchtige, im Bus für denselben Morgen ausgemachte Verabredung mit Valentina aus der C, im Herbst, mit dreizehn, die schon nach fünfzehn peinlichen Minuten auf dem Schulhof beendet war? Oder gehörten zur ersten Verabredung notwendigerweise die sorgfältige Vorbereitung, der passende Ort und das tagelange, fieberhafte Warten auf das bevorstehende weltbewegende Ereignis?

Am Denkmal »Patria Vincitrice« nahmen sie die Abkürzung. Nahe der Porta San Pietro teilte Barbara Davide mit, dass bei den Lencis die Fensterläden seit gestern Vormittag geschlossen seien. Es könne sein, erwiderte Davide, dass Massimo vor dem Augustexodus in den Urlaub gefahren sei, worauf Barbara zurückgab, nicht einmal dieser schamlose Kerl würde ans Meer fahren, während sich sein Sohn für vier Euro die Stunde in der Stadt abrackerte.

In der Via Vittorio Veneto schwoll die Menschenmenge beträchtlich an. Hunderte strömten zur Piazza Napoleone. Ihr fröhliches Geschnatter verebbte in einem dunstig-rosa Sonnenuntergang. Tommasos Nervosität nahm konkrete Form an, als plötzlich weiter vorn, dort, wo die Straße auf die Piazza stieß, ein Mädchen mit Shorts, Tanktop und Pferdeschwanz auftauchte. Mit verschränkten Armen blickte es in ein Schaufenster, neben ihm plauderte Anna mit einem wunderbaren Lächeln, einzig daran erkannte Davide sie hinter Grabesbleiche, Waschbärlidschatten und ziegelrotem Lippenstift. Knapp dahinter bemerkte er Marco und Giorgio.

Tommaso ging auf einmal langsamer, als würde die Verbindung zwischen Beinen und Gehirn von den gerade konkret gewordenen Ängsten sabotiert. Seine Motorik verzettelte sich in chaotischem Flimmern, im Zucken der für Kinetik zuständigen Zellen.

»Das sind sie ja«, sagte Barbara.

Anna drehte sich um, erkannte Tommaso und begrüßte ihn mit angedeutetem Winken.

Mit leicht übertriebener Emphase hob Tommaso beide Arme.

Das Mädchen lief ihnen entgegen, begrüßte Davide und Barbara herzlich und umarmte Tommaso. Francesca, die ebenfalls näher gekommen war, wartete, bis sie an der Reihe war, und drückte ihn ebenfalls. Tommaso verharrte überrascht in einer schiefen Haltung, die Arme leblos am Körper. Es folgte die Begrüßung unter Männern, das übliche Ritual mit Fingerknöcheln und -gelenken. Die leichte Gehemmtheit seines Sohns, der in Stammesriten wenig Übung hatte, überraschte Davide nicht.

Dann reichten Francesca, Giorgio und Marco Davide und Barbara die Hand.

»Hallo zusammen«, sagte Barbara, ohne sich namentlich vorzustellen, da sie davon ausging, dass von ihr schon mehrfach die Rede gewesen war. »Ich bin Davide«, stellte Davide sich vor, der gegen solch typisch mütterliche Annahmen immun war.

Mit angehaltenem Atem wartete Tommaso auf das Ende der Begrüßungsrunde, dann verabschiedete er sich mit seinen Freunden auf die Piazza.

Barbara blieb stehen und schaute ihm nach, als er neben Francesca wegging. Davide, dem die unterschwelligen Symbolismen keineswegs entgingen, wusste, was seine Frau dachte: Tommaso, der an der Seite eines Mädchens einem kinoreifen Sonnenuntergang entgegenlief, zeugte von der endgültig vergangenen Zeit, die gerade auf sie niederstürzte: Sie war vierzig, und erstmals schlug das Herz ihres Sohnes nicht im Gleichklang mit ihrem. Nichts würde mehr sein wie vorher.

Er griff nach ihrer Hand. Barbara zuckte mit den Achseln, ein nicht vollständig gelungener Versuch, seine tröstliche Fürsorge zu loben.

Die Piazza war ringsum abgesperrt. Nach zehn Minuten Schlangestehen hielten sie ihre Karten zwei Mitarbeitern hin, die wie zahlreiches anderes Personal mit Kontrolle und Beschlagnahmung betraut waren. Der Stehplatzbereich vor der Bühne, stellte Davide fest, war bereits rappelvoll.

Eine sehr junge Schwarze führte sie zu den Sitzplätzen, die Besitzern von Tribünenkarten vorbehalten waren. Das Mädchen trug Zöpfchen, Holz-Ohrringe und verriet mit seiner leicht unerfahrenen Haltung, dass es gerade erst gelernt hatte, den Anspielungsreichtum seines Körpers in ein ausgewogenes Gleichgewicht zu bringen. Sie bot ihnen einen Panoramablick auf ihre nackten Beine und ein Gesäß von palladianischer Üppigkeit darüber. In der Piazza-Mitte befand sich eine Plattform mit hundert Stühlen: die VIP-Tribüne. Politiker, Prominenz und Industrie der Stadt genossen in dem *corall* besondere Vorteile. Einer davon erreichte sie gerade über die Metalltreppe: zwei Kellner hielten Tabletts in den Händen, voller Gläser mit irgendwelchen alkoholischen Getränken.

Der eine von beiden, bemerkte Davide, war Giovanni.

Wer weiß, wo sein armseliger Vater war.

Davide wünschte sich, er wäre tatsächlich im Urlaub, hätte den kläglichen Anstand, den ihm sein Vaterinstinkt gebot, zum Schweigen gebracht und stände nun an einer Strandbar, in das orange Licht des tyrrhenischen Sonnenuntergangs getaucht, und tränke ein Bier.

Das Mädchen setzte sie an Reihe fünf ab. Auf dem kurzen Weg dorthin schwelgte Davide noch in den Resten der Illusion, dass Diego schon da war, aber der leere Sitz ein paar Reihen weiter holte ihn in die Realität zurück. Tommaso und seine Freunde hatten es sich weiter vorn bequem gemacht und unterhielten sich angeregt.

Kurze Zeit später kamen die beiden befreundeten Paare, die Barbara eingeladen hatte. Man begrüßte sich mit Wangenkuss und männlichem Händedruck, Barbara nahm mit gespielter Gleichgültigkeit die Komplimente der Männer hin, etwa den Titel *Schönste Vierzigjährige von Lucca*.

Neben Tommaso hörte Anna, die der Unterhaltung der anderen wenig Interesse schenkte, mit erfahrenem Ohr das kurze elektrische Beben, das üblicherweise vom Konzertbeginn kündet.

»Sie fangen an«, schrie sie.

Die Schweinwerfer erloschen.

Auf der Bühne, am unteren Rand der Großleinwand, wechselten zwei spiegelbildliche Kreise die Farben: Gelb, Blau, Electric blue, Fuchsie. Wie ein synkopiertes Kaleidoskop, vom Publikum lautstark begrüßt. Synthesizer und Schlagzeug eskortierten weitere, kleinere Kreise zum Scheitelpunkt der ersten, die sich wie Zellen im Takt einer obsessiven Mitose vervielfachten: zwei, vier, acht Lichtsphären schaukelten in einer elementaren Choreografie hin und her und prallten schließlich exakt in der Leinwandmitte aufeinander: eine gigantische Explosion aus Schall und Farbe. Nun erschien auf der Leinwand eine riesige schillernde Scheibe, ähnlich wie eine von Säure geweitete Iris oder ein Pulsar, der mitten aus dem Universum Musik sendet.

Und jetzt offenbarten die ersten beiden Kreise ihre wahre Natur. Es war keine Lichtprojektion. Es waren zwei sich langsam drehende Gebilde, auf denen Neil Tennant und Chris Lowe – die Pet Shop Boys – standen, mit enormen Halbkugeln als Kopfbedeckungen, wie Astronautenhelme ohne Visier. Beide trugen eine Sonnenbrille. Lowe bediente virtuos eine enorme Synthesizer-Konsole.

Die fünfzigtausend auf der Piazza verfielen in einen einzigen Freudenschrei.

Neil stimmte ein Stück an, das Davide nicht kannte, wahrscheinlich aus der zweiten Phase der langen, sich würdevoll abwärts neigenden Karriere der Band. Barbara klatschte in die Hände und nickte rhythmisch mit dem Kopf. Tommaso und seine

Freunde weiter vorn schienen mehr an dem Bühnenspektakel interessiert als an Neils Gesangsqualitäten. Francesca blickte unverwandt auf die Leinwand, und Davide fiel auf, wie wenig sie ihrem Bruder ähnelte. Mittlerweile waren alle im Publikum aufgestanden, mit einer wahrhaften Begeisterung, die die reglos in ihrem Bühnenspot verharrenden Musiker nicht mal im Mindesten anzuheizen versuchten. Jede Menge Leute, von der ungewöhnlichen Pünktlichkeit der beiden überrascht, suchten noch nach ihren Plätzen, kein leichtes Unterfangen angesichts des spärlichen psychedelischen Lichts und der Abendpauschale der jungen Saalkräfte, die offenbar alle von einer größeren Gruppe direkt am Eingang in Anspruch genommen wurden.

Jetzt tanzte die Menge zu einem Song, den Davide schon gehört zu haben glaubte, während auf den Bühnenbildschirmen ein arrogantes und zigfach wiederholtes Dollarzeichen prangte. Bildete er sich das ein oder beobachtete ihn jemand von der VIP-Tribüne aus?

Davide reckte den Hals und kniff, um besser zu sehen, die Augen zusammen.

Barbara näherte sich seinem Ohr und fragte, was er da beobachte.

Nichts, antwortete er. Er solle doch lieber das Konzert genießen, sagte sie und tanzte, die offenen Hände seitlich auf Brusthöhe, ihre Lippen zwinkerten synchron zu Neils Stimme.

I've got no brains,
You've got the looks,
Let's make lots of money.

Das Lied war echt furchtbar, wohl das schlimmste im gesamten Repertoire der Pet Shop Boys, und Barbara eine peinlich schlechte Tänzerin. Sie hatte so viele Qualitäten, war schön, intelligent, nett, sympathisch, eine wunderbare Mutter, die, was selten war, nichts dramatisierte, aber sie tanzte, dachte Davide, sogar noch schlechter als er.

Neil beendete den zweiten Song und begrüßte das Publikum.

»Guten Abend, Lucca, wir sind die Pet Shop Boys!« Das sagte er in einem bemerkenswerten Italienisch, was die Begeisterung auf der Piazza in die nächsthöhere Umlaufbahn katapultierte.

Es folgte etwas auf Englisch, in dem es darum ging, wie glücklich sie seien, wieder in Italien aufzutreten, dann kündigte Neil den nächsten Song an. »The Pop Kids«. Er stimmte ihn auf einem von seinem wortkargen Kollegen erzeugten Klangteppich an, der selbstverständlich tadellos war – obwohl Fehler in einer noch dazu rein instrumentellen Synthesizerpassage natürlich nur schwer zu entdecken waren –, und schlug den Takt dazu mit der Hand auf der Oberschenkelseite.

Da schlich sich auf einmal, ausgehend vom Zuschauerbereich rechts von Davide, eine seltsame Stille in das allgemeine Durcheinander. Es schien fast, als würden Dutzende Zwerchfelle langsam ins Stocken geraten, wie beim typisch gestörten Atemrhythmus des Kinosaals bei der schrecklichsten Filmszene.

Jemand war von der Plattform herabgestiegen.

Mit irrealer Langsamkeit ging derjenige weiter, den Blick auf den Boden geheftet, auf der nackten Brust glänzte Schweiß wie ein Panzer. Das geballte Beben von Musik und Lichtshow verlieh seinem Schreiten das Epische eines elektrostatischen Traums. In seinen Schritten lag Unerbittlichkeit, die Macht einer Kraft, so alt wie die Menschheit. Er ging weiter, hinterließ hinter sich eine Aura des Schweigens, und immer deutlicher tauchten in der künstlichen Helle der Nacht seine Umrisse auf.

Er durchmaß den kurzen Weg von der Plattform bis zu dem Durchgang vor Davide.

In der Hand hielt er einen langen, spitzen Gegenstand.

Er hob den Kopf.

Sah Davide an.

Der erst jetzt begriff, wer es war.

Giovanni.

Davide blinzelte hektisch. Er hatte das Gefühl, zu träumen.

Was passierte da?

Giovanni hob das Bein, um über die erste Sitzreihe zu steigen. Zwei Männer machten ihm rasch Platz, beinah mit einem Hechtsprung in entgegengesetzte Richtungen. Davide sah entgeistert, dass sein Nachbarssohn über Sitze stieg, alle Hindernisse mühelos umschiffte, zum Töten entschlossen wie ein Geschöpf mit Zähnen und Klauen und dem uralten Wissen um die Vitalpunkte. Er hatte noch Zeit zu denken, wie trügerisch sich die Schüchternheit und gutmütige Tollpatschigkeit des Jungen doch erwiesen, jetzt, als er von aufflammenden Instinkten überwältigt wurde wie von der Strahlung eines explodierenden Sterns.

Im selben Moment hatte er eine der fulminanten Eingebungen, die dein Bewusstsein in eine so schwindelerregende Umlaufbahn katapultieren, dass sich dir der Magen umdreht.

»Bei so schweren Verbrechen gibt es nur eine Möglichkeit, einen Prozess zu umgehen: Schuldunfähigkeit.

Das gilt beispielsweise für unter Vierzehnjährige.«

Die Umstehenden starrten verwirrt auf den bewaffneten Jungen, der auf seinem entschlossenen Weg zu seinem Opfer immer mehr Sitze überwand.

Davide konnte sich nicht rühren, von der Erkenntnis wie versteinert.

Giovanni hob den Arm und kam näher.

Barbara packte ihren Mann am Hemd und zerrte ihn gerade noch weg, ehe der Messerstich sein Herz zerfetzte.

Die Klinge streifte seine Brust. Davide bemerkte das obszöne Surren von Fleisch auf Metall.

Er sah Blutspritzer.

Er stürzte auf Barbara, fast als wollte er sie umarmen. Für einen kurzen Moment schienen sie ein Tanzpaar, das sich nach mangelnder Koordination bei einem schwierigen Chassé mühsam wieder fängt. Dann fielen sie schweigend zu Boden, während Giovanni in einem genauso stürmischen Purzelbaum einen anderen Unglücklichen mitriss. Alle vier fanden sich zwischen Pflaster und Sitzen wieder, in doppelter Umarmung, durch einen Wald aus Beinen getrennt.

Beim Anblick von Wirrwarr und Blut wurde im Gehirn, in der Amygdala der Umstehenden, derselbe Schaltkreis aktiviert.

Das war das Signal.

Sie flohen in alle Richtungen, schrien, stolperten selber, schürten bei immer mehr Menschen das Entsetzen.

In Sekundenschnelle sprang die Panik auf die halbe Piazza über. Neil auf der Bühne fiel die Szene auf, er beobachtete sie so förmlich enttäuscht, wie es sich für einen englischen Popstar gehört, dann brach er den Song ab, winkte bedächtig und rief mit seinem wehleidigen Stimmchen die Sicherheitskräfte herbei.

Da wurde es ohne ersichtlichen Grund auf einen Schlag dunkel. Vielleicht eine narrative Wende von Leinwand- und Scheinwerfertechnik oder eine absurde Antipanikstrategie. Das Publikum interpretierte es jedenfalls als endgültigen Kontroll- und Autoritätsverlust.

Es brach vollends Panik aus.

Tausende liefen wie Wahnsinnige völlig orientierungslos umher, in der Hoffnung auf Rettung vor einer Bedrohung, die im Grunde unbestimmt war, sich aber so eloquent äußerte, dass sie den Abruf von Urängsten rechtfertigte.

Die Pet Shop Boys waren schon hinter der Bühne, da tauchte aus dem Nichts ein Mann in Jackett und Krawatte auf, vielleicht einer der Organisatoren, und schrie etwas ins Mikrofon, das niemand verstand.

Zwanzig Sekunden später kehrte das Licht zurück. Davide und Barbara standen wieder, wundersamerweise in einem relativ ruhigen Auge des Zyklons.

Um sie eine Flut aus Verzweifelten auf der Flucht.

Barbara wiederholte wie besessen den Namen ihres Sohns. Davide hielt eine Hand rechts auf den Brustkorb gedrückt. Er schaute auf das blutgetränkte Hemd, schätzte mit einem Blick in die Runde die Wahrscheinlichkeit eines erneuten Angriffs ab.

Plötzlich bekam er einen kräftigen Schlag zwischen die Schultern. Ein korpulenter Mann mit langen Haaren und absurd orangem Hemd drückte seine schlaffe Masse in Richtung Ausgang, jeden mit sich reißend, der sich zwischen ihn und seine Rettung stellte. Davide starrte ihn, mühsam atmend, mit offenem Mund an.

Die Audioanlage setzte aus. Die Verstärker auf der Südseite erstarben und sättigten die Luft mit brutzelndem Surren. Davide schaute zum Bühnenrand, hinter dem Gedränge aus verwirrten Köpfen sah er Francesca in Tommasos Armen, sie lehnten am Stahlgestänge der Aufbauten. Ein Stück weiter entdeckte er Anna, Giorgio und Matteo, sie klebten mit dem Rücken an der Bühne, Hand in Hand, wie Selbstmordanwärter am Rand des Abgrunds.

Tommaso starrte seinen Vater an.

Davide starrte ihn an.

Da löste sich eine Figur aus der Umarmung der Menge.

Giovanni.

In der Hand noch immer das Messer.

Über seine Schläfe bis zum Kinn lief ein blutiges Rinnsal; wie sein finsteres Aussehen verriet, hatte er nun endgültig die Schwelle überschritten, ab der Mord die einzige Möglichkeit zur Lösung der eigenen Widersprüche ist.

Eine großartige Erscheinung, objektiv betrachtet.

Davide bewunderte unwillkürlich den gigantischen Symbolismus der Szene: Vor dem Hintergrund einer gewaltigen Massenhysterie will ihn ein Junge, so alt wie sein Sohn, in grauenhafter Selbstentfremdung gefangen, ermorden.

Er schüttelte sich.

Ich kann nicht abhauen, dachte er.

Wenn er mit Barbara floh, würde Giovanni noch Tommaso angreifen, der wehrlos vor der Bühne kauerte.

Was tun?

Zum Nachdenken blieb keine Zeit. Seine Beine gaben schon nach, bald würde ihm die Kraft fehlen, sich zu verteidigen.

Er musste kämpfen.

Er befreite sich von der Hand seiner Frau und trat einen Schritt auf den Gegner zu.

Da zwängte sich jemand durch die Menge und stürzte sich auf Giovanni.

Barbara schrie auf.

Tommaso.

Er schleuderte Giovanni zu Boden und bearbeitete ihn mit Fäusten.

Davide riss den Mund auf, brachte aber keinen Ton hervor. Er schaute zu, wie sich die beiden in einer wütenden Rauferei am Boden krümmten, unfähig, sich zu rühren, die eine Hand noch immer auf der Wunde, der andere Arm hing seitlich herab. Er spürte, wie sich sein Herz verkrampfte, in einem Anfall aus nackter, animalischer Angst, das Allerschlimmste könnte passieren. Doch neben der Angst nahm er noch etwas anderes wahr, eine Erregtheit, die dunkle Genugtuung, wie er kaum überrascht erkannte, dass sein Ältester erstmals in seinem Leben bewusst Gewalt anwendete.

Dann ging alles sehr schnell. Barbara und er wurden von einer Menschenwoge überrollt, fanden sich erneut am Boden wieder, niedergetrampelt, immer noch schrie die Frau Tommasos Namen. Bei dem Gedanken, das Allerschlimmste könnte geschehen, wurde Davide wieder von Verzweiflung erfasst, von einem schwindelnden Schmerz, der so intensiv dreidimensional war, dass er zu spüren vermeinte, wie das Herz Blut in jedes Haut-, Muskel- und Knochenatom presste. Würde Tommaso sterben, dachte er, würde der Schmerz sicher all seine lebenswichtigen Organe, jeden anatomischen Spalt, jede Bindegewebsfaser vereitern lassen, bis er nur noch eine einzige schreiende Masse aus ewigem Leid war. Jemand trat ihm auf die Fußknöchel und gab den Vorboten seines Leidens eine konkrete Form. Der Mann auf der Bühne sprach weiter, mit einer beruhigenden Wirkung, die zwischen null und kontraproduktiv schwankte. Davide schob sich neben die Sitzverstrebungen, zwang seine Frau, es ihm gleichzutun, rollte sich in Embryostellung zusammen, Barbara fest im Arm, und wehrte sich mit letzter Kraft gegen ihre Befreiungsversuche. Ein Mann mit Bart und Brille stolperte über sie, stürzte ohne einen Schrei. Barbara ergriff die Gelegenheit, sich aus seinen Armen zu schälen. Davide wollte sie festhalten, stützte sich auf den linken Arm, wollte den Zipfel ihrer Bluse packen, aber etwas traf ihn am Nacken, streckte ihn nieder. Fast eine Minute lang hielt er den Kopf zwischen beiden Händen, mühsam nach Luft schnappend, dann schaute er ein wenig auf. Durch einen Spalt sah er das Bild zweier Männer, die vor einem grauen, reglosen Leinwandhintergrund rauften.

Der eine war Giovanni, der andere nicht sein Sohn.

Er sah aus wie Diego.

Unmöglich, sagte er sich.

Bestimmt ein Sicherheitsmann.

Die Szene wirkte so verschwommen wie die Bilder, die zwischen Schlafen und Wachen im Bewusstsein auftauchen. Die beiden machten sich mit erhobenen Armen das unruhige Glitzern des Messers streitig, da wurde Davides Aufmerksamkeit von einem Detail geweckt, das ihn unweigerlich erneut den Mund aufreißen ließ, zu einem bebenden, unbeherrschbaren, definitiven Schreckensoval.

Ehe er das Bewusstsein verlor, hoffte er noch, dass die Szene wirklich eine Projektion seines Unbewussten oder ein unerträglicher Tagtraum war, denn an den Rand seines Gesichtsfelds hatte sich der eisige Anblick von Tommaso am Boden geschoben, schrecklich verrenkt, mit aufgerissenen Augen und einem T-Shirt, das von nichts anderem getränkt sein konnte als von Blut.

29

Er öffnete die Augen, schloss sie wieder. Kopfschmerzen.

Wie lange brauchte er, bis er es noch einmal versuchte?

Er hob vorsichtig die Lider.

Der Schmerz nahm proportional zum Licht zu. Seltsam, dachte er, er litt doch sonst nicht an Migräne; seinen Freunden erzählte er immer, er habe nur einmal im Leben richtige Kopfschmerzen gehabt, und das, sicher rein zufällig, am Tag seiner Hochzeit.

Wo war er?

Er lag in Embryostellung auf einer Liege, im Wartezimmer des dritten Stocks im Campo di Marte, zwischen Gynäkologie und Orthopädie.

Die Wartezimmer am Campo di Marte ähnelten sich alle, aber er erkannte das Bild neben dem Feuerlöscherstutzen: eine Ansicht der Ebene von Lucca, die der berühmte Maler Alfredo Meschi der Klinik persönlich überreicht hatte.

Warum war unklar. Die einen behaupteten, sein erster Sohn sei in der Gynäkologie zur Welt gekommen, andere, nach einem furchtbaren Fahrradunfall sei der Fuß des Malers in der Orthopädie eingegipst worden. Wie auch immer, einige Monate später war Meschi in die Klinik gekommen und hatte den Ärzten der einen oder der anderen Abteilung das Bild geschenkt. Sehr salomonisch hängte man es im Wartezimmer auf, genau in der Mitte zwischen beiden Eingängen, was einer posthumen oder induktiven Lösung des Problems dann allerdings im Weg stand.

Davide merkte sehr schnell, dass er über irrelevante Fragen wie das Bild nachdachte, weil er sich irgendetwas Traumatischem nicht stellen wollte.

Den Abwehrmechanismus kannte er gut, er wandte ihn seit frühester Jugend an, dennoch war er nie im Leisesten auf die Idee gekommen, es zu leugnen, auch als die Psychotherapie alternative Prophylaxen anzubieten schien. Im Übrigen war es keine wirkliche Verdrängung, eher eine leichte zeitliche Verschiebung. Ziemlich sicher, dachte Davide, rührte das wohlbekannte Misstrauen der Neurologen gegenüber der Psychoanalyse daher, dass sich der ideologische und verfahrensmäßige Hiatus zwischen beiden niemals würde schließen lassen. Wahrscheinlich hätte er auch noch weiter über die gnoseologischen Grenzen der heutigen Medizin nachgedacht, wenn er nicht gemerkt hätte, dass er schon wieder Zeit gewinnen wollte, um sich etwas nicht zu stellen.

Aber was war das?

Es war unklar. Aus den unteren Ebenen, von den Wänden zurückgeworfen, stieg der Widerhall einer befremdlichen Gärung auf.

Er versuchte, tief einzuatmen, aber etwas behinderte ihn.

Ein Verband.

Sein Oberkörper war mit Mullbinden umwickelt.

Und sein Atem war unsymmetrisch, als wäre der Nervenimpuls durch eine monolaterale Schwäche abgelenkt oder beschädigt. Plötzlich verstand er: Die rechte Brustseite war anästhesiert worden.

Der Verdacht, dass er nicht zum Arbeiten hier war, der sich schon aufgrund der Tatsache aufdrängte, dass er auf einer Liege und noch dazu nicht in seiner eigenen Abteilung lag, wurde damit zur Gewissheit. Jetzt nahm er auch das Echo eines fernen Schmerzes zwischen siebter und achter Rippe wahr, als wäre er auf eine Kante gefallen oder von einem linken Haken, Knie oder einer Waffe getroffen worden.

Das würde zumindest Verband und Anästhesie erklären.

Und der Kopfschmerz könnte bestens erklären, wieso er sich nicht an Stürze oder Schläge erinnerte und keine Ahnung hatte, wie er hier gelandet war. Manche Schädeltraumata führten zu retrograder oder anterograder Amnäsie, selten zu beiden, es war also gut möglich, dass etwas oder jemand ihn so stark am Kopf getroffen hatte, dass er an einer Gehirnerschütterung litt.

Er versuchte, sich seine letzte Erinnerung ins Gedächtnis zu rufen.

Er schloss erneut die Augen.

Mit einiger Anstrengung tauchte das Bild von Barbara auf, die sich die Haare trocknete, und wie er pinkelte.

Ein bisschen dürftig.

Das Chaos im Haus legte an Lautstärke zu. Das Rauschen war intensiver und unkontrollierter als das typische Klangaggregat des ewigen Kliniknotfalls: Unter Schuhgeklapper, Stimmengewirr, Krankentragengeratter lag ein seltsames, erregtes Brummen, als ständen Tausende auf dem Vorplatz. In seinen ersten Londoner Monaten hatte er mindestens zwanzig Nachtschichten runtergerissen, aber trotzdem nie Vergleichbares gehört, nicht mal nach dem schweren Busunfall mit den jungen Leuten, die aus den Cotswolds zurückkamen. Und da hatten mindestens zweihundert Eltern und Freunde das Krankenhaus gestürmt.

Fast alle Verwundeten waren aus West End gewesen, auch daran erinnerte er sich.

West End?

Er kniff die Augen fest zu.

West End Girls.

Was war das?

Ein Songtitel.

Wieso sagte ihm das was?

O Gott, dachte er.

O mein Gott.

Auf einmal wusste er es. In den ihn überrollenden Erinnerungswogen fuchtelnd, wollte er schreien. Vor Schrecken. Vor totalem, absolutem, verzweifeltem Schrecken.

Der unbändige Schrecken eines Vaters, der auf dem Pflaster der Piazza Napoleone den Leichnam seines Sohnes gesehen hat.

Er riss Mund und Augen auf, aber zwischen Lippen und Schrei schob sich das Bild einer jungen Frau. Sie stand vor ihm und blickte ihn so sanft und gefasst an, dass er vom Boden seiner psychischen Büchse die letzten verbliebenen Gramm Selbstbeherrschung kratzte. Er ließ die Beine zu Boden gleiten, setzte sich auf den Rand der Liege und verschob seinen Schreckensschrei auf später. Jetzt musste er nur noch wissen, wer sie war, dachte er, musste zuhören oder reden, sie schnellstmöglich verabschieden und dann eine Ecke finden, wo er sich dem stärksten, vollkommensten Schmerz hingeben konnte, den er je empfunden hatte.

Danach war er vermutlich tot.

(Wenn er früher Kindern oder Eltern von Verstorbenen die schreckliche Nachricht überbringen musste und neben verständlicherweise schmerzverzerrten Gesichtern auch Reaktionen begegnete, die von übermenschlicher Ruhe und Akzeptanz zeugten, hatte er zugleich Erleichterung und Verärgerung empfunden. Erleichterung, weil er kein Verständnis für die grauenhaften Verkrampfungen fremder Qualen heucheln musste, Verärgerung, weil er den Verdacht hegte, dahinter verberge sich eine unbegreifliche Gleichgültigkeit. Erst mit der Zeit verstand er, dass manche Eltern und Kinder Verstorbener einfach das Recht auf Anstand und Würde für sich in Anspruch nahmen. Es gab menschliche Angelegenheiten, die strikt dem innersten, privatesten Selbstausdruck vorbehalten waren. Und als Davide an jenem Tag auf der Liege im Wartezimmer des dritten Stocks von Campo Marte aufwachte, begriff er, dass er zu jenen gehörte, die nach einer unermesslichen Tragödie noch die Ressourcen besaßen, ihr Leid vor Fremden zu verbergen.)

Wer die junge Frau war, blieb nebulös, aber sobald sie den Mund öffnen – oder einen anderen Gesichtsausdruck als die leicht blöde Sanftheit zeigen – würde, gäbe sie ihm bestimmt zusätzliche Hinweise.

Im Übrigen schien sie, von der üblichen Warte und nicht der perspektivischen Untersicht einer Liege aus betrachtet, viel jünger als gedacht.

Sie war vielleicht sechzehn oder siebzehn.

So alt wie sein Sohn.

Vielleicht war es seine Freundin.

Der Gedanke löste einen neuen unerträglichen Schmerzanfall aus, einen scharfen Stich, den er jetzt nicht mal mehr hinter einem Betttuch der Würde zu verbergen versuchte. Er legte eine Hand vor die Augen und wollte gerade losschluchzen, ohne sich um ihre Anwesenheit zu kümmern.

Da sagte sie endlich vier Worte:

»Tommaso geht es gut.«

Ihr Tonfall war so grauenhaft träge, dass sich Signifikat und Signifikant einen Moment fast in die Haare gerieten.

Davide nahm die Hand vom Gesicht und starrte das Mädchen mit aufgerissenen Augen an, das Kinn vom bevorstehenden Weinen noch bebend.

Wo ist bloß meine Brille gelandet, war absurderweise das Erste, was ihm in den Sinn kam.

Und das Zweite: Das Mädchen ist in einem völligen Schockzustand.

Tommaso ging es nicht gut.

Aber er lebte.

Und Barbara auch, Gott sei Dank.

Die Klinik schien ein Ameisenhaufen in Aufruhr. Die Aufzüge waren vom Personal in Beschlag genommen, Davide und das Mädchen stiegen die Treppe zur Intensivstation hoch. Davide lief mühsam, er fühlte sich wirklich seltsam. Zur Benommenheit durch die Verletzung kam die postanästhetische Schwäche, und die langsam zurückkehrenden Erinnerungen ähnelten dem, was Tommaso ihm nach Marco Callipos Geburtstagsfeier erzählt hatte. Im Grunde trieb er wie in einem Traum dahin. Ärzte und Pflegepersonal umschwirrten ihn wie körperloses Ektoplasma, ließen sich von den Sinnen nur so widerstrebend erfassen, dass er mehrmals versucht war, sie zu berühren, um sich von ihrer Echtheit zu überzeugen. Vage bekannte Gesichter nickten ihm zu, aber er konnte ihnen nur sein verzerrtes Gesicht entgegenhalten. Er bat Francesca, die er sehr emsig und endgültig identifiziert hatte, seine Hand zu nehmen, um ihm beim Treppensteigen zu helfen. Auch wenn sie nichts anderes mehr gesagt hatte und sich mit alarmierender Katatonie fortbewegte, kam sie der Bitte eines traumatisierten, niedergestochenen Mannes ohne Zögern nach. Davide ließ sich stützen, obwohl er eigentlich nur jemanden berühren und einen Fuß in den Steigbügel der Realität setzen wollte, von der ihn das Trauma abgeworfen hatte.

Sie erreichten eins der Zimmer auf der Intensivstation.

»Ich gehe jetzt zu meinem Bruder«, sagte das Mädchen.

»Geht es ihm gut?«, fragte Davide.

Sie nickte, noch immer beängstigend unerschütterlich, und entfernte sich.

Aus einer Tür ein Stück weiter kam ein Kollege seiner Abteilung, Doktor Pieri. Als er Davide erblickte, riss er die Augen hinter seiner randlosen Brille auf.

»Wie fühlst du dich?«, fragte Pieri ihn, kaum war er näher gekommen.

In der Hand hielt er eine Tasche, sein Blick war trunken von Adrenalin.

»Ein bisschen wirr«, antwortete Davide. »Wie spät ist es? Meine Uhr zeigt neun Uhr sechsunddreißig.«

Der Mann zog ein Handy aus der Kitteltasche.

»Zehn nach drei«, sagte er. »Man hat dich kurz nach eins in die Ambulanz gebracht, du hast das Bewusstsein wiedererlangt, als man dich verarztet hat.«

»Ich erinnere mich an nichts.«

»Als deine Wunde genäht war, hast du zu Silvestri gesagt, du fühlst dich klar genug und willst mitarbeiten. Also bist du in die Neurologie gegangen, um dich umzuziehen. Wir haben erst wieder von dir gehört, als eine Krankenschwester uns sagte, dass du im dritten Stock in der Geburtshilfe bist, auf einer Liege. Wir haben das alle mit einer gewissen Erleichterung aufgenommen.«

»Wie geht es meinem Sohn?«

»Er wird es schaffen. Keine gefährlichen Schnitte, aber der Schock sitzt tief. Er ist noch nicht bei Bewusstsein, aber das CT ist sauber. Wir haben ihn erst mal an einen Volumenersatz gehängt. Was zum Teufel ist passiert, Davide? Soweit ich weiß, wurdet ihr als Einzige mit Messerstichen eingeliefert.«

»Das ist kompliziert.«

»In der Notaufnahme war von einem Terrorangriff die Rede.«

Davide schüttelte den Kopf.

»Nein, nein«, sagte er. »Ich erzähl dir alles später, aber jetzt muss ich erst mal zu Tommaso. Wo ist Barbara?«

»Auch hier. Aber keine Sorge, es geht ihr gut. Sie hatte keine Schuhe an, ich hab nicht gefragt, warum. Ich hoffe nur, der Stilettoabsatz, den wir einem vor zwei Stunden aus der Wange geholt haben, war nicht von ihr.«

»Wie ist denn die Lage?«

»Kennst du ›In der Hölle ist der Teufel los‹? Laut Polizei gibt es fast vierhundert Verletzte. Sie wurden mehr oder minder gerecht auf die Krankenhäuser der Stadt verteilt. Alle stehen kurz vor dem Kollaps. Hier sind die schwersten Fälle, und wir halten wie immer so begeistert durch wie bei Senfgasbeschuss im Schützengraben. Wir haben einen Jungen, der nach einem Schlag gegen den Kopf im Koma liegt, siebenundzwanzig Schädeltraumata, vierzig gemischte Knochenbrüche und einige kleinere Blutungen. Alle, die mit Schock eingeliefert wurden, haben wir zur Gruppentherapie in die Kantine geschickt. Der Personaleingang steht offen, als großzügige Einladung, sich schnellstmöglich zu verziehen.«

»Ist jemand in Lebensgefahr?«

»Ja, ich. Seit einer Woche habe ich Heuschnupfen, seit vierzehn Stunden bin ich im Dienst, und mein plasmatischer Koffeinspiegel liegt momentan zehn Mal höher als empfohlen. Ich werde nichts von dem unterschreiben, was ich in den letzten fünf Minuten behauptet habe. Von einer Sache abgesehen.«

»Und das wäre?«

Pieri legte ihm die Hand auf die Schulter.

»Tommaso wird es schaffen.«

Davide öffnete die Tür, ohne anzuklopfen. Barbara saß neben dem Bett. Tommasos Kopf und Hände waren verbunden. Knapp unter dem linken Schlüsselbein befand sich eine Schwellung, die aussah, als rühre sie von einem gerade eingesetzten Herzschrittmacher.

Davide unterdrückte ein Schluchzen.

Barbara hatte sich nicht umgedreht. Ihre Haare wurden von einer schmetterlingsförmigen Spange zusammengehalten, die ihr Mann noch nie an ihr gesehen hatte. Sie trug keine Bluse. Der linke Träger ihres Tanktops war gerissen, die Enden baumelten wie welke Blumen seitlich herab.

»Hallo«, sagte Davide.

»Hallo«, antwortete sie.

»Wie geht es ihm?«

»Er lebt«, sagte sie. »Das reicht mir momentan.«

Davide trat so nah ans Bett, dass er Barbara fast berührte. Die Wunde an der Rippe schmerzte. Er beugte sich vor und schaute sich die Infusion genauer an, die wie ein rosiger kleiner Schutzengel einen Meter von Tommaso entfernt hing.

»Es ist nicht schlimm«, sagte er.

»Woher weißt du das?«, fragte sie. »Bist du Hellseher? Das wäre mir neu. Bitte lass doch Diagnosen sein, die einzig der Zuversicht deiner Ehefrau dienen.«

»Pieri war draußen auf dem Flur. Er hat es mir gesagt. Außerdem liegen in diesem Bereich der Abteilung nur die weniger schweren Fälle.«

Barbara stieß einen langen Seufzer aus.

»Vielleicht ist es dir nicht aufgefallen«, sagte sie, »aber die Klinik quillt vor Verletzten über. Ich glaube nicht, dass sie bei der Verteilung auf die Betten nach sonderlich strengen Kriterien vorgegangen sind.«

Davide sagte nichts. Eine Weile versuchte er, das Ausmaß seines physischen Unwohlseins genauer zu bestimmen, das sich beim Betreten des Zimmers verdächtig verstärkt hatte. Es war so still, dass er glaubte, das Tröpfeln der Infusion zu hören.

»Das ist deine Schuld«, sagte Barbara.

Er legte ihr die linke Hand auf den Arm, aber sie schüttelte sie mit mehreren zarten Mikrotorsionen des Oberkörpers ab.

Davide bereitete sich auf einen langen, gerechten Wutausbruch vor. Durch die Wunde konnte er die Arme nicht verschränken, er ließ sie seitlich herabhängen und beugte leicht den Kopf, in der klassischen Haltung des reuigen Sünders. Das zeugte in seinen Augen von der umfassenden, reifen Bereitschaft, Verantwortung zu übernehmen. Aber Barbara schwieg. Ihre Streitlust schien sich in dem simplen Urteil erschöpft zu haben.

Es war seine Schuld. Dem gab es nichts hinzuzufügen.

Das machte ihn misstrauisch.

Durch seine angeborene Sanftmut und die prinzipielle Vernünftigkeit seiner Frau war ihre Streitfrequenz unglaublich gesunken, doch gleichzeitig hatte sich die spezifische Streitintensität der einzelnen Vorfälle erhöht. Und ganz offensichtlich war es immer Barbara, die das kathartische Wutpotenzial nicht verschwenden wollte. Bisher hatte sie nicht ein einziges Mal die Gelegenheit ausgelassen, ein angenommenes Unrecht bis zur Erschöpfung ihres Ehemanns mit logisch-empirischen Beweisen zu begründen. Sie konnte einen Streit bis tief in die Nacht fortsetzen, wobei die rhetorischen Balanceakte, mit denen sie ihre Argumente spickte, so schwindelerregend waren, dass sogar ein Eristiker erblassen würde. Wieso zog sie sich ausgerechnet jetzt zurück, wo sie ihn mit unanfechtbaren Anschuldigungen festnageln könnte?

War sie müde? Litt sie wegen Tommaso?

Da beugte sich Barbara vor, als wollte sie seine Fragen klären, und legte das Gesicht in die Hände.

»Davide«, sagte sie leise.

Er neigte sich zur Seite, um sie besser beobachten zu können, was ihm einen weiteren schmerzhaften Stich bescherte. Das Anästhetikum wirkte nicht mehr: Nun hatte er eine vollständige Rezeptorkarte seiner körperlichen Traumata. Bei jeder Bewegung erinnerte ihn irgendwo gequetschtes oder entzündetes Gewebe daran, dass der Preis, den man fürs Überleben zahlte, aus mehreren Posten bestand.

Barbara verharrte in ihrer Position, als wäre das Dunkel der gewölbten Hände der ideale Ort zur Übermittlung von Informationen.

Aber welche Informationen?

»Vielleicht irre ich mich«, murmelte sie.

Davide beugte sich noch ein wenig nach vorn. Zum Kopfschmerz gesellte sich ein leichter Schwindel.

»Ich bin mir nicht sicher«, fuhr sie fort, »aber ich fürchte, Diego ist etwas wirklich Schlimmes zugestoßen.«

Davide runzelte die Stirn.

Diego?

Hatte er den auch vergessen?

Nein.

Auf keinen Fall.

Sein Freund spielte in dieser grotesken Geschichte keine Rolle, sah man von einer optischen Fehlinterpretation ab. Zumindest daran erinnerte er sich ganz genau, dass er den Sicherheitsbeamten, der mit Giovanni kämpfte, mit Diego verwechselt hatte. Was sollte ihm passiert sein? Nichts. Diego schlief zu Hause in seinem Bett, allerhöchstens würde er seinen Hintern gleich zwecks ausgefeilter Morgenrituale aufs Zafu pflanzen. Was konnte einem Fan der Frühmorgenmeditation schon zustoßen? Seines Wissens war noch kein einziges Mal ein Rettungswagen mit Zenmönch oder anderen serienmäßig Praktizierenden am Campo di Marte vorgefahren.

»Keine Ahnung, wie er da plötzlich hinkam«, sagte Barbara. »Er hatte Giovanni beinahe entwaffnet, da landeten beide am Boden. Giovanni ist mit dem Kopf auf dem Betonfuß einer Absperrung aufgeschlagen. Mein Gott, was für ein schreckliches Geräusch. Wie konnte ich in dem Inferno überhaupt hören, wie ein Kopf auf den Boden knallt?«

Sie zog ein paar Mal die Nase hoch, ehe sie fortfuhr.

»Dann hab ich gesehen, wie Diego mühsam aufstand«, sagte sie. »O, Davide, ich traute meinen Augen nicht.«

Sie schluchzte leise.

»Das Messer steckte in seinem Bauch«, sagte sie. »Er stand da und schaute es an, als könnte er gar nicht fassen, was da aus seinem Körper ragte. Ich habe geschrien oder schrie immer noch. Er drehte sich um und schaute mich an, als wollte er sagen, ich solle nicht den Kopf verlieren, in dem Chaos würden meine Schreie doch nichts bringen. Dann ging er, die Hände um die Wunde gelegt. Da sah ich Tommaso am Boden und habe gar nichts mehr verstanden.«

Davide nickte bedächtig, ohne ein Wort zu sagen.

In seinem Kopf drehte sich alles.

Er blickte auf die bloßen Füße seiner Frau.

Eine andere Erinnerung meldete sich: Als sie aus dem Haus gingen, trug Barbara hohe Converse.

Nichts, was sich so leicht abstreifen ließ.

Er fragte sich, ob er irgendwann daran denken würde, sie zu fragen, wann genau in dieser langen Nacht sie die Schuhe ausgezogen hatte und warum.

30

ER ÖFFNETE DIE AUGEN, schloss sie wieder.
Kurze Zeit später öffnete er sie erneut.

In der Nacht hatten ihn starke Krämpfe durchgeschüttelt, so als würde ein Defibrillator von einem sehr unerfahrenen oder sehr sadistischen Arzt bedient; nur langsam hatte sich das Zittern in leichtes Vibrieren verwandelt.

Sein linker Arm war um neunzig Grad abgewinkelt, die Hand versank im frischen, feuchten Gras.

Der rechte Arm lag ausgestreckt auf dem Bauch, nahe der Wunde.

Das Messer hatte er nach wenigen Schritten herausgezogen, die Umstehenden hatten verängstigt geschrien. Er hatte niemandem Angst einjagen wollen, aber wollte auch kein peinlich-blutiges Bauchnabel-Anhängsel vor sich hertragen. Irgendwie, er hatte keine Ahnung wie, hatte er es geschafft, nicht von der Menge überrollt zu werden und zum Auto zu kommen.

Auf dem Rücksitz lag ein Handtuch, das er manchmal benutzte, wenn er nachts auf den Hügeln meditierte, aber es schien ihm zu schmutzig, um die Wunde damit zu stillen.

Zehn Minuten später hatte er das Kloster erreicht. Er stieg aus und humpelte in der Stille, die nur von fernen Sirenen unterbrochen wurde, die Straße entlang. Hinter der Wiese sah er den Wald.

Auf den Baumkronen das eiskalte Licht der Mondsichel.

Die Wunde blutete nicht mehr so stark, aber unter den Eisengeruch mischte sich etwas, das wie Mülltonnen roch.

Er ging weiter.

Ließ das Kloster hinter sich und erreichte die Wiese.

Er wusste vieles, dachte er, aber nicht wirklich genau, warum er nach Hause und nicht ins Krankenhaus gefahren war. Und genauso wenig, warum er jetzt zum Wald und nicht nach Hause ging.

(Vermutlich, weil er schon sehr lange eine entspannte, vertraute Beziehung zum Tod pflegte, als er im tiefsten Inneren noch längst nicht verstanden hatte, warum man sich stundenlang hinsetzte und die Langeweile zielloser Reglosigkeit akzeptierte – sich auf die Mindestvoraussetzung Atmen und funktionale elektrische Aktivitäten beschränkte, das Ufer für Verlockungen des Geistes, holografische Fragmentierungen des Ichs, das Tröpfeln der Gedanken. Es kümmerte ihn kaum, dass er in wenigen Stunden sterben würde. Sterben war ein Epitom des Unvermeidlichen.)

Auf halbem Weg zwischen Ende des Pfads und Wald war er über eine Erdscholle gestolpert. Er musste sich eine kurze Ohnmacht genehmigt haben, denn er erinnerte sich nur, wie er sich rücklings am Boden ausstreckte und an das Zittern der lang anhaltenden Krampfanfälle kurz danach.

Als er die Augen öffnete, war ihm so übel, dass er kaum Luft bekam.

Übelkeit konnte er nicht ausstehen.

An dem Morgen, als sein Onkel ihm gesagt hatte, seine Eltern seien schwer verletzt, hatte er sofort geahnt, dass »schwer verletzt« ein barmherziger Euphemismus für »tot« war. Die Pausen hatten es ihm verraten. Nicht das Schluchzen seines Onkels, nicht sein verzerrtes Gesicht, nein, die Leere zwischen den Worten.

Das Entscheidende war am Ende immer die Leere.

Sein Onkel umarmte ihn, er ließ es zu und sagte, er müsse ins Bad. Dort blickte er in den Spiegel und lächelte, um zu sehen, ob es noch ging, dann beugte er sich über die Kloschüssel und kotzte.

Danach hatte ihn die Übelkeit monatelang nicht mehr losgelassen. Aber er lernte, sie auf geeignete Momente zu begrenzen, wie jemand, der an Bulimie leidet und Hungerattacken und emetische Reue auf die Abwesenheit der Eltern abstimmt.

Mit der Zeit verschwand auch die Übelkeit.

Alles vergeht am Ende.

Er zog den linken Arm heran, machte eine Faust, um den Kreislauf zu reaktivieren. Die Haut der Hand war eiskalt.

Er stützte sich auf den linken Ellenbogen und hob den Oberkörper an.

Er musste sich beeilen.

Er hatte das Loslassen so gut gelernt, dass er Angst hatte, er würde sich noch einmal gehen lassen. Hier wollte er nicht bleiben. Er wollte nicht, dass ihm auf der Wiese die Sinne schwanden, wo ihn seine Mitbrüder wie ein verwundetes Tier in den letzten Zuckungen finden konnten.

Oder schlimmer noch, mausetot.

Mühsam erhob er sich. Es schwindelte ihn immer noch, aber die Übelkeit, von seinem Willen eingehüllt, war nur noch ein faseriger Bolus zwischen Kehle und Nase.

Hier wollte er nicht sterben.

Langsam, als das Morgengrauen den Himmel schon angriff, humpelte er in Richtung Wald, die Hände auf der Wunde, obwohl sie nicht mehr blutete. Er spürte keinen Hass auf den Jungen, der das hier aus ihm gemacht hatte – oder besser gesagt, wegen dem er sterben würde. Mitgefühl und Akzeptanz waren Grundprinzipien des Zen, er hatte diese Klosterregeln schon oft genug gebrochen, und außerdem hatte der Junge eindeutig aus Wut gehandelt, gegenüber der er schmerzlich nachsichtig war, seit er den Tod seiner Eltern einem Wutanfall zuschreiben musste.

Er betrat den Wald.

Eine Weile dachte er über die Ironie der Tatsache nach, dass sein Ende mit einem Gewaltakt zusammenfiel, den er sich ungewollt selbst zugefügt hatte. Doch dann ließ er den Gedanken ohne Bedauern los, die Prinzipien Zufall oder Zahn um Zahn hatte er kulturell noch nie als übermäßig würdevoll empfunden. Manche Dinge passierten einfach, sonst nichts. Er brauchte nicht den Trost höherer Mächte oder leerer Symbolgebäude.

Er wollte nicht getröstet werden, er wollte nur noch zum Fluss.

Den Fluss erreichte er nach einem scheinbar endlosen Weg. Am Ufer kniete er nieder und schaute dem Wasser beim Fließen zu. Ihm war gleichzeitig kalt und warm, aber er fühlte sich nicht wesentlich schlechter als vorher.

Beinah ohne es zu merken, beugte er die Knie, bis er im Seiza saß, und legte die Hände zum Dhyana-Mudra zusammen, der linke Handrücken in der rechten Handfläche, die Daumen zum Oval geformt.

Was bedeutete das Ritual?

Er erinnerte sich nicht mehr.

Die Übelkeit war zu einem fernen Vorwurf geworden. Ehe er sich einem Zustand der Entspannung überließ, fragte er sich, ob er Fieber hatte.

Wahrscheinlich, dachte er.

Er schloss die Augen.

Als er sie Stunden oder Minuten später wieder öffnete, merkte er, dass jemand nach ihm suchte.

Er sah den Mann, aber der Mann sah ihn nicht.

Die Sonne stand hoch über dem Berg.

Zeit existierte nicht mehr.

Am Himmel keine einzige Wolke.

31

IM SPINT DES UMKLEIDERAUMS fand er ein altes Ersatzhemd. Er zog das T-Shirt vorsichtig aus und kontrollierte den Verband. Dann schlüpfte er in das Hemd, kämmte sich die Haare und ging ins Arztzimmer.

Er umrundete den Schreibtisch und ließ sich auf den Stuhl fallen.

Er formte ein Rechteck mit beiden Armen, legte sie auf den Tisch und die Stirn auf das linke Handgelenk. Für einige Minuten schloss er die Augen. Sein Kopf sandte noch immer kleine Protestsignale aus. Er hatte keine Ahnung, wo sein Handy war, und konnte nicht klar genug denken, um nach einer anderen Möglichkeit zu graben, wie er an Diegos Nummer kam.

Da klingelte das Telefon.

»Ich habe überall nachgefragt, Notaufnahme, Chirurgie, Intensivstation«, sagte Lucio. »Dein Freund ist nicht hier. Vielleicht im San Luca oder Cisanello.«

Davide rief die Zentrale an und ließ sich mit Ersterem verbinden. Er wolle die Chirurgie sprechen, sagte er, eine weibliche Stimme stellte ihn durch. Auch nach dem fünfzehnten Klingeln antwortete noch keiner, der Anruf ging zur Zentrale zurück. Es seien wohl alle beschäftigt, erklärte die Frau nur.

»Denk ich mir«, kommentierte er.

Er wiederholte das Ganze beim Cisanello in Pisa, diesmal nahm jemand in der Chirurgie ab. Die einzige Schnittverletzung der letzten vierundzwanzig Stunden, so der Arzt, sei ein Barista, der sich gestern Abend zwei Fingerglieder abgeschnitten habe. Die Verletzten der Piazza Napoleone, fuhr er leicht pedantisch fort, zeigten fast alle die typischen Folgen eines traumatischen Massenereignisses, Hämatome, Brüche, Quetschungen, auch ein paar Infarkte. Aber keine Messerstiche.

Davide legte auf, verschränkte die Finger vor der Stirn, schloss die Augen und überlegte. Dann griff er zum Hörer, verwundert, dass er sich an die Nummer einer Taxizentrale erinnerte, die er fast nie benutzte.

Die Sonne war gerade aufgegangen. Vom Treppenabsatz des Nebeneingangs konnte er den Vorplatz überblicken.

Eine imponierende Menge. Vor dem Eingang standen Kameraleute, mit Kamera auf der Schulter, sie unterhielten sich, mit ihren Neuigkeiten auf die Morgenschalte wartend. Ein Stück weiter beugte sich ein Polizist über den Kofferraum eines blinkenden Autos und schrieb etwas.

Davide stieg die Stufen herab und erreichte einen der Lieferanteneingänge.

Noch ehe er das Gebäude verließ, erblickte er Massimo Lenci. Er saß auf dem Gartenmäuerchen, eine erloschene Kippe zwischen den Fingern, den Blick starr auf das Mauerwerk gerichtet, an dem es eigentlich nichts Interessantes oder Aufregendes zu sehen gab.

Davide rührte sich nicht von der Schwelle.

Massimo drehte sich um und bemerkte ihn. Es schien, als ob sich sein Gesicht in einem Anfall unterdrückter Gefühle verzerrte – der Mund halb offen, die Augen halb geschlossen, das Doppelkinn bebte –, aber es war nur ein beginnendes Gähnen, das er sofort unterdrückte, als er erkannte, wen er vor sich hatte.

Sie blickten sich ohne Feindseligkeit an. Davide erahnte in den

Augen seines Nachbarn genau das, was er in seinen eigenen fühlte. Müdigkeit, Kummer, die unerträgliche Anstrengung, die kleine Herde an Gewissheiten wiederzufinden, die sich im Nebel dieser Nacht verflüchtigt hatte.

Massimos Blick kehrte zum Mauerwerk zurück.

»Carlos hat alles gesehen«, sagte er. »Er hat mir gesagt, dass mein Sohn das ganze Chaos angerichtet hat.«

Gegen seinen Willen musste Davide nicken.

Massimo schwieg eine Weile.

»Mit acht oder neun verhielt er sich zum ersten Mal seltsam«, sagte er schließlich.

Er schmiss die Kippe auf den Boden.

»Kleinere Selbstverletzungen vor allem. Er stahl mir meine Rasierklingen und ritzte sich die Finger oder verbrannte sich die Fingerkuppen mit einem Streichholz. Dann verkloppte er Klassenkameraden, und verkloppen heißt nicht schubsen oder an den Haaren ziehen. Er tat ihnen richtig weh, biss ihnen in die Finger und Ohren, verteilte Faustschläge, würgte sie. Seine Mutter gab mir die Schuld. Durch mein Verhalten würde ich typisch männliche Gewaltinstinkte auslösen. Aber ich konnte bei meinem Sohn wenig Typisches entdecken. Seine Wutausbrüche waren intensiv und irrational. Es war, als würde Zeit für ihn nicht existieren. Mit zwölf litt er noch immer an Ungerechtigkeiten, die ihm Mitschüler in der Grundschule zugefügt hatte. Schließlich konnte ich meine Frau überzeugen, mit ihm zum Psychologen zu gehen. Giovanni leide, sagte er, an einer ungewöhnlich schweren oppositionellen Verhaltensstörung. Ich glaube, so heißt das.«

Er betrachtete seine Hände.

»Er konnte seine Wut nicht regulieren, der Psychologe gab ihm darum Medikamente und uns Ratschläge für eine gute Stimmung zu Hause. Eine Zeit lang lief es besser. Schluss mit Rasierklingen und Streichhölzern, vor allem keine Prügeleien in der

Schule mehr. Allerdings sah ich meinen Sohn dafür nur noch betäubt von Medikamenten. Gegen Ende des Jahres verließ uns seine Mutter, sie haute ab nach Australien zu einem Stierzüchter. Giovanni klammerte sich krankhaft an mich. Irgendwann nahm ich ihn überallhin mit. An einem Sommerabend spielte ich in einer Bar Karten mit einem Idioten, den ich vom Sehen kannte. Giovanni war draußen auf der Schaukel halb eingenickt. Der Typ und ich gerieten in Streit. Keine Ahnung, warum. Wir schrien und rempelten uns an, da nahm das Arschloch die Flasche und zog sie mir über den Kopf. Das Blut lief mir übers Gesicht. Ich hab nicht gesehen, wie er gekommen ist, mein Sohn. Und den Korkenzieher in seiner Hand auch nicht.«

Er legte die Hände auf den Kopf.

»Er erwischte den Mann am Hals. Ich sah, wie er zu Boden stürzte. Aus dem Hals spritzte Blut. Ich werde seinen Gesichtsausdruck nie vergessen, als Giovanni sich auf ihn setzte und weiter zustach. Auf Arme, Schultern. Er hätte nicht aufgehört. Er hätte weitergemacht, bis der Mann tot war. Wir warfen uns zu dritt auf ihn. Ehe wir ihn stoppen konnten, stach er mir noch ein paar Mal in die Hand.«

Er schloss die Augen.

»Der Schadenersatz für den Mann hat mich fast alles gekostet, was ich besaß. Giovanni haben sie in eine psychiatrische Wohngemeinschaft gesteckt. Die letzten vier Jahre habe ich ihn jeden Mittwoch und Freitag besucht. Seine Mutter hat ihm immer geschrieben. Sie schickte ihm Bücher über Australien, Kleidung und kleine Geschenke. Das letzte Mal einen Bumerang.«

Er öffnete die Augen und richtete sich wieder auf.

»Die Ärzte in der Wohngemeinschaft haben mir versichert, dass seine Störung jetzt beherrschbar sei«, sagte er. »Mit fast denselben Worten wie der Psychologe.«

Er schaute Davide an.

»Ist es nicht schlimm, dass am Ende immer andere für die irren Prognosen zahlen müssen?«

Sein Gesicht verriet echten Schmerz.

»Aber du kannst mir doch bestimmt sagen, Doktor, was aus meinem Sohn wird, wenn er aus dem Koma aufwacht, oder? Ich kann ja nicht ewig davonlaufen. Wie können wir seine Wut im Zaum halten? Wie können wir ihn vor sich selbst schützen? Wie können wir uns vor dem schützen, was wir in ihm geweckt haben?«

Das Taxi wartete an der Kreuzung Via Borgognoni.

Er hatte die vier Zwanzigeuroscheine eingesteckt, die für den Fall in der Schreibtischschublade lagen, dass er Geld und Kreditkarte zu Hause vergessen hatte. Er fragte sich, ob er gestern Abend ohne Portemonnaie aus dem Haus gegangen war oder ob er es genau wie sein Handy als verschwunden betrachten musste. Im Übrigen erinnerte er sich weder an Form, Material oder Größe seines Portemonnaies, im Taxi dauerte es daher mindestens fünf Minuten, bis er den Hergang intuitiv rekonstruiert hatte. Er beschloss, noch gut achtundvierzig Stunden zu warten, ehe er sich wegen andauernder Gedächtnislücken Sorgen machen würde.

Der Taxifahrer ließ ihn in der Via di Moriano aussteigen.

Er bog in die kleine, anonyme Seitenstraße ein und sah etwa fünfzig Meter vom Kloster entfernt Diegos Golf.

Die offen stehende Tür verstärkte umgehend seine Befürchtungen. Er ging schneller und rannte nur deshalb nicht los, weil er zu schwach war. Bei jedem Schritt ratterten vermischte Gewissensbisse.

Er stürzte sich quasi ins Auto. Bestimmt, dachte er, lag Diego rücklings auf den Sitzen: verletzt, wahrscheinlich tot, das Messer noch im Bauch.

Aber im Auto war keiner.

Der Fahrersitz war blutgetränkt. Auf dem Asphalt, unter seinen Füßen, sah er weitere dunkle Flecken. Diego hatte dort vermutlich einige Sekunden innegehalten, Kraft gesammelt und über eine undurchsichtige Frage nachgedacht.

Warum war er nicht sofort in die Klinik geeilt? Hatte er die Verletzung als nicht so schwer eingeschätzt? Die Hypothese schien ihm schon im Moment wackelig, als er sie formulierte. Wer würde mit einem Messer im Unterleib etwas so Abwegiges denken?

Er verließ das Auto und humpelte zum Kloster, den Blick auf das makabre Getröpfel geheftet, das die Straße verschmierte. Auch vor dem Lattenzaun fand sich eine kleine Tropfenansammlung, als hätte Diego hier ein zweites Mal haltgemacht.

Davide ging weiter bis zu dem Weg, der von der Straße zur Eingangstür führte.

Und blieb stehen.

Der Kies war unbefleckt.

Nirgendwo Blut bis zur Tür.

Wie war das möglich? Die Blutung war sichtbar geringer geworden, aber hatte wohl kaum mit einem Schlag aufgehört.

Er schaute auf und erblickte den Wald.

Und wenn Diego dort hingelaufen war?

Das hatte keinen Sinn, aber nachschauen kostete ja nichts.

Er ging ein paar Meter, bemerkte einen einzelnen Tropfen, kniete nieder und überprüfte ihn wie ein indianischer Fährtenleser.

Es war Blut.

Er stand auf, ging die Straße weiter hinab, bis zum Anfang der Wiese.

Er blickte auf das Gras. Das Gefälle verschaffte ihm eine vorteilhafte Perspektive, aber das Gras war zu hoch, um festzustellen, ob dort jemand war. Wenn dort überhaupt jemand war.

Er konnte Diegos Verhalten noch immer nicht fassen. Es war

nicht vollkommen irrational, nach Hause zurückzukehren: So verdreht und symptomatisch es war, es war die elementare Logik eines verwundeten Tiers. Aber sich in den Wald zu schleppen, überstieg einfach sein Einfühlungsvermögen.

Er betrat die Wiese.

Das Gras war an manchen Stellen mindestens einen halben Meter hoch oder noch höher. Winzige Tautropfen glänzten in der Sonne, würden bald von ihr absorbiert. Davide lief, seltsam ruhig, weiter und schaute sich um. Der Geruch nach Erde und verschiedenen Blumen stieg ihm in die Nase.

Er hatte den Eindruck, als sehe er die Spur von jemandem, der durchs Gras gegangen war, einen kaum angedeuteten Scheitel, eine leichte Störung der empfindlichen Raum- und Gleichgewichtsverhältnisse zwischen den Halmen.

Auf einmal stieß er auf einen breiten Grasbereich, der von etwas wie einem menschlichen Körper niedergedrückt schien. In der Mitte ein großer Fleck, der Boden hatte die Flüssigkeit aufgesaugt.

Diesmal bückte er sich nicht, um die Stelle zu überprüfen.

Es wimmelte dort von Ameisen.

Er lief weiter und versuchte, die rauschende Flut aus Vorahnungen zu ignorieren.

Er passierte die ersten Bäume und drang in den Wald vor. In den Pappelkronen hallte der Fluss als zartes Tosen wider. Hier stand das Gras, der großmütigen Sonne beraubt, wesentlich spärlicher und niedriger.

In weniger als einer Minute erreichte er das Ufer, erlaubte sich nur ein paar Sekunden die stille Betrachtung dieser paradiesischen Ecke. Von einem Ufer zum anderen waren es höchstens sechs Meter. Diego hätte nicht die Kraft gehabt und keinen vernünftigen Grund, hinüberzuschwimmen, dachte er. Darum suchte er das Gelände aufmerksam nach Spuren ab. Nach einer

Weile bemerkte er zwei winzige Blutflecken neben einer Grasmulde.

Hier musste sich sein Freund hingesetzt oder hingekniet haben.

Und dann?

Er kniete sich ebenfalls hin, wie die forensische Spurensicherung am Tatort, lehnte sich seitwärts, um eine bessere Perspektive nach rechts aufs Ufer zu haben, wiederholte dasselbe für die linke Seite.

Nichts.

Er stand auf und inspizierte das Ufer in beiden Richtungen etwa zwanzig Meter weit sehr genau.

Auch nichts. Es gab keine weiteren Spuren.

Also verifizierte er, dass es in einem größeren Umkreis kein von menschlichen Schritten beeinträchtigtes Gras gab, wobei er hoffte, dass seine Ermittlungsfähigkeiten für ein so missverständliches Indiz ausreichen würden. Die nächsten zehn Minuten erkundete er einen Gutteil des Ufers, aber es fiel ihm nichts Ungewöhnliches auf. Auffällig war allein das kuriose Gefühl, beobachtet zu werden. Ein Schauder im Nacken ließ ihn sich ab und zu umdrehen.

Einen kurzen Moment überlegte er, ob er sich vom Fluss entfernen und zumindest den äußersten südlichen Wald durchkämmen sollte, aber er befürchtete, dass er dafür zu schwach war.

Was konnte er tun?

Sein Kopfschmerz war zu einem regelmäßigen Pochen verblasst, das ihn etwas klarer denken ließ.

Als einzige Möglichkeit blieb nur, zum Kloster zurückzukehren und Hilfe zu holen.

Er ging bis zu der Stelle zurück, wo Diego sich vermutlich hingesetzt hatte. Dort blickte er über den Fluss.

Wie tief er dort wohl war, fragte er sich.

Ziemlich tief, dachte er.

Da drehte er sich um, lief, so schnell er konnte, und versuchte, das Unsagbare und Unfassbare, das die beiden Worte implizierten, zu ignorieren.

Ein junger Mönch öffnete die Tür, mit geschorenem Kopf, nackten Füßen, paramilitärischem Anzug und der gleichen Präsenz wie der Mönch, dem er beim ersten Mal begegnet war. Wenn der Grad der Askese sich proportional zur Ausdruckslosigkeit verhielt, musste er der Rōshi, der Meister gewesen sein. Der junge Mönch hörte ihm schweigend zu, blickte ihn dabei von Kopf bis Fuß forschend an, um sich von der Absurdität des Vorgebrachten zu überzeugen. Als ihm schwante, dass sich die Worte und das verstörte Aussehen des Mannes zu einer erschreckenden Glaubwürdigkeit fügten, rannte er zu seinen Mitbrüdern.

Die eine Minute später herausgestürzt kamen.

Sie waren zu acht. Zwei gingen zu Diegos Auto und blickten unter mehrmaligem knappen, konsternierten Kopfnicken ins Innere. Wenige Sekunden später tauchte der Rōshi auf. Er grüßte Davide, indem er die Hände zusammenlegte und die Nase zu den Fingerspitzen führte. Er sagte nur, er habe bei der Polizei anrufen lassen, dann lief er entschlossen zum Wald. Seine Schüler folgten ihm in einem Fächer, der fast die gesamte Wiesenbreite einnahm.

Davide sagte sich, dass er mithelfen sollte. Aber es fehlte ihm der Mut, den Leichnam des Mannes anzuschauen, der für die Rettung von Tommasos Leben mit dem eigenen gezahlt hatte.

Er ging zurück zur Via di Moriano. Er würde zu Fuß zu nächsten Bar gehen und ein Taxi rufen, damit es ihn so schnell wie möglich abholte.

32

Eine Stunde später kam er in der Klinik an.

Er nahm denselben Eingang, durch den er das Gebäude kurz nach dem Morgengrauen verlassen hatte. Vom Fenster im ersten Stock schaute er nach unten. Die Menge war noch größer geworden.

Er dachte an die Ameisen, die dem Blut am Boden die Nährstoffe entnahmen.

Er stieg hoch in die Neurologie, betrat den Umkleideraum, ging zum Spind, zog sich das Hemd aus und kontrollierte noch einmal den Verband. Am linken Arm entdeckte er Kratzer, die er vorher noch nicht bemerkt hatte.

Fingernagelspuren von seiner Frau.

Er zog die Schuhe aus und schlüpfte in die Krankenhaus-Crocs, griff nach einem frischen T-Shirt und dem kleinen Beautycase im oberen Fach. Er ging ins Bad, rasierte sich sorgfältig und versuchte, den mehrfach traumatisierten Mann, der ihn aus dem Spiegel entgegenstarrte, zu ignorieren. Nicht ganz ohne Schwierigkeiten wusch er sich unter den Achseln – wenn er den rechten Arm hob, spürte er einen Stich in der Schulter –, schließlich zog er sich das T-Shirt über und kämmte sich. Er gönnte sich einen zweiten Panoramablick in den Spiegel.

Das Problem waren die Augen. Sie waren entzündet, weil er mit Kontaktlinsen geschlafen hatte.

Er nahm sie heraus und warf sie in die Kloschüssel.

Dann kehrte er zum Spind zurück, zog den Kittel an und verließ den Umkleideraum. Er sah fast nichts. Nach nicht einmal zwanzig Schritten begegnete er einer Krankenschwester, die ihn fragte, wie es ihm gehe. Er erkannte die Stimme nicht und hob, ohne stehen zu bleiben, nur den Daumen, beeilte sich, weiterzukommen, lief schneller, um weitere Peinlichkeiten wegen unterlassener Identifizierung zu vermeiden. Er betrat das Arztzimmer, kramte in der Schreibtischschublade, fand eine alte Brille mit selbsttönenden Gläsern, nahm sie aus dem Etui, stand auf, ging zum Fenster und hielt sie so lange in die Sonne, bis die Tönung den bemitleidenswerten Zustand seiner Augen verbergen konnte.

Er setzte die Brille auf und verließ das Arztzimmer.

Ein Kollege hielt ihn, Erleichterung und Erstaunen im Blick, mitten auf dem Flur an. Davide bedeutete ihm mit einem Kopfschütteln, dass er nicht stehen bleiben könne.

Er bestieg den Aufzug, fuhr hinunter auf die Intensivstation, durchquerte die Abteilung und erreichte das vorletzte Zimmer.

Nummer 52.

Pieri hatte von einem Jungen erzählt, der nach einem Schlag auf den Kopf im Koma lag.

Wenn er im Koma lag, war das ziemlich sicher das richtige Zimmer.

Er öffnete die Tür.

Giovanni lag im Bett, ohne Bewusstsein und intubiert, den Kopf auf einem Antidekubituskissen. An der linken Schläfe war ein kleiner, geschwollener blauer Fleck zu erkennen.

Die Blutergüsse an den Handgelenken zeugten eindeutig von einer kräftigen, lang anhaltenden Verdrehung. Zwischen den Lippen ragte die Kanüle hervor, führte zu einem Beatmungsgerät, das links von ihm nachdrücklich Luft holte.

Davide setzte sich auf den Hocker, der neben dem Bett stand.

Er betrachtete das Gesicht des Jungen, der ihn hatte töten wollen.

Der seinen Sohn auf die Intensivstation befördert hatte.

Der seinen Freund ermordet hatte.

Das Gesicht eines Menschen, der wahnsinnig, unwiderruflich wahnsinnig war und daher die furchtbare KRAFT in seinem Inneren vermutlich nicht eindämmen konnte.

Würde er überleben? Wahrscheinlich. Würde er bleibende Schäden davontragen? Keine Ahnung.

Jedenfalls konnte er nicht viel für ihn tun, selbst wenn er wollte. Noch heute Vormittag würden die Behörden Fakten sichten und Zeugen befragen und ihm verwehren, denjenigen zu sehen, der ein Attentat auf sein Leben verübt hatte. Zu seiner Rettung könnte er dann nichts mehr tun als sich seinen Tod vorstellen.

Aber Davide war sich nicht sicher, ob er ein so guter Mensch war.

Spürte er Hass auf ihn?

Oder besser gesagt: War sein Hass so groß, dass er ihm den Tod wünschte?

Und wenn er es nicht beim Wünschen belassen würde?

Nein, dachte er.

Ich bin kein Mörder.

Ich will ihm nichts Böses.

Ich wollte noch nie im Leben jemandem etwas Böses.

Er beugte den Kopf und nahm ihn fest zwischen beide Hände.

(Ich schwöre, niemals Handlungen vorzunehmen, die dazu geeignet sind, den vorsätzlichen Tod eines Patienten herbeizuführen ...)

Aber ...

... wenn er wieder aus dem Koma aufwachte? Wenn ihm ein Gutachter wieder eine geistige Störung bescheinigte?

Dann wäre er bald wieder zu Hause. Und würde sich an ihm und seinem Sohn rächen wollen.

Oder vielleicht würde er es vergessen. Aber nur, bis die halb verschütteten Reste seines Zorns auf dem Kopf eines anderen detonierten. Die Intensität der Explosion stand außer Zweifel. Ungewiss waren einzig Anzahl und Identität der Opfer.

Aber die Konsequenzen seines Handelns würde er nie erleiden müssen.

Davide dachte an das, was Tommaso ihm einmal erzählt hatte: Manchmal explodiert im Universum ein weißer Zwerg mit einem Schlag und vernichtet mit seinem elektromagnetischen Blitz alle Himmelskörper im Umkreis von Milliarden Kilometern. Aber er selbst überlebt seine zerstörerische Wucht.

Giovanni war so ähnlich.

War das das Leben, das auf ihn wartete? Musste er ab jetzt ständig befürchten, dass er wiederauftauchte? Oder bereuen, ihn nicht aufgehalten zu haben?

Davide erhob sich.

Nein, sagte er. Das kann ich nicht zulassen.

Ihn auszuschalten war entwaffnend einfach. Er könnte ihm ein wenig Morphium injizieren oder das Beatmungsgerät auf eine Sättigungsrate einstellen, die langsame Euthanasie durch Hyperkapnie bedeutete.

Oder er konnte das Zimmer verlassen und sich vormachen, dass schon alles gut gehen werde.

(Inakzeptabel. Beide Optionen waren einfach inakzeptabel).

In was für ein unglaubliches Dilemma hatte er sich da hineinmanövriert? Er betrachtete die fernen Baumkronen hinter dem Fenster, quirlige seismografische Wellen am Himmel. Kein Zweifel, das Epizentrum des Erdbebens lag in diesem Raum.

Er betrachtete die Kanüle, die aus Giovannis Mund ragte wie ein Angelhaken an einer grotesken Schnur. Er hatte keine Ahnung, wann der nächste Arzt oder der nächste Pfleger hereinkommen würde.

Er trat ein paar Schritte zurück und setzte sich ans Bettende.

Er hatte keine Ahnung, und eigentlich interessierte es ihn auch nicht.

Zeit existierte nicht mehr.

Außer den Baumkronen umrahmte das Fenster das übliche Stadtpanorama mit mittelalterlicher Mauer und terrakottafarbenen Dächern, in der Bildmitte die Türme.

Davide hatte fast den Eindruck, als würde er die Stimmen der Verletzten aus den unteren Stockwerken, den Tumult in der Notaufnahme, den Lärmpfeiler vom Vorplatz hören. Er schloss die Augen und entspannte die Schultern. Es fiel ihm kein Moment ein, der für einen Kommunikationsabbruch mit der Welt ungeeigneter gewesen wäre.

Und doch, sagte er sich. Es war gut so.

Sein Gehirn projizierte zusammenhanglose Bilderfolgen auf den rosigen Grund der Lider. Der Pinienwald von Camaiore. Tommaso auf dem Pflaster der Piazza Napoleone. Epaminondas, der im Garten eine Schlange tötete. Das ungerührte Gesicht von Neil Tennant. Barbaras nackte Füße. Eine aztekische Pyramide zwischen Bäumen. Die traurige Ansammlung von Tropfen, die sich auf dem Asphalt einer namenlosen Straße berührten, ohne sich zu überlagern.

Er atmete tief durch, wies jeden Gedanken zurück und ließ sich vom Seufzen der Welt wiegen. Sonst gab es nichts zu tun.

Leben war eine Frage richtiger Verhältnisse.

An einem bestimmten Punkt passierte es einfach. Du bist erleuchtet oder nicht. Du bist verliebt oder nicht. Er beugte sich über den Jungen und legte eine Hand auf seine Brust. Schneiden oder sterben. Er hatte keine Wahl. Er spürte denselben Schauder, der ihm am Flussufer den Nacken liebkost hatte.

Jemand beobachtet mich, dachte er. Jemand wird bezeugen, dass ich verleugne, an was ich stets geglaubt habe.

Jetzt weiß ich, dass das Universum unendlich ist, weil es allen

Hass der Menschheit seit Anbeginn der Zeit enthält. So sind wir. So sind wir gemacht: aus Blut und Wut, dem Traumschutt an der Grenze zwischen Schlafen und Wachen.

Die Gewalt beherrschen oder von ihr beherrscht werden. Wenn man mir die Epidermis der Zivilisation abzieht, kommt das geschundene Antlitz meines wahren Selbst zum Vorschein. Ich bin nicht nur ein Arzt, der am Bett eines Jungen sitzt. Ich bin der Lieblingssohn von Fluss und Wald. Ich bin die geballte brodelnde KRAFT, die in der Dunkelheit kauert und, wenn es Zeit ist, hervorkommt. Ich bin der Mann mit den geschlossenen Augen und meditiere über ein furchtbares *koan*, das mich lehren wird, ob ich fähig bin, andere zu töten, um mich selbst zu retten.

Questo libro è stato tradotto grazie ad un contributo alla traduzione assegnato dal Ministero degli Affari Esteri e della Cooperazione Internazionale italiano.

Dieses Buch wurde dankenswerterweise unterstützt mit einer Übersetzungsförderung des italienischen Ministeriums für Auswärtige Angelegenheiten und Internationale Kooperation.

Titel der Originalausgabe: Nova
Umschlaggestaltung: Heidi Sorg und Christof Leistl
Typografie und Satz: frese-werkstatt.de
Druck und Bindung: CPI – Clausen und Bosse, Leck
ISBN 978-3-95614-560-5